격랑(激浪)의 역도(逆徒)들

격랑의 역도들

초판 1쇄 인쇄 2025년 3월 15일
초판 1쇄 발행 2025년 3월 20일

지은이 황현욱
펴낸이 金泰奉
펴낸곳 한솜미디어
등 록 제5-213호

편 집 김태일
마케팅 김명준

주 소 (우 05044) 서울시 광진구 아차산로 413
전 화 (02)454-0492(代)
팩 스 (02)454-0493
이메일 hansom@hansom.co.kr
홈페이지 www.hansomt.co.kr

ISBN 978-89-5959-593 8 (03810)

*책값은 표지에 표시되어 있습니다.
*잘못 만들어진 책은 구입하신 서점에서 친절하게 바꿔드립니다.

황현욱 장편소설

격랑(激浪)의 역도(逆徒)들

(Rascals in the time of Chaos)

한솜미디어

| 책머리에 |

한때는 작은 바람에도 한들거리는 갈대가 유약하게 보여 가련하다고 생각했다. 조그만 바람에도 부대끼고 날리다가 쓰러져 다 휩쓸려가고 휑하니 비워진 어지러운 터를 보면서 결국 또 당하고 말았구나. 개탄하며 눈물을 삼켰었다. 허탈한 심정 속에서 이 무리는 혹시! 하는 미심쩍은 바람을 안아 보았지만 바람을 막고 거름을 더해 잘 살게 하겠노라고 목청을 높이던 그들은 어김없이 역시나 제 논물 대기에 바쁠 뿐 보(堡)조차 둘러주지 않았다. 하지만 이듬해, 생명이라고는 없을 것 같던 그 황무지에 다시 듬성듬성 돋아나는 풀싹들을 보게 된다.

이게 민중의 힘이려나, 믿다가 아니 왜 이리도 우둔한가 하는 의문이 들었다. 속고 배반당하고 내쳐지면서 무어 그리 좋다고 매달리고 안기지 못해 안달을 내는가? 밉다면서 싫다면서 어찌 그 자리에 끼이지 못해 법석을 떠나?

대치라는 말에 웃음이 난다. 민중과 탱크로 죽을 판 살판 영원히 끝나지 않을 싸움을 계속하며 맞서고 있다는 생각이다. 헛웃음과 안타까움이 드는 것은 그들 누구도 자신들의 잘못을 인지하지 못하고 있다는 것이다.

생각을 한다. 무리라고 다 힘이 있는 것인가? 그 힘의 원천은 무엇이고 어디서 기인하는 것인가? 갈대 숲속에 갈대만 사는 게 아니었다. 너무 많은 생명체가 도사리거나 자리를 틀고 있다. 그게 힘이라고 민중은 외친다.

그러다 또 떠올린다. 갈대 숲속에는 독이 없을까? 재잘재잘 참 많은 새떼가 살고 있어 조류 독감도 걱정이고 들쥐 날쥐들이 전염병을 옮기기도 할 것이다.

나약하다고 압제 받고 있다고 다 불쌍한 게 아니고 보호를 해야 하는 게 아니다. 그들 속에도 눈에 띄지 않지만 그들을 등쳐먹거나 이간질하는 독버섯이 살 것이다.

살아야 하는 가치에 대해 쓰고 싶은데 그것을 어떻게 쓸 수 있을까 하는 생각이 들었다. 그럴싸한 빌미를 찾아야 했다. 찾다 보니 뭔가 다른 것을 써야겠다는 생각이 들었다. 원초적이고 자극적, 반항적이며 잔인한, 비판적으로 도발하거나 고발하는 글들이 판을 치는 것에 오히려 세상이 더 각박해지고 어둡고 침울해지는 것이라 여겨지고 조금 덜 자극적이고 시대에 편승하지 않더라도 낫지 않을까 하는 바람으로 필을 잡았다.

곪은 종기는 도려내야 한다고 한다. 하지만 그것이 왜 생겼는지 아는 게 우선되어야 한다고 싶다. 그것이 악성일 수 있겠지만 양성일 수도 있을 수 있어 하는 말이다.

고인 물은 썩는다고 한다. 그 썩은 물이 주변을 해롭게 하기 전에 퍼내어 버려라 한다지만 그 물이 썩은 이유를 또는 썩게 한 원인 파악에는 밝히려거나 부지런을 떨지 않는 것 같다.

장르를 불문하고 시류에 편승하지 못해 안달을 하는 것 같다면 필자의 어리석음인가?! 이슈화된 일을 파헤치고 갑질을 나무라지만 피해자라고 울부짖는 을의 뒤는 들춰보려고도 않는다. 현실적 분위기에 눌리거나 휩쓸리고 눈치에 둘려 입을 다문다.

역사는 승자에 의해 써진다고 하지만 어떤 일이든 원인이 있어야 발생이 된다고 보아야 하는 것도 명심해야 할 일이다.

이념이나 정치를 두고 누가 옳고 어느 쪽이 승자라는 말은 삼가더라도 절대 진리가 없듯이 절대 악이라 치부해 버리는 것도 고려해야 할 일이다.

고발하자거나 틀렸으니 바루자는 게 아니라 을이라고 무조건 편들고 감싸려 들지만 말고 그 무리 속에 혹 균이나 독소는 없었는지 짚어보자는 얘기를 하고 싶었다.

절대 선이나 헌신적 사랑이라지만 그 속에 인지하든 모르든 감춰진 욕이나 이기적 바람이 숨어 있을 수도 있다고 싶었다.

난리가 나고 밀물이 몰려와 난장을 쳐서 퇴로를 막아 차단하였다. 진로는 막더라도 퇴로는 열어두어 도망치게 했더라면… 가두면 고인 물이 된다. 함께 가두어졌을 균은 얼마만큼의 시간이 지나면 정착하여 귀화할까? 아니 모습은 비슷해진다 하더라도 어떤 형태로든 독성을 지닌 채 그 물을 썩히려 드는 것은 아닐까? 100% 신뢰와 배려를 천명하지만 어떤 이유나 사연에 의해 언제든 배신이나 속임이 있을 수 있는 그들은 그것이 절대 바른 것이어서 제가 할 일이라 조금도 의심치 않을 수 있는 것을 말하려 했다.

눈에 띄는 것에만 방점을 둔다고, 중립적이지 못하고 제 주장만을 편다고 고개를 젓겠다는 게 아니라 그리 될 수밖에 없던 까닭이나 저변도 함께 보아달라고 얘기하고 싶었다. 갑이라고 지칭되지만 무리를 이끄는 것은 극소수인 것처럼 양민 무리도 소수 정예에 의해 나아가고 멈추는 게 자명할 일이다. 그 소수가 자양분의 그것이라면 무어 걱정거리가 될까마는 도화선을 당겨 민중을 들쑤시고는 숨어버렸는데 민중이 한 것으로 치부될 수도 있을 게라 싶다. 배신이나 복수가 피 끓는 사랑에만 있는 게 아니니 눈 부릅뜨고 잘 지켜보자고 들려주고 싶었다. 시류에 따라 어느 방향에서 귀인이 올까 모양새가 달라지는 것은 당연한 변화겠지만 선을 넘지는 말자는 얘기다. 밟혀서 꿈틀대며 비명을 지르는 것은 당연한 일이지만 뒤에 숨어 술책이나 선동질로 몸부림치고 외치게 하는 독소를 먼저 찾아야 할 일이다.

한강의 기적처럼 노벨문학상을 받은 것은 환호하여 반길 기쁜 일이지만 문학이 반골, 저항, 고발, 자기주장만의 길로 빠지지 않기를 바라본다.

| 차례 |

책머리에/ 4

1부 영욕의 잔해

파양은 해 줄 수가 없구나/ 13

유적 안내원/ 15

빨치산/ 21

조국의 품/ 27

이념의 혼돈/ 32

붉은 교육/ 42

마타도어/ 48

2부 버려진 사냥개

범죄 환경/ 61

리셋/ 71

범죄 DNA/ 76

멘토/ 81

비밀 요원/ 90

로미오와 줄리엣/ 95

위에호밍/ 101

인질의 대가(對價)/ 107

매몰/ 114

적과의 동침/ 121

사냥개/ 128

생사(生死)의 우정/ 135

구출과 그림자/ 143

보이지 않는 손/ 148

3부 아주 잘 그린 영화

새출발/ 155

시나리오/ 161

세팅(SETTING)/ 166

도입/ 168

발단/ 177

돌아온 기자/ 180

피랍/ 190

타협/ 199

일차원 수사/ 206

사건 개요/ 210

인터폴/ 216

시한부 패착/ 224

의심과 단서/ 233
굴복/ 238
기자 심리/ 249
반전·1/ 252
반전·2/ 262
완전한 복수/ 271
막간/ 283

에필로그/ 285

1부
영욕의 잔해

파양은 해 줄 수가 없구나

다른 피부 색깔로 일찌감치 자신이 입양되었다는 것을 알 수가 있었지만 그런 사연이 있을 줄은 승우는 정말 짐작조차 하지 못했었다. 사춘기에 접어들면서 모든 게 시답잖게 보이고 알게 모르게 가해지는 차별에 자신의 정체성에 화가 치밀었다.

"저, 파양시켜 주세요. 한국으로 돌아가고 싶어요."

"파양이라니? 어림없는 소리 말아. 넌 반드시 훌륭한 사람이 되어 한국에 가야하니 한국에 가고 싶으면 빨리 훌륭하게 되어."

선교사를 퇴임하고서 70을 훨씬 넘긴 고령에도 작은 교회를 열어 목회 일을 하던 양아버지는 그때도 늘 하던 말처럼 파양은 안 된다, 한국에 가려거든 먼저 훌륭하게 되라고만 했다.

"죄를 저질러 전과자가 되어도 파양시키지 않겠어?"

괜한 반발심과 이렇게 차별 받는 이 땅 보다는 비록 자신을 버린 나라지만 그래도 피부 색깔이 같고 같은 피가 흐르는 조국이 낫겠지 싶다는 생각에 마약, 폭행을 일삼으며 방황하던 승우는 16살이 되던 해 옆집 친구네의 금고에 손을 대었다가 결국 전과자가 되고 말았다. 양부모 집안이 궁핍하여 그런 짓을 한 것은 아니었다. 항시 뭔가 덜 채워진 듯한 부족함이 그를 감싸며 무언가 값나가는 것이 손에 들면 든든해지는 마음에 버릇이 되었던 거였다. 그때까지도 일언반구 꾸지람이 없이 막무가내 훌륭하게 될 것이라며 편을 드는 양부에게 일부러 시비를 걸고 어깃장으로 말썽을 피우다가 결국 승우는 별을 두 개나 달게 되었다.

"너를 한국으로 보내주마. 하지만 파양은 안 된다. 너는 비록 아주 어린 나이에 부모를 잃고 고아가 되어 이렇게 까만 사람에게 입양이 되었지만 네 몸에는 훌륭한 네 생부의 피가 흐르고 있어 반드시 훌륭한 사람이 되어 한국에 이바지하는 일을 할 수 있을 게다. 긍지와 사명감을 꼭 간직해라."

망가져만 가는 승우를 더 이상 두고 볼 수 없었던지 승우가 두 번째 옥살이에서 풀려나던 날 스텐리 선교사는 드디어 그에게 한국에 가라고 허락을 했다. 그날 양부는 자초지종 얘기를 하지는 않았지만 승우의 생부가 한국을 위해 많은 좋은 일을 했지만 엉뚱하게 빨갱이로 몰려 억울한 죽임을 당했다고 하며 하지만 그것은 격변기였던 당시의 한국이어서 누구를 나무랄 수는 없다고 했다.

"이제 뭔가 새로운 기운이 솟고 있는 것 같은 한국이니 네가 가서 일조를 할 수 있으면 좋겠구나."

유적 안내원

둘러선 10여 명의 사람들은 빨치산이 은둔하던 곳이라며 설명을 하고 있는 안내원 박 노인의 말에는 별 관심을 보이지 않고 이곳저곳 주변을 기웃거리고 있었다. 일흔은 넘긴 것 같고 한 쪽 다리를 저는 노인이 어떻게 일반인도 숨을 헐떡거리며 오르는 깊은 산중에 있는 유적지 안내를 하고 있는지는 아무도 묻지 않았지만 절룩거리는 걸음에는 마음이 쓰이는 듯 했다.

"이곳은 과거 빨치산들의 은거지로 역사유적이라 할 수는 있지만 문화유적이라 하기에는 좀 억지가 있지요."

듣고 있던 관광객 중의 한 사람이 손을 불쑥 들어 올렸다. 큰 키에 40 중반 쯤으로 보이는 몸에 비해 그리 단단하게 보이지 않는 사람이었다. 승우가 다리가 아픈지 바위에 걸터앉아 다리를 주물럭거리면서 뭔 말을 하려냐는 표정으로 그를 바라보았다.

"억압받고 수탈당하던 시절에 이 땅에 자유와 평등 그리고 다 함께 잘 먹고 잘 살자는 혁명을 이끌고, 지배하고 권력을 휘두르던 부패 관료들 세력을 쳐부수어 오늘날의 이 풍요와 선진을 일구는데 지대한 공을 세운 그들 삶의 흔적이 어찌 문화유적이 아닌가요?"

승우가 일어서서 둘러선 관광객들의 시선을 모으며 그 안쪽으로 들어섰다.

"사회주의 세력의 물밑 작업과 프락치의 사보타지 등 수십 년에 걸쳐 온 교육과 세뇌되어 온 세대로서는 그리 알고 여기는 것이 당연하지만, 그리고 어느새 그것이 바른 것이라 믿는 사회당이라는 정치 무리로 변신하여 자기들 목소리를 높이고 있지만 빨치산은 엄연한 적이 이 나라를 침탈하여 전복시키려 했던 위해 행위였지요."

"시대적으로 어쩔 수 없었던 혁명적 과도기였던 것이 어찌 침탈이고 전복 행위라는 겁니까?"

"시대적이라 말씀하셨는데 맞습니다. 지금은 사회주의가 제 몫을 하겠다며 목소리를 내고 있지만 그 시대에는 그러니까 4, 50년 전까지만 해도 민주주의에 절대적으로 대치되고 쳐부수어야 하는 대적관계였지요. 입장적인 차이가 있는 것이에요. 저는 민주교육을 받으며 공산주의는 적이라고 배웠고 선생님은 사회주의 이념을 어릴 적부터 알게 모르게 배우고 익힌 것이고요."

"뭣이 중한데요? 이념이 뭣이 길래요? 어떤 체제든 국민이 잘 사는 것이 우선 되어야 하는 것 아닌가요? 그때의 이

나라 실태는 어땠나요? 국민 생계는 나 몰라라 하면서 당쟁하기에, 제 잇속 불리기에 바쁘지 않았나요? 그런 그들을 치고 양민들을 도왔던 것이 왜 비난받아야 하는 것인가 말입니다."

"비난하거나 잘잘못 시비를 가리자는 게 아닙니다. 그저 상황이 그렇다는 것일 뿐. 아, 일에는 밝고 어두운 면이 있는 것이고 기록은 승자편이고 그리 아는 게 진실의 전부인 선생이니 그리 말할 수도 있겠구려."

얼버무리며 곤란한 처지를 벗어나는 박승우에게 먼 옛 기억이 떠오르며 화가 끓어올랐다. 빨치산에게 납치되었다가 겨우 탈출한 그의 아버지가 첩자니 부역자니 하여 제대로 된 재판과정도 없이 엄청난 고문을 당하고 십년 가까이나 감옥 생활을 하다가 그 후환으로 사망을 했다는 선교사님의 얘기가 생각난 탓이었다. 졸지에 아버지를 잃은 승우를 거두어 양자로 입양한 선교사님은 아버지 외에도 무수히 많은 양민들이 적군에게 목숨을 잃었지만 정부군에 의해서도 무차별 처형을 당하던 것을 목도했기에 여태 공산당이니 정부 사람들 어느 쪽이 진정 국민을 위한 편이었던지 손을 들 수가 없다고 열변을 토했었다.

"어느 편을 든다기보다는 양쪽에서 당하기만 했던 국민들이 가엽고 불쌍하여 내가 다 억울하고 한이 맺히더라니까."

이념전쟁 속에 게릴라식 공격으로 온 마을을 쑥대밭으로 만들던 빨치산들의 만행을 보았고 살아남기 위해서 손 흔들고 부역을 하다가 매국노, 빨갱이, 간첩으로 몰려서 처형당하던 많은 이들을 보았지만 박성규의 죽음은 징말 이치구니 없는 것이었기에 스텐리 선교사는 아무리 생각해도 누가 적이고 아군인지가 분별이 되지 않았다고 했다. 그는 자기라도 나서서 그런 혼돈을 바로잡아 보고 싶었지만 성직자로서 할 수 있는 것을 찾을 수가 없었다. 그는 승우를 입양을 했지만 그 일은 결코 자기가 하려던 혼돈을 바로잡으려던 것은 아니었고 단지 승우나마 바르게 자라서 장차 한국을 바르게 알아갈 인물이 되도록 이끌어 주고 싶었던 것이었다.

"여기가 제 딸이 운영하는 주막인데 막걸리와 파전이 퍽 맛있어요."

유적지 몇 곳을 둘러보고 내려오다가 산 입구에 있는 주막을 박 노인이 가리키며 목이나 축이자고 했다.

"아니, 왜 우리들 의견은 묻지도 않고 막무가내 한 잔 하자는 거예요? 무슨 장삿속도 아니고…."

빨간 점퍼에 짙은 화장을 하여 눈에 뜨이는 중년 여성이 신경질적인 반응을 보였다.

"아, 억지로 권하는 것은 아니고, 제 딸이 하는 곳이라 제가 한잔 살까 해서요. 저도 자주는 오지 못하는 곳이지만 딸이랑 만나봤자 별 할 말도 없어 혼자 마시는 것보다는 시간 괜찮은 분들과 함께 마시고 싶어서요."

조금 어둑한 주점을 들어서는데 훤칠하게 키가 큰 서양 모습의 여인이 앞치마에 손을 닦으며 일행을 맞더니 박 노인에게 허그를 하며 반가워했다.

"셀리, 잘 있었어? 인사해, 유적지 탐방객들이셔. 제 딸 셀립니다. 예쁘지요?"

서른은 되었을까 싶은데 가까이 보니 박 노인의 얼굴이 있었다. 음식 준비를 하러 셀리가 주방으로 가자 모두의 시선이 의아하게 박 노인에게 쏠렸다.

"내가 늘그막에 얻은 외동딸이랍니다. 미국에서 실력 있는 변호사였는데 몇 해 전에 간호사였던 아내가 먼저 떠나자 나를 돌보겠다고 다 팽개치고 와서는 저러고 있답니다. 나를 돌보는 게 아니라 내가 쟤 염려에 머리가 빠진답니다."

"떠나시다니요? 이혼하셨나요?"

줄곧 핸드폰을 들여다보며 영 어울리지 않을 것 같던 젊은이가 뜬금없이 질문을 하자 모두의 시선이 그에게 모였지만 눈빛이 박 노인에게 쏠리던 것과는 달리 야단을 치는 듯 눈빛이 달랐다.

"그게 아니라 뭐가 그리 급했던지 암으로 먼저 가버렸어요."

다시 모두의 눈이 일제히 그에게로 심지를 세웠다.

"아빠, 또 내 흉보고 계셨죠?"

몇 가지 찬과 술을 내오던 셀리가 박 노인에게 눈을 흘기며 쏘고는 아니라고 손을 흔드는 박 노인의 어깨를 툭 쳤다.

"그래, 내가 네 말하는 거 듣기 싫으면 얼른 시집을 가던지."

"그건 걱정 마세요. 아빠 결혼하셨던 나이보다는 일찍 갈 거니까요. 우리 아빠 마흔둘에 결혼하셨어요."

"야아, 그건 내 프라이버신데…."

셀리가 구시렁거리는 아빠를 못 본체하며 돌아서 가버리자 박 노인이 겸연쩍게 웃으며 좌중을 둘러 봤다.

빨치산

이미 오래 전에 전쟁이 끝났고 빨치산이라는 말조차 국민들 머리에서 흐릿해져서 오히려 그렇게나 아니라던 사회주의를 표방하는 진보사회당이라 일컫는 정당마저 생겨나고 있는 때가 되어서인지 귀국한 이래 양부 스텐리 선교사의 염려를 새기고 있는 승우는 줄곧 빨치산과 사회주의의 위험을 경고하고 진보파들의 세력을 막아야 한다고 역설을 해오고 있는 탓에 미제 수구파라는 꼬리표를 제대로 떼어내지 못하는 그에게 허락되어 할 수 있는 일이라는 게 없었다.

이제는 70이 넘은 노객에다 아버지 죽음에 관한 단서라도 알아볼 양으로 한국과 미국을 조국이니 고국으로 여기며 오가는 동안 몸도 마음도 너무 많이 다쳤고 지쳐서 그만 편하게 살고 싶기도 했지만 그는 고집스레 그때의 흔적들을(적의 것이든 아군의 것이었든) 찾으며 여태까지도 알아내지 못하고 있는 이데올로기라는 답을 찾고자 하는 것이었다. 그는 이념을 위한, 애오라지 양민만 다치게 되는 전쟁이 진정 필요

했던 것인가 하는 의문을 캐어 알고자 하는 것이었다.

지배계급의 핍박을 거부하는 시민들을 주축으로 하여 국제정세는 사회주의를 외치고 있는 가운데 오랜 외세에 시달려 오다가 해방을 맞은 지 채 몇 년이 되지 않은 때, 나라는 이념의 다툼으로 분리되어서 전쟁에 휘말리고 있었고 내일을 알 수 없는 풍전등화 같은 와중에 관료들은 적에 밀려 이리저리 쫓겨 달아나면서도, 민생은 아랑곳하지 않은 채 어떻게든 자기 세력을 유지하려고 나라를 아사리 판으로 만들고 있었다. 잘 살 수 있을 거라던 민생들의 기대는 부패와 모함의 대가리들로 무너지고 있었고 때를 틈타 스며드는 사회주의 세력의 이간질, 거짓 선전, 책동이 양민들을 헤집었다. 억눌리고 가난에 찌들어 왔던 지방에서는 그 해따라 악천후에 농사를 거의 다 잃어버렸지만 정부에서는 그저 남의 일 같이 방관만 했으니 정부에 대한 민심의 반발은 앙심을 넘어 적개심으로 쌓여 갔고 귀천이 없고 계급이 없이 모두가 잘 사는 삶을 설파하는 공산 프락치 선전에 매료될 수밖에 없었다.

"어차피 사상적, 이념적 다툼이라면 자원이나 영역을 쟁취하기 위한 전쟁과는 달라야 한다. 보이지 않는 힘을 길러야 한다."

전쟁이 수세로 밀리는 가운데 후방을 교란하고 민간을

포섭하라는 임무를 띠고 정필은 빨치산에 차출되어 파병되었다. 그가 수도 안전부의 특수요원으로 사회주의를 수립하는데 있어 필수과정인 프롤레타리아 혁명에 관한 이론뿐만 아니라 투쟁, 조직, 교육 등을 갑작스런 사고로 부모님을 잃은 6살 어려서부터 10여년을 학습하였으니 그들에게 정필은 프롤레타리아 정신이 충만하여 앞날이 창창한 젊은 인재였다. 그런 그를 혁명전쟁의 빨치산 주축으로 참여시키게 한 것은 그들로서는 지극히 당연한 일이었다.

정필이 임시 본거지로 삼아 자리를 튼 곳은 비옥한 평야가 넓게 펼쳐져 있고 수림이 울창하게 우거진 산야가 자연 성벽같이 둘러쳐진 곳이어서 예부터 곡창으로 알려진 곳이었다. 하지만 그건 토호 세력들에게나 이를 말이었지 양민들은 꿈도 꿀 수 없는 얘기여서 굶주림에 허덕거리기에는 다름이 없었다.

정필은 19살로 어린 군관이었지만 패기 넘치게 게릴라전을 지휘하였다. 하지만 적의 주요 보급로를 차단하고 교량을 파괴하여 진입을 막고 아지트를 공략하며 거세게 유격전을 펼쳤지만 사방에서 밀어붙이는 연합군을 100명 남짓한 병력으로 상대하기에는 역부족이었다. 적을 고립시켜 항복시키라는 본부의 명령과는 달리 오히려 좁혀 오는 포위망에 쫓겨 결국 산속으로 지하로 숨어들 수밖에 없게 되었다. 이대로 고립되어 버리는 게 아닐까 걱정이 되던 때에

의외로 기대하지 않았던 토착 지원병들이 몰려들었다. 처음 정필이 시도했던 주민들 회유 작전이 이제야 결실을 맺고 있는 것이었다.

"입에서 거미줄을 걷어 주는 것만큼 확실한 회유는 없을 테니."

자신들 먹기에도 급급한 군량을 그들에게 나누며 누구나 공평하게 먹고 입을 수 있는 세상이 오게 한다는 믿음을 뿌렸다. 안 넘어 올 이가 없을 것이라 여겼던 그의 생각과는 달리 그런 그의 시도는 처음에는 조상 대대로 속고 당하고만 살아온 그들에게 그리 녹록하게 받아들여지지가 않았다. 외지인의 낯섦이나 총칼의 무서움에 움츠리는 것이 아니었다. 이래저래 겪어 봤지만 모두가 착취하고 누르기만 했는데 너네라고 다르랴는 것이었다. 계급과 부의 대립을 극복하여 근로계급 및 정치적, 이념적, 문화적으로 양민 중심의 사회를 창출하려는 것이라며 끈질긴 설득 끝에 두어 명이 관심을 보이는가 싶더니 삽시간에 한 동네의 반이 몰려왔다. 유격대라지만 제대로 갖춰지지 않은 허울뿐이었던 것이 그런대로 모양새를 갖추게 된 것은 휴전이 되고나서부터였다.

난리 중에도 완전히 점령을 당하지 않았던 도시에 뒤늦게 피바람이 일고 있었다. 정부는 빨치산을 찾아내고 그들에게 부역한 자들을 처형하기 시작했는데, 정부에서야 당연한 조치를 취하는 일이었지만 빨치산들이 초기에 양민들을 포섭하는 과정에서 그들에게 포섭이 되었든 아니었든 뿌렸던 양식이나 피복을 얻지 않았던 사람이 없었고 한 집 건너 관련자가 있었다보니 불순분자를 가려낸다는 것이 여간 어려운 것이 아니었다. 마을에서 따돌리지 않고 살아내기 위해서 어쩔 수 없이 협조한 이들도 많았고 잡혀가는 마당에, 나만 당할 수는 없다며 다른 이를 밀고하는 건도 부지기수 생기다보니 가려낸다는 것은 부질없는 짓이 되었고 거반 무분별한 검거가 일고 있었다. 제대로 재판을 받지도 못한 즉결처분으로 이뤄지는 처형은 무차별한 양민학살로 이어졌다. 사람들은 그런 피해를 피하기 위해 빨치산에 숨어들어 왔고 정필은 그런 그들과 함께 마을 지서와 읍내 관공서를 공격하고 파괴하였다. 결국 가혹한 빨갱이 색출작전과 이에 대한 저항이 게릴라전으로 이어지며 또 다른 내전 아닌 내전을 불러일으키는 무법천지가 되어가고 있었다.

  은거중이거나 민가에 숨어들어 양민을 포섭하고 게릴라 테러를 벌이는 빨치산 잔당과 용공분자를 색출 검거하기 위한 군경 합동 작전이 벌어졌다. 하지만 그들에 대한 수사나 색출이라는 것이 흘러 다니는 소문과 시민들의 제보에 의지하거나 얼마간 보이지 않다가 나타난 자들을 심문하는 것이 전부였던 터라 그 정확성은 고사하더라도 부당하다 억울하다고 하는 말이 아무 소용이 없었고 그저 군경의 낌새에 생사가 결정되는 그야말로 최악의 작전이 펼쳐졌다.

"어디라고 하면 누구나 알만한 한 마을 사람들 모두가 부역하였다, 빨치산을 돕거나 동조했다는 의심을 사서 아무런 재판도 없이 우리 군경에 의해 몰살을 당했어요. 역사바로 세우기라는 단체가 실체를 파헤치겠다고 사방팔방 뛰고 있지만 초록은 동색인지 지금의 정부까지도 회피하려고만 하고 있어요."

"일부 밝혀진 것도 있긴 하잖습니까? 거창 어딘가…?"

"그건 극히 미비하게 들춰진 것일 뿐이지요. 그 사건에서 파생된 아픔이 얼마나 큰대요. 졸지에 부모를 잃고 고아가 되어버린 아이들이 수백 명이 넘었어요. 그들 중에 그나마 선교사들에 발견되거나 입양기관에 의해 해외로 입양을 갔던 몇몇을 빼고는 다 어떻게 되었겠어요?"

"처형된 사람들도 제대로 밝혀내지 않는데 어떻게 애들까지 기대할 수 있겠어요?"

"아, 나도 그것을 성토하자는 것은 아닙니다. 그저 갑자기 제가 중동에 갔을 때 탈레반 일원 중에 그때의 아이가 신분을 바꾼 채 중간 보스가 되어 있던 게 기억나서 말하게 되었던 것 뿐."

조국의 품

　조국의 품으로 돌아온 박승우는 처음에 한적한 도시의 작은 학원에서 영어 강사 일을 하게 되었다. 하지만 승우는 금세 그곳에서 쫓겨나야 했다. 그의 미국에서의 폭행 전과가 들어났던 것이었다. 7년 전인가 동네 애들 간의 패싸움을 말리려다가 그를 상대편으로 오해한 몇 흑인계 학생들에 의해 큰 부상을 입었었다.
　그는 몰매를 당하던 때 들었던 '동양인 새끼 죽여라'는 말 때문에 자신이 동양인이라서, 그들이 자기는 그 패싸움에 아무 관계가 없다는 것을 알았으면서도 고의적으로 몰매를 놓은 것이라고 오해를 했다. 그 뒤에 그들을 한 명씩 찾아가 치도곤을 놓다가 붙잡혀 처벌을 받았던 것이었다.
　그는 그들의 몰매로 인해 심한 후유증을 겪고 있는데다가 전과자 낙인까지 찍히게 되었었다. 과거지사일 뿐이라고 설명을 하고 착하게 살겠다고 선처를 구했지만 그가 조국으로 의지하려던 한국에서는 그에게 그리 따뜻한 품을 내어주려 하지 않았다. 그 뒤로 그는 공사장, 영어 학원 등에서 자질구레한 허드렛일 했는데 그마저 이내 떨려나게 되어 구차한 삶을 이어가다 보니 어쩔 수 없이 남의 것에 손을 대다가 김 검사와 처음 만나게 되었다.

범죄자로 맞닥뜨렸지만 심 검사는 입양이 되었디가 고국과 생부모의 흔적을 찾아 돌아온 그의 이력으로 그를 처음 만났을 때부터 그가 불쌍하게 생각되었다. 게다가 그는 고국이 조금만 품을 내어준다면 정말 착하게 열심히 살겠다고 했다. 김 검사는 검사가 아니라 변호사 같이 그의 갱생을 구하여 집행유예로 판결되게 했었다.

전쟁으로 거의 모든 게 파괴되고 생계 꺼리를 앗아가 버려서 그렇지 않아도 허덕이던 나라는 더욱 어려운 상황이었다. 국민들은 기아에 신음하고 있었지만 무정부 상태나 마찬가지인 정부는 오히려 부정부패가 만연하고 있어 기대할 것이 없었다. 마치 부랑아처럼 떠돌던 성규가 30대 막바지의 늦은 나이였지만 어찌어찌 지방 보건소에 취직을 할 수 있었다. 삼삼오오로 돌출하여 치고 빠지는 빨치산의 게릴라전이 기승을 부리고 있는 때였다. 전쟁 통에 환자는 많고 의사는 귀하던 때라 성규는 작은 병원에서 허드렛일을 하며 배웠던 의료기술을 인정받아 의료인 면허를 받을 수 있었다. 자신의 어설픈 의술이 그렇게나 긴요하게 쓰일 수 있는 것에 놀랐지만 의사 행세를 할 수 있는 것에 만족

하며 살아갔다.

사람들을 치료하는 의사가 되어 뭔가 모를 뿌듯함을 느끼게 되었고 조국에 도움이 될 일을 하게 되었다는 것에 조금씩 보람을 가지게 되던 그의 눈에 차츰 한국의 실상이 보이기 시작했다. 아무리 전쟁 후유증에 시달리는 것이라지만 그는 맞다뜨리는 고국의 실태에 경악할 수밖에 없었다. 굶주림에 허덕이는 민생은 나 몰라라 하면서 제 잇속과 파벌로 정쟁에 혈안이 되어있는 관료들, 배부른 자들을 더 잘 되게 하는 정책 등 흡사 부자들을 먹여 살리기 위해 가난한 자들을 유지시키는 듯한 현실에 아연실색할 수밖에 없었다. 정부의 발표로는 빨치산을 치고 고정간첩을 색출하는 것이라고 했지만 거의 학살이다시피 시행되고 있는 색출, 처형 작업으로 인한 양민의 원성과 저항이 정부를 색다른 적으로 여겨가고 있는 것을 보는 그가 경악하는 것은 어쩜 당연한 것이었다.

돌팔매질을 하고 가두를 돌며 벌이던 시위가, 밑도 끝도 없이 늘어나고 그 양상이 날로 거세져 갔다. 낮밤을 가리지 않고 아무 곳에서나 덤벼오는 남녀노소의 저항에 당황한 정부는 빨치산의 소행으로 치부해 대적하는 상황으로 치달았고 급기야 무차별 총격을 가해 온 시가에는 너부러진 시체가 즐비했다. 시위대가 무기고를 털었다는 소식이 전해지면서 보건소에는 총상 환자들로 앞마당까지 발 디딜 틈이 없었다. 의료진이라고 해야 성규와 간호사 2명이 고작인 보건소에서는 몰리는 환자들에게 할 수 있는 게 없었다. 그런데도 환자의 신음과 비명만이 가득할 뿐인 보건소 담장으로 계속 돌이 날아들었다. 보건소 문 앞에서 다친 경찰이나 군인만 들여보내고 시위대나 유격대의 부상자는 막고 선 경찰들 때문이었다.

성규는 정말 악랄한 게 빨치산이라고 여겨 분노했지만 이내 그들이 치료의 기회조차 얻지 못하고 있다는 것을 알고는 측은함이 드는 것은 어쩔 수가 없었다. 아무리 서로 공격을 하고 있다손 치더라도 같은 동포가 아닌가? 아니, 동포가 아니라고 해도 부상자는 가림 없이 치료해야 하는 게 아닌가? 몇 번이고 진지하게 건의를 했지만 돌아오는 것은 퉁명스런 경고뿐이었다.

"빨갱이를 두둔하다가 의사 양반이 먼저 죽고 싶지 않으면 입 다물고 있으시오."

산발적인 공격을 펼치지만 계속하여 밀리던 빨치산은 이제 더욱 깊숙이 숨게 되었고 그들의 주특기인 게릴라전마저 숙지근해 질 수밖에 없었다. 은거지에서 정필은 어떻게든 이 위기를 이겨내어 임무를 완성해야했다. 그에게 퇴패는 있을 수가 없었다. 그렇다고 무기도 인력도 부족한 마당에 전투를 계속할 수는 없는 노릇이었다. 상부에서 어떤 조치가 내려올 때를 기다리며 움츠리고 있을 수만은 없었다.

그는 이 상황을 견뎌낼 방안으로 교육을 생각하게 되었다. 안전부에서 교육을 받던 것이 생각났다. 실전 훈련을 받던 중 악천후로 동굴에 갇혔을 때 교관은 느닷없이 이론교육을 실시하며 시간낭비를 막았었다.

  정필은 빨치산과 귀의해 온 토착 양민들을 구분치 않고 혁명이론을 학습시켰다. 테러공격이 아닌 양민들을 위로하고 동정함으로서 그들을 같은 편으로 품는 방법을 교육하고 혁명전쟁의 필요성, 대의를 위한 작은 희생의 감수, 적을 교란하고 이산시키는 마타도어, 사보타지를 가르쳤다. 이전투구가 타전 투구하게끔 하여 상대에 틈이 생기게 하는 법, 피지배계급인 양민과 피지배자들의 흡수 방안 등 공산 세력의 침투, 세력 확대를 하기 위한 교육을 했다. 그렇게 빨치산은 숨겨진 비밀 프락치로 이 땅에 뿌리를 내리며 고착화되어 갔다.

이념의 혼돈

 정필이 혁명교육 전략으로 정부의 가혹한 처사를 피해 숨어들어 온 양민을 필두로 주변 도시를 파고들자 시민들은 빨치산들이 식량을 나누고 무료 교육을 시켜주니 마치 구원자라도 나타난 듯 그들에 몰입되어 찬양하고 고무되게 되었다. 억울한 처형으로 가족을 잃은 희생자 가족들의 무분별한 소탕으로 인한 억울한 죽음에 급증하는 불신에 덩달아 빨치산 세력의 저변확대는 마치 불길이 타오르듯 그 조직이 날로 커져서 보이지 않는 손이 되어 민심을 선동하게 되었다. 그들 또한 힘이 곧 정의라고 외치면서 무력은 옛말이고 이제는 교육, 세뇌가 힘이라고 내세우고 있었다. 정부와 빨치산 어느 쪽이나 배우고 힘을 기르자는 외침은 같은데 상반되는 이념이 같은 동포를 상호적으로 내몰게 되었다.

 빨갱이로 몰리고 부역자로 간주되어 정부군의 무차별적 학살에 희생되던 시민들이 양민 자위대라는 것을 조직하여 정부군을 막아서자 정부는 그들마저 토착 빨갱이 집단으로 지목하여 군대를 증파하고 공격했다. 이제 시민들은 빨치산과 정부군 양쪽 모두를 피해야 하는 진퇴양란에 둘러싸이게 되었다.

박성규가 큰 도시에 약품을 구하러 갔다가 위급환자를 가장한 빨치산에 유인되어 납치되었다. 사실 납치된 것은 맞는 말이었지만 빨치산들은 부상자와 환자를 살리기 위한 어쩔 수 없는 일이었다고 설득하려 들며 성규에게 극진했다. 열악한 환경에서 치료조차 받지 못한 채 죽어가고 있는 그들을 보며 성규는 빨치산에 대한 분노보다는 부상자는 피아를 가리지 말고 치료하자고 했던 자신의 제안이 일언지하 묵살되고 외려 몸조심하라는 겁박까지 받았던 것이 떠올랐다. 너무나 비인간적인 정부 처사에 울분이 치올라서 그들에 대한 연민이 생겨나는 성규이었다.

그들의 은거지로 잡혀온 후 매일 환자들을 치료하고 있었지만 환자들과 아이들 외에는 교대 근무자 두 명이 보이는 전부였다. 누구에게선가 빨치산이나 프락치는 점조직으로 움직인다고 들었던 말이 생각나서 놀랐지만 자기는 그냥 치료만 잘 해주고 떠나면 그뿐이다 싶었다. 치료를 하지 않을 때에는 할 일이 없어서 빈둥거려야 했다. 감시가 따르는 가운데 주변을 산책하거나 아이들과 말을 섞는 게 시간을 보낼 수 있는 전부였다. 아이들이랑은 깊은 얘기가 아닌 그저 시덕거리며 함께 노는 것이라 부담 없이 시간을 때우기엔 그만이었는데 얼마 전부터는 그것도 어렵고 매우 조심스러워졌다. 아이들이 철두철미할 만큼 사회주의에 익숙해져 있는 것을 알고서부터였다. 교육을 받은 영향이겠지만 그보다는 오히려 세뇌 당한 것처럼 그들의 지식은 절대적이고 철저하여 자칫 자본주의 입장이나 민주 개념에 관련된 말이라도 내었다가는 그 어린아이들이 들어내는 적개심과 공격이 여간 만만한 게 아니었다.

"어제는 칠산리 파출소를 쳤고 오늘은 자위대를 가장하여 악질 배때기들을 갈랐더래요. 내일은 우리 부대를 이탈하여 전향한 반동 새끼들을 쳐부술 거라 하고요."

묻지도 않은 승전보를 아이들은 성규에게 아주 자랑스럽게 들려주었다. 평화공존을 내세우며 귀천 없는 세상을 표방하고 있는 그들이었지만 실상은 그들의 선전과는 달리 잔인한 공격으로 파괴가 이어지고 있는 게 틀림없다는 생각이 들게 했다.

성규가 그곳에서 보낸 지도 세 달이 지났다. 환자나 부상자들을 어느 정도 치료를 하였는데도, 치료가 끝나면 돌려보내 주겠다던 그들에게서는 아무런 이렇다 할 말이 없었다. 성규는 겁이 났다. 이대로 이곳에서 빨치산으로 굳어져버려 영영 돌아가지 못하는 게 아닌가? 자칫 귀가라는 말을 꺼냈다가 아무도 모르게 죽임을 당하는 것은 아닐까?

조바심이 나고 두려움에 사로잡히는 것을 몇 번을 겪으면서 그는 돌아가야 하겠다는 생각이 온 머리를 감쌌다. 아무리 그를 대접하고 구속 없이 잘 지내게 하는 그들이더라도 두려웠다. 겉과 속이 다른 게 보였고 무엇보다도 아이들까지 잔인한 말을 거리낌 없이 말하는 그들의 정신무장과 세뇌교육이 무서웠다.

"여기서 죽으나 달아나다 걸려서 죽으나 마찬가지니… 성공할 수도 있을 것이니."

그가 탈출을 시도한 것은 그리하겠다고 작정을 한 한참 뒤였다. 중간에 마음이 바뀌었던 것은 아니었다. 사실 아이들이 사회주의 이념에 젖어 있다고는 했지만, 그리고 성규를 적으로 간주하여 감시의 눈을 잠시도 누그러뜨리지 않는 것이었지만 그들의 또랑또랑한 눈빛과 함께 뛰어노는 때는 영락없는 아이들이라서 그들을 품어 지켜주고 싶은 마음이 든 적도 있었다. 하지만 그런 생각은 잠시뿐 눈에 보이는 그들의 어려운 생활에 거부감이 들어 그런 생각을 떨쳐내며 그곳을 벗어나겠다는 자신을 다잡았다. 어떻든 그가 작정을 하고도 한참을 머뭇거린 것은 철저한 준비 때문이었다. 아무리 그들을 치료하고 생명을 구해줬다고 하지만 달아나다 잡히는 날에는 즉결로 처형될 것을 아는 까닭에 어지간히 조심하지 않을 수가 없었다. 두어 달마다 대도시로 생필품을 구하러 나가는 팀에 합류하여 틈을 만들기로 했다. 의심의 눈을 완전히 벗어낼 수는 없는 것이었지만 성규의 거주지와는 정반대 방향인데다가 감시가 둘씩이나 붙는 것이어서 귀한 약품을 구한다는 명목으로 합류할 수가 있었다.

예상은 했었지만 감시는 성규에게서 걸음을 떼지 않았는데 기회는 우연하게 엉뚱한 곳에서 와 주었다. 식당에서 갑자기 배가 아파서 화장실에 들렀다가 그 화장실이 양쪽으로 문을 내어 두 집에서 공용하고 있다는 것을 알게 되었다. 잽싸게 맞은 편 문을 나와 멀리 보이는 병원으로 죽을 힘을 다해 달려 들어갔다. 잡힐 것이 염려되어 그곳 입원실에 틀어박혀 사흘을 보냈다. 병원의 도움으로 입원 환자로 가장할 수 있어서 천만다행한 일이었다. 누가 뒤를 쫓거나 잡힐까봐 행선지를 여러 차례나 바꾸고 차를 바꿔 타며 거반 일주일이 걸려서야 근무지 보건소로 돌아올 수 있었다.

그런데 이상했다. 보건소 입구에 경찰들이 진을 치고 있는 것이 아닌가?! 보건소에는 발을 들여 놓아보지도 못하고 경찰서로 끌려갔다. 빨치산에 동조 부역한 빨갱이라는 것이었다. 결코 빨치산에 동조했던 것이 아니고 납치되었던 것이라고 극구 부인을 했지만 씨알도 먹히지가 않았다. 더더욱 놀라운 것은 자기 보건소 간호사가 그를 빨갱이로 고발을 한 것이라는 것이었다.

"아니, 그녀가 무슨 일로? 어떤 근거로?"

자신도 모르게 언성이 높아졌다. 한 때 자기에게 치료를 받은 적이 있는 경찰은 표정을 바꾸지 않은 채 묵묵히 편지 한 통을 내밀었다. 빨치산에서 성규에게 보내온 그동안의 노고에 치하한다는 것과 앞으로의 임무에 대한 지시 내용이었다.

그 편지가 3일 전에 병원에 등기로 도착했고 성규가 부재중이라서 간호사가 열어보고는 놀라서 파출소로 달려 온 것이라는 설명이었다. 얼토당토 않은 조작이고 음해라고 침을 튀겨가며 변명을 했지만 경찰은 그것이 프롤레타리아 혁명에서 쓰이는 방해공작인 사보타지 일환이라는 것을 알지 못하고 아니, 오히려 건수를 올려 포상을 받을 수 있는 기회로 여겨서 성규의 말을 들으려 하지 않았다.

느닷없이 빨치산에 피랍되어 반년이 넘도록 그들을 치료해 주고도 그들의 흑색선전으로 프락치로 몰리게 된 성규는 갖은 고문에 시달려야 했다. 그는 빨치산 은거지에서 차라리 안 돌아왔다면 어땠을까 후회까지 드는 것이었다. 사형을 면한 게 그나마 다행이라고 일부에선 말했지만 그는 죽는 게 차라리 나을 만큼 모진 고초를 5년이 넘도록 겪어야 했다.

정부에서 빨치산이 섬멸되었다고 발표를 했다. 그들이 군부대를 치려다 퇴패한 후 지금까지 어느 곳에서도 공격이나 테러가 있었다는 보고가 없었고 그들의 은둔지 또한 군경 합동으로 공격하여 초토화시켰으니 그렇게 말하고 생각되는 것이 당연했다. 하지만 겉보기와는 다르게 정필은 지금까지의 무력 전략을 중단하고 빨치산을 보이지 않는 지하조직으로 변화시키고 있었다. 사회주의의 실패로 공산 사회에 회의가 일고 거부하는 것이 운동처럼 일어나는 것에 맞서 세뇌된 이념과 정부에의 불신이 신념화된 측의 반대 시위도 끊이지를 않는 체제의 불분명화의 소용돌이가 거친 가운데 투쟁이나 혁명으로 전면전을 하기에는 여러모로 어려운 점이 많았다. 정필은 물밑 작업으로 민간에의 혁명교육과 프락치 양성, 각계각층에로의 침투로 후방 교란을 꾀하는 대대적인 프롤레타리아 혁명의 전략 전환을 기하기 시작했다.

그는 먼저 지방 유지들을 찾아다녔다. 자신을 일찍이 고아가 되어 대도시의 한 가정에 입양되었다가 몇 년이 못 되어 파양되어 고학과 갖은 고생을 하여 적은 부를 모았더니 고향이 그리워서 돌아 왔다고 소개했다. 그는 무지를 깨는 교육과 많은 고아들을 돌보아야 할 필요성을 강조하며 그 일을 자신이 하고 싶다며 도움을 청했다.

금전적인 것이 아니라 명분 좋은 일에 이름을 올리고 뒷배가 되어달라는 것이니 마다할 이유가 없었다. 곧바로 고아들을 위한 번듯한 기숙사가 딸린 학교가 건립되고 곳곳에 야학당이 생겨났다. 정필을 필두로 유지들은 부모 잃은 아이들을 앞다퉈 입양하기 시작했고 야학당에서는 지하 빨치산 정예들이 매일 청년들을 상대하여 인재양성 교육을 했다. 말이 야학당이지 교육은 밤낮을 가리지 않고 열성적이었다. 교육은 어린 아이들이나 청년들에게 알게 모르게 이념이 심어지고 프롤레타리아 혁명 이론을 숙지시켜 은연중에 반정 사상과 사회주의 이론에 침윤되어 가게 했다. 정필은 또한 이곳저곳에 강연을 나갔는데 그곳에서도 그는 어렵지 않게 촌철살인, 흑색선전, 방해공작 등을 설파할 수 있었다. 몇 해가 지나 졸업생을 배출하게 되고 그런 인력들이 사회로 나서기 시작했다.

그들은 교육계, 노동계, 공무원 등으로 진출했다. 20년이라는 세월이 흐르는 동안 그렇게 배출된 인물들로부터 교육받고 그리 세뇌되어 알아오는 후세들은 이념의 개념이라든지, 투쟁, 혁명이라는 말이 필요 없이 그들과 다른 의견이나 행위에 자연적으로 이념적 저항적 반응을 하게 되었고 선대가 배우고 익혀서 눈살을 세우며 만류하는 행동을 오히려 악행이니 미친 세력으로 치부할 수밖에 없게 되어갔다. 성규가 마치 자본주의와 민주주의가 절대적인 것으로 여겨서 조금도 믿어 의심치 않는 것처럼.

그렇게 반세기가 넘는 과도기를 보내면서 정필은 그곳의 후예들에게 보이지 않는 손으로 진보적 혁명 교육을 주입시키며 사회주의의 기반을 잡아나갔고 성규는 의사로서의 입지를 굳혀가고 있었지만 정부 실책에 항거하는 말을 스스럼없이 하여 요주의 인물로 감시를 받게 되었다.

정필의 집단이 압제 받는 인사를 지원하고 빈곤하고 정부의 손길이 비교적 소홀한 지역에의 집중 공략을 하며 그 세력을 확대해 나가는 것에 힘을 입은 젊은층은 진보와 혁신을 내세우며 기성 정치에 비난과 저항을 하며 거세게 정부를 성토하기 시작했다. 고령화로 증가한 노인 세력이, 그들이 겪은 공산주의의 실상에 대해 목소리를 내고 참여와 간섭으로 그런 변화의 물결을 다소 누그러뜨리고는 있었지만 조금의 시간을 늦출 뿐 나라는 훤히 보이는 앞날이 되어가고 있었다. 결국 감춰진 손에 이끌리고 있던 청년들은 민주혁신이라는 정당을 만들게 되었고 그들은 대놓고 사회주의를 입에 담는 한편 정부에 대한 비난 등의 목소리를 높이고 실업률과 경제의 이중성을(경제가 발전하여 국위가 선양되고 있었지만 빈부의 격차는 벌어지고 있던 실정이었다.) 질타했다. 위협을 느끼게 된 기득권이 자리를 지키려고 제재를 가하기 시작한 것이 그 즈음이었다.

청년들을 위시하여 민중들이 독재라고 신음을 내었지만 그런 무력에 그저 시위로 맞설 뿐 어떤 무력도 행사하지를 못했다. 그들의 편은 철저히 교육을 받아 와서 자기들도 모르는 사이에 머릿속에 혁신과 진보가 의식화된 인재들로 가득한 언론계와 교육계에서 대신 서고 있었다. 언론과 매스컴의 정부의 실책에 관한 논평과 질타가 수위를 높여 갔고 학생들의 시위가 일부 지방에서 일던 것을 벗어나 전국적으로 퍼져나가면서 그 기세가 더욱 격렬하고 끊임없이 이어져 갔다.

그에 비례하여 정부의 진압시키려는 무력이 심화되면서 매스컴을 통해 이를 지켜보던 국민들이 독재를 탓하기 시작했다. 그럴수록 정부는 더욱 진압의 수위를 높여 이젠 애꿎은 희생자까지 생기고 있었다. 국민들은 불만이 팽배하여 화병과 체념에 빠졌지만 자칫 엉뚱한 화살이 자신에게 날아올까 하는 두려움에 입을 열 수가 없었다.

"무슨 나라가 이 모양이야?"

"나라는 무슨? 지옥도 이것만 하지는 않을 게야."

"민주주의니 사회주의니 뭐가 다르다는 것이야? 공산국가도 이렇게 억압하고 제 국민을 파리 목숨처럼 여기지는 않을 거야."

전방에서 밀려나는 신세가 된 노인들이 그저 삼삼오오 모여 현실과 나라의 앞날을 한탄하는 게 고작이었다.

민주혁신을 외치던 청년당은 사회당으로 이름을 바꾸고 본격적으로 사회주의를 수립해 나가게 되었다. SNS의 만연으로 소통이 원활해지고 자기표현이 쉬워지면서 퍼져가는 그들의 기치에 아무도 거부감을 느끼지 않았다. 아니 오히려 쌍수를 들어 환영했다는 게 더 맞는 실정이었다.

붉은 교육

 나라가 세계 경제의 선도를 맡아가고 있다는 정부는 압제가 거세지며 독재로 치닫는데 비해 생활 형편이 나아지는 게 없이 빈부의 격차만 커져가는 양민의 고초가 심해지는 가운데 산업계는 파업이 줄을 이었고 시위대와 이를 진압하려는 군경의 충돌로 부상자가 즐비한 시가지는 늘 최루가스 연기가 자욱했다.
 양민 자위대를 자처하며 격렬한 시위를 벌이던 무리가 증파된 군대의 공격에 엄청난 희생이 발생했다. 격분한 시민들이 동조하여 거리로 뛰쳐나오고 동요하는 민심은 정부에 대한 적개심으로 쌓여갔다.
 그러는 가운데 양민 자위대가 자살을 하는 비극이 발생하게 되었다. 모두가 공분으로 정부에 울분을 참지 못했다. 호도된 것이다. 사고였다며 정부가 한 것이 아니라는 정부의 극구부인 속에 진보사회당에서는 어쩔 수 없는 조치였다며 정부를 두둔하는 체 하여 정부가 저지른 것으로 단정을 지어버려서 울분에 찬 민심을 더욱 이반되게 했고 이제는 정부를 옹호하다가는 아예 민중의 적으로 몰릴 만큼 사태가 심각해지게 되었다.

파업, 시위, 자결, 민심의 동요와 이반, 그리고 흑색선전과 방해공작 등 이 모든 것이 프롤레타리아 혁명 과정과 너무나 같게 나타나는 것을 지켜보던 성규의 목소리가 더욱 커져가기 시작했다.

그는 민생을 파고들어 민심을 국가로부터 이반시켜서 국가를 전복시키려는 사회주의자들의 술책에 속지 말라고 민중을 향해 소리쳤고 부패와 독재로 나라를 피폐하게 하면 결국 망국의 길로 가게 될 것이라며 정부에 경고를 했다.

하지만 아무도 성규의 목소리를 들으려고 하지 않았고 반응 없는 메아리는 엉뚱하게도 성규를 미친 사람으로 몰아갔다. 하지만 그들의 교묘한 술책을 익히 알고 있는 성규로서는 멈출 수가 없었다. 급기야 성규의 커지는 목소리를 막는 일환으로 정부에서는 다시 그의 빨치산 부역으로 적과 내통한 것과 환자의 방치로 이르게 한 사망사고를 파헤치며 그를 옭아매었다.

이념의 혼재 속에 진보사회당은 그들의 뜻을 완성시키기 위한 굳히기에 돌입하기 시작했다. 파괴하고 공격하던 전략을 숨기고 양민을 위한 지원을 표방하기 시작했다. 수세에 몰리게 된 정부에서 지주들로부터 농지를 환수하여 양민들에게 장기 저리로 넘기는 소위 말하는 농지개혁을 실시하며 민심을 이끌어 들이려는 궁여지책을 마련했다.

하지만 정필 일당들은 그것을 역이용하여 양민과 정부를 이간시켰다. 그들은 양민들 사이에 프락치를 심어 마타도어를 행했다. 정부가 지주들로부터 토지를 환수하여 양민들에게 나눠주는 땅이 정부가 자발적으로 하는 토지개혁의 일환이 아니라 진보사회당이 정부 관료들의 오점을 빌미로 그들에게 압력을 넣어 억지춘향 격으로 지주에게서 빼앗아 양민들에게 나눠주는 것이라며 쉬쉬하는 비밀이라며 헛소문을 퍼뜨렸다.

정부라고 들어서고서부터 줄곧 혹세무민하며 민중을 수탈해 온 터라 정부에 반감이 커질 대로 커져 있는 백성들로서는 사회당의 헛소문이 정부의 발표보다 더 솔깃한 것이었고, 그렇지 않다고 하여도 농사지을 땅만 생기면 그만이지 그것이 누구에 의해 주어지는 것인지는 별무관심이었다.

사회당은 또 수도권 위성도시에 겨우 가내 공업 수준의 작은 공장, 공사장 등 일터를 마련하고 열악하지만 쉼터, 기숙사 등의 주거를 실제로 제공하기도 하여 그 모두가 자기들이 민중을 위해 하는 일이라며 생색을 내어 양민들이 그들을 믿고 따르게 했다. 직업교육을 통한 일자리를 만들어 누구나 일을 하면 잘 살 수 있다는 사회 풍토도 조성해 나갔는데 이런 교육이나 야학의 기본 가르침 속에는 공산혁명의 이론이 기초되고 있었고 이런 이론이 배움을 얻고자 하는 청소년과 청장년 사이로 스며들어 뿌리를 내리기 시작했다.

몇 년이 지나지 않아 진보사회당은 국민을 위한다는 기치로 드디어 선거에서 승리를 하게 되었다. 들어내고 떠드는 것은 아니었지만 민주국가가 사회주의 국가로 전환되는 이념의 전복이 이뤄지는 역사의 순간이었다. 하지만 거의 반백년 동안 알게 모르게 이어져 온 학습 효과와 만연한 진보성향, 부패 정권 등을 겪어 오던 시민들은 나아지는 생활과 내일에의 기대에 누구도 전복이라 여기지 않았고 단순히 정권이 교체된 것으로 여기고 있었다. 그저 몇몇 식자들 간에 승리자에 의해 기록되는 게 역사인데 후일 이 일이 어떻게 기록될까를 궁금해 할 뿐이었다.

모두들 어지간히 마셨던 것인지 불콰해진 얼굴로 박 노인이 들려주는 얘기를 듣고 있었다. 그는 만연하고 있는 사회주의 개념을 경고하고 있었다. 어쩌다 이런 얘기까지 나오게 된 것인지는 알 수 없었지만 박 노인을 둘러싼 채 문화유적을 탐방했던 일행은 솔깃해 하고 있었다. 박 노인의 말에는 여태 가시가 있었고 이념에 관해 얘기할 때는 얼굴에 쓴 표정이 섞여서 자못 비장하게까지 보였.

"그러니까 이념이니 자본, 공산 같은 말은 위정자들에게나, 혹시 여기에 정치하는 사람이 있다면 미리 양해를 구하오만, 그런 사람들에게나 쓰일 것이지 우리 같은 민초들은 어느 쪽이든 그저 등 따시고 배부르면 그만이다 하는 말인 게지요. 보세요, 지금은 어엿한 한 정당으로 나라를 이끌겠다고 나서고 있지만, 과거에 이 나라에 어디 사회니 진보니 하는 게 말이라도 꺼낼 법한 일이었던가요? 그런데 누구라 할 것 없이 다들 국민을 잘 살게 하겠다고 하고 있잖아요? 그러면 된 것이지요. 이념에 반한다기보다는 제 잇속에, 제 앞가림에 혈안이 되어 국민을 우롱하고 희생양으로 삼는다면 정치꾼들이 세상에서 가장 전후가 다른 족속들이라서 말입니다. 좌우간 어느 쪽이든 국민에게는 잘 살게 하면 우리 편이라는 말이지요."

"그런 말은 조심해야 할 것 같아요. 자칫 오해를 사서 다시금 보안이나 안보로 잡혀갈지도 모를 일이니…."

빨간 조끼를 입은 여인이 배시시한 미소를 지으며 걱정스레 말을 던졌다.

"이 나이에 어떤 일이 닥치건 뭐가 겁나겠소? 할 말은 하고 살아야지. 나를 잡아간다는 게 역설적으로는 뭔가 켕기는 게 있다는 것일 수도 있을 거고."

몇몇이 이해가 된다는 듯 고개를 주억거리며 술잔을 비웠다.

"선생님이 외국 정부기관 요원으로 유럽과 중동에서도 일을 했고 한때 미국에서 영화감독 일도 했었다고 들었어요. 민감한 우리나라의 사상 얘기보다는 그 얘기를 해주실 수는 없나요?"

조금 전의 그 큰 키의 사내가 박 노인을 도우려는 것인지 정말 그런 얘기가 궁금했던 것인지 질문을 던졌다.

"미안해요. 아직은 그 얘기는 할 수가 없어요. 밉고 짜증이 나는 일이어서 다 까발리고 싶지만 그러지 않겠다고 선서를 하고 약속을 한 일이라. 내가 죽으면 저기 셸리에게서 듣든지 아니면 내가 자서전을 쓴다면 그때 읽어 보세요."

"따님이 생판 우리에게 그 얘기를 들려줄까요?"

젊은이가 궁금한 듯 선뜻 나섰다.

"싱글이라잖어? 청년이 그녀와 잘 사귀면 들을 수 있지 않겠어?"

빨간 점퍼의 여인이 슬며시 둘을 엮으려 들었다.

듣고 있던 박 노인이 고개를 크게 주억거렸다.

"그거 괜찮은 방법이네. 가족이 되면 당연히 들을 수 있겠지. 아무렴 있고말고."

마타도어

"박성규가 계속 알짱거리는 게 여간 골치를 썩이는 게 아니라서 문제에요."

의사인 주제에 혁명 이론까지 들먹이며 사회주의의 확산을 경계해야 한다고 정부를 들쑤시고 여론몰이를 하고 있는 박성규를 두고 진보사회당 내부에서는 성토를 벌이고 있었다. 별 언급 없이 듣고만 있던 정필 위원이 자리를 뜨며 짧게 한 마디를 했다.

"그가 정녕 그리 위험하다면 끌어들여 가까이 두거나 그도 여의치 않다면 제거해야지요."

하지만 이미 빨치산 시절에 그들과 성규 사이에 있었던 악연을 모르지 않는 정필의 의중을 행동대원들은 읽을 수가 있었다.

사실 박성규는 일찍 해외 문물에 관심을 가진 부모님 덕에 그가 어릴 적부터 놀이터 같이 놀고 학업을 했던 곳이 선교사가 운영하던 학당이라서 그가 민주주의 성향에 많이 익숙하다고는 하겠지만 그는 사회주의든 민주주의든 정치나 이념 따위에는 별스런 관심이 없었었다. 그러던 것이 빨치산에 납치되었다가 또 그들의 농간으로 그들에게 부역했다는 죄명으로 심하게 벌을 받으면서부터 생각이 바뀌었다. 사회주의, 혁명, 프롤레타리아 등에 관심을 가지게 되었던 것이었다. 하지만 그것도 더 이상 자신이 억울한 일을 당하지 않겠다고 대비하려는 것이었지 이념에 침잠해진 것은 아니었다. 박성규는 그가 겪었던 빨치산에 대해 의견을 피력하고 그에 대비하여 맞설 힘이 있어야 한다고 목소리를 내고 있었지만 실상은 이념이 밥 먹여 주느냐며 콧방귀를 뀌는 그였다.

쾌쾌한 냄새가 코를 문지르게 하는 유치장 한 쪽으로 둘은 던져지듯 밀쳐졌다. 그때까지도 만신은 성이 풀리지 않은 듯 한참 동안 씩씩거리며 성규를 노려보는 것이었지만 성규는 못 본 척 눈을 마주치지 않았다. 그런데, 얼마나 지났을까? 생소하던 냄새에 덤덤해졌을 때쯤 만신이 엉덩이를 밀어 다가오며 말을 건넸다.
"나도 사실은 촛불 편이라오."
하지만 대꾸를 하지 않는 성규였다. 그러려니 했다는 듯이 잠시 쭈뼛거리던 만신이 까진 성규의 이마 상처를 제 소매를 들춰 닦아주며 다시 염려스런 척을 했다.
"갑자기 대들어 주먹을 휘두르니 안 맞으려 밀쳐낸다는

것이 그만⋯."

"그만 두쇼. 촛불대열에 서기 싫으면 끼이지 않으면 될 것을 무슨 재를 뿌리는 것도 아니고 섞여 들어서는 개밥에 도토리 짓을 하니 화를 내지 않고 배겼겠어요?"

외출을 했다가 우연히 맞닥뜨린 촛불 데모대에 스트레스나 풀겠다는 마음이 들어 충동적인 합류를 했다. 느릿느릿 나아가는 것이었지만 도도히 흐르는 거대한 물줄기처럼 전진하고 있는 군중 속에서 성규는 마치 자신이 무슨 큰 애국자나 된 듯 가슴이 뿌듯해지고, 온몸에 혈기가 용솟음쳤고 쌓였던 스트레스가 다 날려가 버리는 것 같았다. 모두들 웃사웃사 한 마음이 되어 전진해 나아가는 것이, 이루지 못할 것이 없을 것 같은 크나큰 기운마저 드는 것이었다. 그 와중에 도로 바깥쪽에서 느닷없이 꾸짖듯 외치는 소리가 들려왔다.

"집어 치워라. 촛불문화는 뭐 말라죽은 개소리냐? 떼 지어 데모하는 게 무슨 문화냐? 나라꼴은 생각도 않고 촛불만 들면 다 민중의 뜻이고 문화냐?"

당연히 촛불 시위대에 반대하는 의견을 가지는 사람도 있을 수 있을 것이라 생각되어 촛불 대에 반하는 소리를 외쳐대는 작자가 거슬리기는 했지만, 성규는 처음 얼마간은 모른 척 하다가 계속 깐족거리며 따라오는 만신에 갑자기 욱하는 마음이 들어 만신에게 덤벼들었다. 하지만 채 군중

속을 빠져나오기도 전에 그 데모대들에게 붙잡히는 꼴이 되었는데, 군중들이 절대 폭력은 안 된다며 그를 막은 것이었다. 그런데 닿지도 맞지도 않은 만신이 나 죽네, 나자빠지더니 길 옆 화단 벽에다 머리를 받아 피를 철철 흘리며 군중 속을 파고들려 하는 것이었다.

성규는 순간적으로 자칫 덤탱이를 쓰겠다 싶은 위험을 감지해서 자기도 얼른 돌멩이를 하나 주워 제 얼굴을 긁어버렸다. 상대가 억지를 부릴 것 같아서 적어도 쌍방으로는 가야겠다 싶었다. 결국 데모대는 계속 전진해 나아가버리고 둘만 태풍이 쓸고 간 듯 황량한 거리에 버려지듯 남게 되었는데 득달같이 경찰이 달려와서는 아무 것 묻지도 않은 채 무작정 경찰서로 연행했고 둘은 유치장 신세가 되게 되었던 것이었다.

"합의는 무슨?! 모두가 내 잘못인데, 나 자해공갈범이 아니라오. 내 치료비 일체를 다 부담해 들릴 테니 그만 화를 좀 누그러뜨리시구려. 그냥 내 열기를 이기지 못해 한 짓거리니."

만신은 이제까지의 태도를 180도 바꿔서 화해를 청했지만 성규는 못들은 척 했다.

'무슨 속셈이 있기에 갑자기 태도를 일변시키는 게야? 아예 말을 섞지 말아야지.'

성규가 전혀 반응을 보이지 않는데도 만신은 사과와 변명을 계속했다. 자기는 단순한 무속인 인데 지난밤에 기도를 올리는 중에 오늘 귀인을 만날 거라고 그 사람을 자기가 평생 돌보며 지켜 주어야 한다는 응답을 들었다고 했고 그 귀인이 당신이고 아마도 조만간 큰 공직을 얻게 될 기라고도 했다. 성규로서는 귀가 솔깃했지만, 그래도 애써 모른 척했다. 한참 뒤 둘은 화해를 했고 경찰서 근처 순댓국집에서 술잔을 기울이게 되었다. 이야기를 나누다보니 만신이 여간 똑똑하고 주도면밀한 사람이 아니라는 생각이 들었다.

"먼저 나는 아까 유치장 안에서도 말했지만 촛불 쪽 사람이란 걸 말하고 싶소. 귀인이 나랑 소신이 다르면 문제가 생길 수도 있으니 나는 으레 거기 시위대 안에서 그 사람을 만나야 한다고 믿고 있었던 것이지요. 시선을 끌려니 다른 방법이 없어 안티 짓을 한 거였지요. 내 기도에 응답하신 신의 예지대로 나는, 용기 있게 다른 의견에 맞설 수 있는 사람을 만났고, 위기에 발 빠른 대처까지 하는 당신을 보며 이 분이로구나. 단박 알아 볼 수 있었다오. 무엇보다도 얼굴에 푸른 봉황을 안고 있어 장차 엄청 큰일을 하시겠구나, 믿음이 들었지요."

자기에게 듣기 좋은 말만 하고 있으니 싫지 않게 듣고 있는데 '봉황'을 운운하며 말끝까지 높여주니 성규로서는 만신을 마치 구세주 같이 생각지 않을 수가 없게 되었다. 알을 깨치고 나와 처음 만나는 것을 어미로 믿고 따른다고 하는 새끼 새에 관한 말을 본받듯 어느새 성규는 이제까지 생각해 보지 않았던 꿈을 꾸고 있었고 그와 함께라면 그 꿈이 이뤄질 수 있을 거라 확신까지 하며 그를 따르고 있었다.

"상실감에 빠져서 세상을 원망하고 반항하는 젊은이들을 부추겨 제 잇속을 채우고자 하는 정치꾼들의 소위 말하는 포퓰리즘에의 편승은 정말이지 하루속히 없어져야 하는 악질적 폐단이라는 생각이 듭니다만."

만신의 얘기에 빠져 넋을 놓은 채 듣고 있던 성규가 끼어들었다.

"그렇습니다. 저들이 하는 행동의 잘잘못을 모르는 것은 용서할 수 있겠지만 자기들의 이해를 위해, 잘못될 수도 있다는 것을 알면서도 밀어붙이는 것은 범죄 중에서도 아주 엄청난 범죄지요. 나중에 역사의 평가를 어떻게 받을지 두렵지도 않은가 봅니다."

"역사의 준엄함을 아는 놈들이라면 그런 짓거리를 겁도 없이 하겠어요? 그들 역시 당장은 자기네들의 행동이나 주장이 바르다고 여기니까 그러겠지요?"

"에이 성규님, 너무 바르게만 보려고 하지 마세요. 세상은 성규님 마음처럼 그리 착하기만 한 게 아니에요."

"도사님 말씀을 이해하지 못해 드리는 말이 아니라 그래도 세상이 지탱되고 있는 건 세상에는 바른 이들이 조금이라도 더 많기 때문이라 여기고자 하는 말이에요."

"그렇게 믿고 싶으시겠지만 악이나 부정적 기운은 아직 어렸을 때 고칠 수 있게 순치해야 하는 것인데 젊은이들을 저렇게 벌써부터 다 망쳐버리고 있으니 그게 걱정인 게지요."

"그러게요. 아직 젊고 바른 혈기가 물들어 버리면 저들이 기성세대가 될 때는…, 정말 생각만 해도 아찔해져요."

만신이, '그만! 이런 아픈 얘기들은 그만하자'며 말을 끊었다. 성규는 어느 한 편에 기울어지지 않으면서도 시위나 집회에 관해 보다 정확히 자신을 이해시키려 애를 쓰는 그를 볼 수가 있어 다행이라고 생각하고 있었다.

어느 날 성규는 거울 속에 자신을 비춰 보다가 소스라치게 놀라고 말았다. 거울 속에서 너무나 교활하게 버티고 서 있는 한 인물을 보게 되었던 것이었다. 하지만 묘하게도 변해버린 자신의 모습에 놀라고 당황스러워 겁을 내고 있었지만 내심, 자신도 이젠 제법 힘깨나 쓸 수 있겠구나 생각을 하고 있었다.

성규는 그렇게 만신을 의지하며 날개를 달아 가기 시작했다. 사람을 사귀는데 있어 신중해야 한다는 말이 마치 성규와 만신을 두고 하는 말 같이 되고 있었다. 둘은 점차 하나가 되어가는 듯했다.

이제 대외적으로 성규는 썩어 문드러져 가던 정경유착의 폐단을 들추고 사회주의의 확산이 나라를 위험에 빠뜨리게 할 것이라고 외치며 민생을 자극하며 자신들을 억눌려만 왔다고, 당하고만 있다고, 되는 게 아무 것도 없는 지옥 같은 나라에 살고 있다고 생각하는 민중들이 술렁거리게 했다.

민중들은 누가 먼저랄 것 없이 촛불을 켜들기 시작했다. 상실감, 패배감 등의 동질성으로 모여들고 무리지어 나아가자 촛불은 순식간에 걷잡을 수 없는 크나큰 세력의 횃불로 거세게 타 올랐고 매스컴들이 먹이에 꼬이는 파리 떼처럼 극성을 부리며 연일 대문짝만한 기사를 쏟아내고 있었다. 급기야 성난 민심은 스스럼없이 촛불로 정부를 타도하는 그날까지라는 구호를 외치기까지 되어 버렸다.

처음부터 박성규를 자기들 뜻에 맞게 회유하려고 모의하여 데모대를 통하고 역술가를 가장하며 그를 주무르려던 사회진보당은 딜레마에 빠졌다. 정부의 폐단을 지적하며 민심을 동요하게 하는 것은 자기들 입장에서는 좋은 것이나 사회주의를 들춰내며 위험하다고 국민들에게 경종을 울리는 것은 그냥 넘길 일이 아니었다. 자기들 뜻대로 움직이게 하고 저들이 원하는 대로 쓸 수가 없다면 그를 없애야 했다. 하지만 제 손으로 화근을 만들 필요는 없었다.

넌지시 그의 과거 빨치산과의 일을 들추어 정부에 흘렸다. 그렇지 않아도 눈에 가시같이 굴고 있는 그를 잡아 족치지 못해 혈안이 되어있던 정부에서는 그를 제거할 엄청난 구실을 얻게 되었다.

　한 달포가 지났을까, 한 저녁에 제복 경찰이 스텐리 선교사를 찾아왔다. 박성규의 죽음을 통보하는 참이었다. 스텐리 선교사는 무척 놀랍고 낭황하여 잠시 말문을 열지 못했다. 밀듯이 손에 쥐어주는 사망 통지서를 부들거리며 들여다보던 그는 정신을 차리려 머리를 흔들다가 마당에서 놀고 있던 승우부터 안으로 들여보냈다.

　"사망 사유가 없는데요. 어떻게 죽은 것인지 사유가 쓰여 있지 않은데 어찌 죽은 겁니까?"

　경찰은 자기들도 알 수가 없다고 했다. 스텐리 선교사가 백방으로 성규의 죽음을 알아봤지만 시신은 고사하고 어느 곳에도 털끝 한 점의 근거를 찾을 수가 없었다. 과도기라 하던 때였지만 조국이 자칫 완전 공산치하가 될 것을 염려하여 외치고 각성시키려 들었던 청년은 그렇게 급작스레 흔적도 없이 사라져 버렸다. 들리기엔 토벌대에 아야 소리 하나 뱉지 못한 채 당하여 생매장되었다고 했지만 장소조차 알 수가 없었다.

　하지만 성규의 만신과 만남부터 모든 것이 모두 진보사회당에서 정필의 뜻에 따라 그를 마음대로 주무르기 위해서 꾸며진 일이었다는 것을 박성규나 스텐리 선교사는 전혀 눈치를 채지 못했다.

"요상한 것은 숨겼던 이빨을 드러내는 것인지, 인간 본연의 탐욕인지 또는 정치판의 실태인지 진보사회당은 다수당이 되자 그들이라고 다른 게 없더라는 것이지요. 쌈박질로 일관하는 아사리판 정치에다 저들 잇속을 채우려는 욕심에만 전전긍긍하고 있다는 거예요. 이념이고 뭐고 할 것 없이 이데올로기 싸움은 결국 사회나 국가 간의 세력나눔인 것이지 이 사회, 저 사회를 막론하고 국민을 위해서라는 말은 그저 허울에 지나지 않을 뿐이더라는 것이지요. 결국 모두가 민생을 빌미한 대가리들의 이권을 다투는, 여러분들이 보고 알듯이 그들만의 비즈니스로 귀착되는 것이 아닌가 하는 생각이 들어요. 아이러니한 것은 너나 할 것 없이 권력을 잡으면 보상이라도 받으려는 것인지 억누르고 보복하며 국민 기만을 되풀이하는 저들을 으레 그러려니 한다는 것입니다. 결국 정부에 속고 이념에 우는 건 민중들일 뿐인 것이지요. 생각해 보세요. 정부나 관리들이 국민을 몰라라 하고 배신을 하는 것이지 어디 국민이 정부를 배반하는가요? 배반할 수도 없는 것이지만. 울화가 치밀지만 전과자인데다가 빨갱이로 몰리고 있는 몸이라 자칫 반국가사범으로 몰릴까 저도 입을 떼기도 어렵지만요."

자리에서 몸을 일으키며 얘기를 끝내려는 박 노인에게 젊은이가 물었다.

"그렇다면 다시 정권교체나 국가전환은 기대할 수 없다

는 것인가요?"

"바라고 원하는 것이 이 나라가 유지, 발전되는 원천인데 기대는 늘 해야겠지요. 바람이나 꿈을 가지지 않으면 정체되어 끝내는 스러지게 될지도 모를 일이니까요. 하지만 그런 바람의 끝에 너무 큰 심중을 두다가는 되풀이되는 체념으로 다시금 몸살을 앓지 않을까요? 그저 채근하고 외치며 담금질을 계속해서 깨어있게 하는 것이지요, 제 앞의 일상에 충실하면서."

박 노인이 머리를 쓸어 올리며 화장실 쪽으로 향하는데 황혼을 펼치던 햇살이 주점 안을 타오를 듯 붉게 물들이고 있었다.

2부
버려진 사냥개

범죄 환경

 김 검사는 박승우를 대하면서 그가 무언가에 심하게 꼬인 듯한 느낌을 받았다.
 범죄 정황을 살피느라 두툼한 조서를 들춰보고 있는데 비서가 말을 전했다.
 "박승우 피의자 변호산데 피의자가 김 검사님께 특별 면담을 다시 요청한다는데요."
 잠시 물끄러미 그를 바라보던 김 검사는 기가 차다는 표정이 되더니 이내 보던 서류로 시선을 내렸다. 그는 관심을 나타내지 않았지만 마음이 쓰이는 것은 어쩔 수가 없었다. 김 검사는 전번 주에도 그가 신청했던 면담을 묵살했던 것을 떠올리고는 그의 수사기록을 다시 훑어보기 시작했다. 절도와 사기혐의 도합 3건 외에는 특별한 것이 없었다. 그가 자신은 사기범이 아니라 용공이란 죄를 덮어쓴 정치범이라고 떠든다는 게 색다르다면 색다를 뿐이었다. 그런데 마지막 장에 주기한 것이 눈에 띄었다.
 "저는 죄를 인정하지만 감옥에는 가지 않겠습니다."

특이한 놈이라 생각되며 무슨 사연일까 궁금해지더니 결국 그를 마주하고 앉았다.

"저는 제가 죄를 지었다는 것을 인정하고 뉘우치고 있습니다. 하지만 제발 감옥에는 보내시 마십시오."

그는 기록에 쓰인 것과 같이 사오정 말을 되풀이하고 있었다. 뭔 얼토당토 않는 말이냐 싶어 피식 웃음이 나며 피의자를 보는데 수상한 기미는 보이지 않는 얼굴이었다.

"죄를 짓더라도 양심은 있어야지, 죄는 인정한다면서 감옥에는 가지 않겠다는 게 무슨 심보예요? 이거 도둑놈 심보로 형기를 더할 수도 있어요."

"다시 말하지만 무슨 벌이든 받겠습니다. 하지만 감옥에 가는 것은…."

장난기 섞인 엄포를 놓았지만 그는 표정을 바꾸지 않았다. 미국 물이 배인 놈이라 여유를 부리는구나 싶어 슬며시 짜증이 나려했지만 누르고는 물어보았다.

"죄를 지었으면 당연히 벌을 받고 교화를 해야지 왜 감옥에 가지 않겠다는 거예요?"

"벌을 피하려 하거나 교정을 안 받으려는 게 아닙니다. 감옥에 가지 않겠다는 것이지…."

"허참, 교도소가 죄를 지었으면 벌을 받는 곳이고 교화를 받는 곳이라고요."

자기를 데리고 장난을 치려는 게라고 생각이 들어 김 검사가 언성을 높였다. 김 검사의 일갈에 기가 눌린 것인지 박승우는 고개를 숙인 채 다시 입을 열지 않았다.

김 검사가 그를 다시 만난 것은 그의 전과 기록에서 이상한 점을 발견하고서였다. 그의 국적이 미국이었던 것이었다. 미국에서의 절도, 상해를 합치면 전과가 5개나 되는 그는 줄곧 같은 요구를 하고 있었다.

- 죄는 뉘우치지만 감옥에는 가지 않겠다. -

받아들여지지 않는 요구를 되풀이하고 있지만 이유를 밝히지 않고 있었다. 그렇다고 자신의 요구가 받아들여지지 않는 것에 어떤 문제를 일으키지는 않고 그동안 순순히 형을 받았다는 기록에 김 검사는 호기심과 의아심이 들었다. 왜 감옥에 가지 않겠다는 것인지 솔직하게 말해보라고 했지만 그는 예의 그 사오정 같은 말을 지껄여댈 뿐이었다.

"무슨 까닭인지를 알아야 어떤 조치를 강구해 볼 것 아니오."

"나라는 놈은 교도소 안에서는 갱생되지 못하니 무인도나 고립 산속 같은 곳에 혼자 가두어서 스스로 자신을 교화할 수 있게 하거나 혹독한 훈련을 한다는 특수부대 같은 데로 보내 주십시오."

"잘 만들어진 정화교육 프로그램이 있는 교도소에서도

갱생되지 않는다면서 어떻게 스스로 자신을 지키며 교화하겠다는 것이오? 군대 얘기는 또 뭐고. 괜한 고집 부리지 말고 까닭이 있다면 그거나 말해 보시오."

몇 번이나 다그치고 회유해 보았지만 그는 사신은 교도소 체질이 아니라 하거나 아무리 죄인이라도 말 못할 사연이 있는 법이니 그만 물으라고 건방을 떠는 것이었다. 성격 탓인지 풀리지 않는 궁금증이 생기면 가슴이 막힌다고 털어내어 자기를 좀 시원하게 해달라고 김 검사가 부탁 아닌 부탁을 하는데도 그는 자기가 먼저 죽을까 두렵다고 중얼거리며 끝내 입을 열지 않았다.

"나도 뭣 좀 물어 봅시다. 그렇게나 자신을 정화하려고 절해고도에 고립되는 것까지 감수하겠다면서 감옥을 제 집 드나들 듯 왜 범죄의 끈을 놓지 못하는 거요? 잘못을 뉘우치고 자신을 정화시키려 한다는 거 그저 입에 발린 소리 아니오?"

언뜻 놀라는 기색이던 그는 잠시 생각에 잠기는가 싶더니 노려보듯 김 검사를 차갑게 바라보며 말했다.

"정말 몰라서 묻는 겁니까? 아니면 혹시 내게 어떤 범죄를 더 만들려고 캐내려는 겁니까?"

그의 냉소적이고 싸늘한 눈빛에 선뜩함마저 드는 김 검사였지만 마음을 가리며 재차 물었다.

"아무렴 내가 죄 없는 사람에게 죄를 덮어씌우려고 물을까. 자기를 고쳐 더 이상 범죄를 저지르지 않으려 한다니 뭔 사연인가. 혹시 감형사유가 있을까 해서 하는 말이지."

 판사 앞에서도 그는 죄는 인정하며 벌은 받겠는데 감옥은 가지 않겠노라 고집을 부리며 하소를 했지만 오히려 습관적인 법정 우롱이 덧붙여져 형을 받아야 했다.

 이상하게도 형이 언도되자 그렇게나 안절부절 하며 강퍅하게 굴던 조금 전까지와는 너무나 달리 그는 풀이 죽고 얌전해져서는 순순히 법정경찰에게 이끌려 나갔다. 그가 교도소로 보내지고 나서도 김 검사는 그가 머리에서 잊히지가 않았다.

 "그렇게 악착스레 요구하면서도 이유를 설명하지 못하는 데는 무슨 까닭이 있는 것 같아."

 의구심을 풀지 못하고 직원들에게까지 의견을 묻는 김 검사에게 수사관은 이미 떠난 사건이니 잊으라고 했고 비서는 훑어보아야 할 다른 일이 산더미라며 압박을 했다. 그도 그토록 그에게 집착하는 게 이해가 안 되고 사소한 일에 꽂히곤 하는 자신의 성격이 싫었지만 그가 몇 개나 되는 자격증들을 가지고 있던 것이 아깝다는 생각이 들어 그냥 넘겨지지가 않았다.

 김 검사는 다시 교도소 면회실을 들어섰다.

 "바라던 대로 처넣었으면 됐지 무슨 용무가 더 있어 날 만나자는 거요? 왜, 영치금이라도 넣어주시려고?"

격랑(激浪)의 역도(逆徒)들　65

그는 깔보는 듯한 말투의 비아냥거림으로 김 검사를 맞았다. 자기를 대하는 그의 태도가 종전과 판이하게 달랐다. 갑작스런 거친 말투에 김 검사는 적잖이 당황되는 것이었지만 무시했다.

"어째, 사람이 많이 변한 것 같네. 자중하고 뉘우치고 있을 거라고 생각했는데…."

"학교에 왔으니 열심히 배워야지요. 이 안에서는 다들 이렇게 된다고요. 아, 김 검사님은 안 들어와 봐서 모르겠구나."

너스레를 떠는 그를 똑바로 응시하며 김 검사는 무슨 까닭으로 그리 감옥을 마다하느냐, 왜 이유를 말하지 않느냐, 혹시 무슨 입을 열 수 없는 협박 같은 것을 받는 것은 아니냐 등을 물으며 그를 돕고 싶어 그러는 것이니 진심을 말해 보라고 했다.

그가 몸을 뒤로 젖히며 팔짱을 끼고는 묵묵히 그를 바라보았다. 김 검사는 이제 입을 열려나보다 하는 기대에 저도 모르게 몸이 앞으로 숙여졌다.

"김 검사님, 혹시 검사 시험 커닝한 거 아닙니까? 머리가 참 나쁘시네. 지난번에 이미 다 말씀드렸는데."

이건 또 무슨 뚱딴지같은 말이란 말인가? 재소자인 주제에 검사인 자신을 폄훼하는 것은 그렇다 치더라도 이미 다 말했다니? 김 검사가 혼란스러워 기억을 더듬는데 그의 말이 이어졌다.

"배운 게 도둑질이고 할 수 있는 게 죄짓는 것이라고 싸잡아 한 마디로 말한 걸 알아듣지 못한다면 하나하나 풀어서 들려줘야 하겠네요. 그러려면 시간이 많이 걸릴 거라서 여기서는 안 되겠고 김 검사님 방으로 불러주면 가서 말씀드리지요."

"얼마나 긴 얘긴데 그래요? 그냥 여기서 하지."

말 난 김에 듣고 싶어 김 검사가 보채듯 그를 구슬리자 그가 갑자기 언성을 낮추며 주위를 두리번거렸다.

"김 검사님이 진심으로 돕겠다고 해서 말하려 하는 것이지만 저는 자칫 목숨이 왔다 갔다 한다고요."

예상했던 대로 뭔가 두려워서 말을 못하는구나 생각을 하며 김 검사는 빠른 시일 안에 소환하겠노라는 말을 남기고 그날의 면담을 끝냈다.

얼마 뒤, 김 검사실로 불러 온 그는 느긋했고 그는 교도소가 교도 역을 제대로 하지 못하고 사회가 전과자에게는 설 자리를 허락하지 않고 배척하기 때문이라 하던 지난번에서 한 걸음 더 나아가서 이젠 세상과 김 검사에게 모든 책임을 떠넘기며 세상과 법이 벌을 받아야 마땅하다고 주장하고 있었다.

"이 사회의 인프라 여건, 인력이나 행정력이 부족하여 시행될 수 없는 것을 내세워 저지른 죄를 퇴색하려 들지 말아요. 죄를 짓지 않으면 될 것을."

지난 번 그가 어필했던 감옥이 아닌 다른 곳에서 수형을 받는 것이 가능한지 알아보았으나 여건과 행정으로 불가능하다는 결론을 내리던 터라 김 검사는 자신도 모르게 목소리에 짜증이 담겨졌다.

"제가 절도에 용공분자라니요? 이건 날 가두기 위해 날조된 조작이라고요. 내 생부의 죽음에 대해 파헤치려는 날 몰아가기 위한 정치공작이라고요. 그것도 아주 고단수의 정치공세."

"정치공세든 뭐든 절도를 하고 날조된 얘기로 민심을 어지럽혔으니 벌을 받아야지. 정부를 비방하고 사회를 혼란에 빠지게도 했고…."

"용공범죄에 관해선 아무 죄도 짓지 않았다는 제 의견에는 아예 귀를 닫아 버리는군요. 하루아침에 증발한 사람의 사망통지서를 받은 가족의 한 사람으로서 그 진상을 알아보던 것뿐이었는데. 에이, 뭐라고 해봐야 내 입만 아플 것이고 감옥에라도 가지 않게 해주세요. 당신들이 말하는 용공사상을 퍼뜨리지 못하게 하려면 불만이 가득한 죄수들이 우글거리는 감옥엘 보내면 안 되잖아요? 죄 짓는 걸 멀리하고 끊어내려는 저의 노력을 제발 가상히 여겨주시라고요."

"그건 현 정책상 그럴 수 없는 것이니 고집 그만 부려요.

그것보다 범죄 소스의 유혹이 차고 넘친다는 세상이라면서 왜 자꾸 세상에 있겠다는 거요? 범죄를 안 지으려 한다는 게 정말이긴 한 거요?"

말을 하다 보니까 김 검사는 박승우가 감옥뿐만 아니라 세상까지 싸잡아 잘못을 지적하고 탓하는 것이 어쩌면 자신을 기만하여 형을 빠져나가려고 술수를 부리는 게 아닐까 하는 의심이 들었다.

- 아니지, 범죄자만 탓해야 하는 건 아니지 않나? 비록 그가 죄인이라지만 사회의 여건이 그를 그리 몬 것은 아닌가? 지배층들, 리더들이라는 자들, 매스컴까지 범죄를 저지르거나 부추기고 부풀리면서도 오히려 그들은 힘이나 권력을 이용하여 가리고 감추고 있지 않는가! -

김 검사의 머릿속이 생계형 범죄와 권력형의 그것으로까지 번져나가 혼돈스러워졌다. 생각이 복잡해지면서 불현듯 회의가 들어서 털어내려 머리를 흔드는데 박승우의 말이 그를 깨웠다.

"저를 탓할 게 아니라 현실을 직시해 보세요. 감옥이라는 곳이 한 번도 안 들어간 놈은 있으나 한 번만 간 놈은 가뭄에 콩 나듯 하는 곳이라잖아요? 그게 무얼 보이는 것 같아요? 교정시키는 곳이 아닌 범죄의 산실이라는 산 증거 아니냐고요? 장소, 인력, 행정력 부족을 핑계로 피하지만 말고 무슨 방법이라도 강구해 봐야 하는 것 아니냐고요?"

"법이나 행정, 세상을 탓하려 들지 말고 당신이나 제발 더 이상 죄 저지르지 않고 바르게 살도록 해요. 그런 것은 나라가 알아서 할 것이니."

김 검사는 느닷없이 박승우의 말에 부끄러움을 느끼다 못해 죄의식을 갖게 되는 자신을 발견하고는 분풀이하듯 그에게 괜한 호통을 쳤다.

"몇 번을 말해도 돼먹지 않으니 이 일로 미칠 수는 없어 되풀이하는 거 아닙니까? 저의 이런 꼴 안 보려면 아예 군대 같은데 처박아 버리시든가."

리셋

 김 검사가 인터넷으로 세상의 새로운 소식이나 놀랄만한 일들을 알리고 보여주는 'Wonder World' 사이트를 뒤적이는데 신기한 게 눈에 들어왔다. 인간의 뇌의 기억단자의 체계에 자극을 가하여 뇌리를 리셋 하여 경험과 기억의 일부를 바꾸거나 들어내어 새로운 인간으로 환골탈퇴 시킨다는 것이었다.
 "박승우 같은 자를 이렇게 할 수 있으면 좋겠는데. 감옥에 가지 않고 새 인간으로 거듭 날 수 있을 거 아냐?! 사실 감옥엘 갔다 온다고 해도 그에게 따라붙는 용공이니 전과자니 하는 것은 떼어지지 않을 것이니…."
 자신이 검사라는 직으로 일을 하고 있지만 꿰맞춘 듯 박승우의 조서는 너무 완벽했지만 실체를 밝힐 수가 없는 것이 영 찜찜한 김 검사였다. 리셋 기사의 내용 끝으로 과거의 정신적 충격으로 겪는 트라우마 치료나 범죄자들의 갱신에 실험중이라는 구절과 함께 피실험자로 응모하라는 권유 사항이 보였다.

김 검사는 박승우의 자기 갱생 의지에 참으로 걸맞은 방안이라는 생각이 들었다. 게다가 그 실험처가 미국이라는 것을 보고는 환호성을 지르고 절로 박수가 나왔다.

"기억 단자를 바꾸거나 들어내어 머릿속을 청소하듯 리셋하여 과거의 나쁜 기억, 트라우마, 사건 등을 지우는 일종의 부분적으로 기억을 상실하게 한다는 것이야. 그야말로 AI처럼 새 두뇌를 만들어낸다는 것이지. 감옥에 가봐야 갱생을 하지 못하고 수법이나 죄를 더 배우게 되는 것을 완전히 없앨 수 있게 되는 것인데 실로 놀랍지 않아?"

어느새 김 검사는 '인간 리셋' 프로그램을 예찬하고 있었다.

"새로운 갱생 프로그램이 있는데 당신하고 맞을 것 같아요."

이제는 아예 단골처럼 만나게 되는 박승우가 이번에도 변함없이 죗값은 받을 테니 제발 감옥에는 보내지 말고 다른 벌을 내려달라는 말을 꺼내는데 처음부터 그의 말을 귓등으로 듣던 김 검사가 눈을 밝게 뜨며 제안을 했다.

"인간 리셋 프로그램이라는 건데 저질러 온 범죄 기억을 싹 지워서 머리를 세탁하는 것으로 새로운 사람으로 재탄생시키는 것이지요."

"감옥에 가두는 것이 교화나 갱생을 시키는 것이 주 목적이겠지만 범죄를 저지른데 대한 반성을 하고 고통을 겪게 하는 형벌도 포함되는 것인데 그런 것 없이 버선 뒤집듯이 홀랑 뒤집어서 리셋 시키는 것을 형벌이라고 할 수 있을까?"

"무슨 말이야? 좋든 나쁘든 자신의 기억이나 경험을 다 잊어버리고 가족도 몰라보게 될 것이라 그보다 더 큰 형벌이 어디 있겠어? 형벌치고는 너무 가혹한 것이지."

"생명은 신이 주신 것인데 그것을 복제한다고 야단이더니 이젠 기억까지 바꾸려 한다니 하늘이 두렵지 않은가?!"

뇌 리셋에 관해 많은 찬반 의견이 있었지만 김 검사는 박승우를 감옥에 보내지 않고 추방 형태로 미국으로 보내 뇌리 리셋 프로그램을 받으라고 권했다.

그는 입을 꾹 다문 채 가타부타 말이 없었지만 별 다른 부언 없이 순순히 그 제안을 받아들였다. 아무리 용을 써봤자 자신의 고국이라는 한국에서 발을 붙이고 살아질 것 같지가 않고 생부에 관해서 알아보려는 것도 마치 하늘땅 별땅 자물쇠를 잠가 버린 듯 꼬투리조차 잡을 수가 없으니 이젠 당장에라도 양부에게 돌아가서 조신하게 지내고 싶은 마음이 한창 들고 있던 그였다.

범죄 뇌리 리셋 프로그램은 AI가 대두되어 마치 벌집을 쑤셔 놓은 듯 이런저런 말이 쏟아지던 때와는 달리 범죄자 리셋에 쓰여서인지 이내 세간의 관심에서 멀어지고 잠잠해져 갔다.

박승우의 DNA 염기서열을 바꾸고 기억을 지우는 뇌 리셋 작업은 차질이 없이 잘 진행되었었다. 옛 기억을 들어내고 맑고 순수한 생각 단자로 기억 뇌파를 형성시켰다. 이제 그는 보다 스마트해지고 범죄로 점철된 과거의 악몽에서 벗어나 긍정적인 사고로 새롭게 태어날 것으로 그 자신은 물론 연구진들은 한결같이 기대하고 있었다.

"야, 참 머리가 맑고 시원한 느낌이야. 내 머리가 예전보다 2배는 좋아진 것 같아."

의사에게서 프로그램이 성공리에 마무리 되어간다는 말을 전해 들었을 때 박승우는 리셋 받기를 잘했다 싶은 생각이 들고 연구진들에게 감사가 들었다.

김 검사가 커피를 내리며 창밖을 내다보는데 공원에 가을이 완연히 제 색깔을 내고 있었다. 언제부터 잎들이 물들었나 싶은데 금방이라도 비를 뿌릴 듯 낮은 구름이 시커멓게 하늘은 덮고 있었다.

사건들이 휴가를 간 것인지 무척 한가한 한 주였다. 아직 이른 시간이라 퇴근하기는 좀 그렇고 시간 땜으로 서류를 뒤적이며 마시는 커피가 그날따라 김 검사는 매우 쓴 것 같다고 생각하는데 막 외출에서 돌아든 수사관이 쭈뼛거리며 김 검사실을 기웃거렸다.

"눈치 보지 말고 퇴근하세요. 저도 이것만 보고 나갈 참이었어요."

얼굴을 바라보지도 않고 화끈하게 선심을 쓰는데 수사관이 그게 아니라고 했다.

"그러면 왜요? 무슨 난리라도 났어요? 이리 늦은 퇴근 시간에?"

"거 뭐냐, 인간 리셋을 하며 치료감호 중이던 박승우가 오늘 오전에 병원을 탈출했다는데 현재까지 행선이 오리무중이랍니다."

갑자기 뒷골이 당기며 찡하는 소리가 머리를 울렸다. 그에게 속은 것인가. 혹시 리셋이 잘못된 것인가 머리가 복잡해지고 지끈거렸다.

"지키던 놈들이 오죽 허술했으면 머리가 빈 환자가 도망가는데도 잡지 못했을까?!"

미국 경찰에 화살을 돌리며 자신은 무관하다고 여기려 했다. 하지만 마음이 편치를 못했다.

"감방이나 병원이나 수형을 하는 것은 마찬가지라 지키기를 잘 해야 하는 것이고, 리셋 시켰다고 하더라도 새로운 범죄 가능성은 언제든 고갤 내밀 수 있는 것이니 안심해서는 안 되는 것인데."

변명꺼리를 찾아 조금이나 자신을 위로하고자 했는데 저도 모르게 생각이 스스로를 책하고 있었다.

범죄 DNA

몸을 조금씩 움직일 수 있게 되면서 박승우에게는 드는 생각이 있었다. 보다 스마트하게 리셋된 자신의 머리로 뭘 하면 좋을까 하는 것이었다. 세상에 나서보면 뭔가가 떠오르리라 싶어 별 깊은 생각 없이 병원을 빠져 나왔다.

"저 사람, 뇌를 리셋한다는 그 범죄자 아니야? 정말 과거를 지우고 새 삶을 사는 겐가?"

뇌를 리셋하여 범죄 기억에서 해방시킨다는 기사가 너무 요란했던지 그를 알아보는 이들이 그를 그냥 두질 않았다.

"전과 기억을 지운다는 것이지 어떻게 모든 기억을 다 들어낼 수가 있겠어? 아무리 잘 지운다 해도 완전히 없애지는 못하는 문신처럼 눌어붙은 흔적을 어쩌지는 못할 거야."

"뭐야? 그럼 다시 범죄를 저지를 수도 있다는 말이야?"

뭇 사람들이 뱉어내는 말들이 새 세상으로 내딛는 승우의 발걸음을 잡아채고 있었다. 다 지웠다 싶었던 낙서에 남아있던 흔적이 생채기를 긁어대기 시작했다.

리셋으로 높아진 IQ가 꾀를 내게 하고 DNA 형질에 남아 있던 범죄성향이 박승우의 고개를 치키게 했다. 달라진 자신을 내세우면 뭔가 쾌가 생기고 그것을 잘 털면 부자가 되겠다 싶었다.

"과거 기억을 들어내고 새로운 뇌파를 장착시키는 것이 아니라 뇌리 속에 일종의 무형의 타임머신 같은 깃을 띄워서 기억을 과거나 미래로 보내버리는 것이죠."

알쏭달쏭한 말을 들려주며 박승우는 사람들을 파고들었다. 그는 자신의 사고가 자리 잡고 있다는 몇 년 후의 세상을 들려주며 대중들의 투자를 꼬드기고 있었다.

"과거 시간도 갔었지만 누구나 다 알고 있는 것이라 별게 없고 다가올 시간은 가까운 2, 3년 안에도 엄청 큰 수익을 얻을 수 있어요. 주식이든 부동산이든."

"너무 진하게 쓰였던 범죄의 흔적이었던가 봐요. 제대로 지워지지가 않은 것 같아요. 그런데다가 두뇌는 더 높아졌으니."

고단수로 갖가지 사기를 치며 신출귀몰하게 설쳐대는 박승우를 두고 문책하듯 따지는 검경에 리셋 연구진들이 변명을 웅얼거렸다.

"혹을 뗀다더니 오히려 혹을 하나 더 달아준 게 아니오?"

미국까지 날아온 김 검사가 언성을 높였지만 연구진들의

변명에서 한계가 보이는 것 같아 어쩔 도리가 없는 것 같았다.

"기억을 지우는 것에서 그칠 것이 아니라 DNA에서 범죄인자를 없애는 것은 어떨까요?"

홉킨스 대학에 다니다 경찰이 되었다는 젊은 경찰이 의견을 냈지만 연구진은 그건 생명을 없애야만 가능하다고 고개를 저었다.

될 놈은 뭘 해도 된다는 옛말이 맞는 것인지 함정 수사망까지 따돌리며 요리조리 피해 다니던 박승우의 사기행각이 현실과 맞아 떨어지게 됐다.

난데없이 군 기지가 옮겨 가고 기반 시설이 일반에게 불하되는 지역이 생겨났다.

"극비 사항이라 미리 말할 수는 없었지만 현 정부 관리들의 나눠 먹기 공과에 자금한계가 와서 부대를 옮기며 천정부지로 치솟는 부근 땅값으로 메우려는 것이었지요."

오를 대로 오른 기를 세우며 박승우는 터무니없는 이야기를 가공하고 있었고 더 큰 건을 혈안이 되어 찾고 있었다.

- XX지역의 개발제한이 풀리고 해제로 이어질 듯 -

과욕은 금기라 했던가?! 검경의 단순한 이 가짜 기사 한 줄에 박승우가 낚이고 말았다.

"산그늘이 짙으면 나무가 제대로 자라지 못한다더니 제 아버지가 너무 큰 인물이다 보니 제가 맥을 못 추나 봐요. 아버지의 행적은 찾을 수가 없고 나라에 충성하며 올곧게 살아보려 했지만 고국이나 미국이나 외면하며 내치려고만 하니 다른 도리가 없잖아요? DNA라고 받은 것은 열성인 범죄성향뿐인가 봐요. 제 몸 속에 도는 피가 그런데 어쩌겠습니까? 저는 죽어서 몸은 썩고 혼령이 구천을 떠돌더라도 이젠 범죄의 유혹을 이기지 못할 건가 봐요."

박승우가 자탄을 하며 후회스럽다고 하는 것이지만 검사는 더 이상 그를 믿을 수가 없다고 자신을 다잡고 있었다.

"어디 타임머신을 개발하는 곳이 있다면 나를 태워 미래로 보내버리는 것은 어떨는지요?"

그가 진정 안타까워하는 눈빛으로 물었다.

"미래로 간다고 당신의 범죄성향이 없어지는 것은 아닐 것 아니오?"

취조관의 입에서 자신도 모르게 퉁명스런 말투가 터져 나왔다.

"미래는 나 같은 조잔하게 머리 굴리는 사기에 대해서는 대처할 수 있을 것 같아서요."

"하지만 그 발전된 방안들을 배워 다시 현 시간대로 돌아와 그것들을 휘두르고 다닌다면 더 큰 낭패일 텐데 뭘."

취조관은 꼬인 마음이 풀리지 않은 채 구시렁대듯 그를

격랑(激浪)의 역도(逆徒)들

힐책 했다.

"그렇게 자꾸 나쁘게만 내몰려고 하지 말아요. 혹시 알아요? 그런 발전된 대처 방안으로 현세에 도움을 주게 될는지?"

"잔머리 그만 굴려요. 현재와 미래를 타임 슬립으로 오가며 공소시효를 벗어나려 들게 뻔한데."

멘토

　박승우는 자기가 살아오면서 어떤 일 한 가지도 자기 의지 계획으로 된 것이 없이 모두가 어쩔 수 없는 환경에 떠밀려 그렇게 되었거나 외압에 강제되어 한 것뿐인 매우 불행한 사람의 하나라고 고집하고 있지만 객관적으로 볼 때 그는 결코 불행한 사람이 아니었다. 아니 오히려 복이 많은 녀석이라 말하는 게 옳을 수도 있을 것이었다.

　친구나 주변인들은 그래도 그 정도면 중간은 가지 않았냐고 말을 하지만 그는 가진 게 없어 욕심이 많고 욕심이 많으니 더, 더 그러다가 오히려 놓친 게 많았다. 그러다 보니 제대로 한 게 없다고 생각이 들어 이것저것 자꾸 더 해보려 들고 그러다 보니 실수를 반복하게 되었다.

　그보다도 욕심이 많았던 탓이 더 크려나? 적더라도 더 바라지 않고 성실히 꾸준하게 해나갔으면 괜찮았을 텐데 그는 허한 속이 메워지지 않아 남들처럼 욕심을 버리고 마음을 비우지 못했다. 자존심? 그런 게 전혀 없던 것은 아니었겠지만 박대 받던 어린 시절을 보상받으려는 심보였다는 게 그에겐 더 맞는 말이었다. 그의 나이가 어느새 마흔을 바라보고 있는데도 그는 제 딴에는 꿈이라 고집스레 말을 하고 있지만 신분세탁을 위해 내려놓지 못하고 그리 분주하게 나돌고 있는 것이었다.

한인 사회에서는 기억에도 없는 빨갱이 후손으로 찍혀 내둘리고 말은 되니 주류사회에 스며들려고 해보았지만 계란 노른자 취급이나 받으니 다르게 어쩔 도리가 없다는 핑계를 대며 범죄 행각을 계속한다고 우기는 박승우였고 기실 다시금 막 나가던 예전 생활로 돌아가게 되는 것이 아닐까 마음이 무겁고 두려웠다.

범죄를 저지르지 않고 양아버지의 바람에 어긋나지 않으려 애를 쓰는 박승우(제임스)였지만 그 자신이 주장하듯 먹고 살기 위해 저지르는 생계형 범죄로 그저 자잘한 잡범질을 그칠 수가 없었다. 한국에 가서도 제대로 된 대접을 받지 못 한 채 추방되다시피 돌아온 제임스를 옆에서 지켜보는 스텐리 선교사의 마음은 더 아팠다.

"일할 곳을 찾을 수가 없으니 아니, 어디에서도 일을 하게 고용하려 하지 않으니… 입버릇처럼 말하는 특수부대원이라도 시킬 수 있으면 좀 마음을 잡으려나?"

범죄 DNA가 몸속에 뿌리 내리고 있다는 그였지만 뇌리리셋으로 과거 범죄에 대해 거의 기억을 하지 못하는 승우에게 경찰도 그의 과거를 들려주며 용공이니 사기, 절도 등의 죄를 다 잊고 이제부터라도 국가나 사회를 위한 뭔가 좋은 일을 하여 속죄하라고 종용을 했다.

박승우라고 그러고 싶지 않은 게 아니었다. 남몰래 경찰, 군인에 응시해 보았지만 전부 퇴짜를 받았을 뿐이었다. 제임스는 자기가 이렇게 범죄의 늪에 빠지게 된 것이 모두가 그놈의 빨치산과 이념에 당한 아버지의 한 때문이라는 원망만 속을 들끓게 했다. 정부의 불합리하게 입 다무는 처사도 여태 전혀 이해를 할 수가 없는 그였기에 그들에 대한 배반감도 지울 수가 없었다.

정말 갈 곳이 없는지 종일 이곳저곳을 쏘다니는 제임스를 보며 노심초사하던 스텐리 선교사를 친구가 찾아왔다. 같은 신학교를 졸업하고 함께 목회의 길에 들어섰지만 중동 어디로 선교사업을 떠난다고 헤어진 뒤로 연락이 끊겼던 친구라 여간 반가운 게 아니었다.

"아무 것도 묻지 말고 제임스를 우리 회사로 보내주게."
"회사라니? 자네 목회 일은 그만 둔 것인가?"

목회 일을 하고 있을 것으로 알던 스텐리가 궁금해 했지만 친구는 그저 국가를 위한 일을 하고 있고 우연히 제임스에 관해 들었는데 자기 회사에 너무 적합한 인물이라고만 답하고는 입을 다무는 것이었다.

아브라함 목사가 회사라고 소개했던 곳은 마을과 제법

멀리 떨어져 있는 한 교회였다. 제임스는 의아심이 들었지만 양부의 언질도 있고 하여 교회 안으로 들어섰다.

그 날은 주일이 아니라서 교회는 비어 있었다. 아무도 없이 호젓한 교회에 혼자서 멍하니 앉았는네 갑자기 눈물이 흘렀다. 지난 과거가 너무 억울하고 자기가 불쌍해서 참을 수가 없었다.

제임스는 자신의 우는 소리가 시끄러웠지만 아랑곳 않고 한참을 그렇게 울었다. 이념이라는 것에 어떻게든 복수하고 싶은 마음이 치솟았지만 당장은 그것들에 대항하여 싸운대도 이길 수가 없다는 것을 인지해야 했다. 그는 그리 울면서도 한편으로 아브라함 목사님이 빨리 오기를 기다렸다.

그때 아브라함 목사가 그를 감싸주었다. 무슨 얘기라도 들어 볼 테니 다 털어내라는 목사님에게 제임스는 그에게 응어리져 그를 놓아주지 않던 한을 쏟아내고, 자신을 해코지한 이념, 차별, 전과를 쏟아내며 누구에게도 말하지 못한 채 가슴 속에 억울함으로만 쌓여가던 것들을 깡그리 토해내었다.

그는 반드시 그것들을 깨부술 것이라는 말도 덧붙였는데, 당연히 복수를 해야 하지 하며 그를 편들어 주던 아브라함 목사는 하지만 당장에 하기엔 힘이 부칠 것이라며 걱정을 했다.

"골리앗과 다윗의 싸움같이 아무도 전혀 예상치 못하던

결과를 가져 올 수도 있겠지만 그건 성경에나 나오는 얘기이고 제임스의 싸움은 지금은 백전백패가 불 보듯 뻔하잖아? 청년이여, 먼저 힘을 기르소서라고 하신 도산 안 창호 선생의 말처럼 우선은 힘을 길러야 해. 힘이 있어야 그들을 대적할 수 있지."

그는 또 복수가 물리적으로 치는 것보다는 그들이 감히 범접할 수 없는 위치에 오르는 것이 더 큰 복수가 될 수 있다며 당장은 그런 악감정일랑 잊고 자기 수련에 힘쓸 것을 권유하였다. 막 나가는 삶을 살고 있던 제임스에게 아브라함 목사의 위로와 조언은 처음으로 마음을 따뜻하게 녹여주었고 가슴 깊숙이 진한 떨림이 일게 하였다.

빨갱이 후손이라는 트라우마가 자신을 잡고서 놓아주지를 않는다고 하소연을 뱉는 제임스에게 아브라함 목사가 한국 사회의 시대적 과도기에 대해 마치 한국 역사에 통달한 것처럼 들려주었다.

"우리가 처했던 시대적 환경을 좀 이해했으면 좋겠어. 경제 살리기에만 급급한 시대적 요구에 부응하느라 어쩌면 자기들 생활은 포기하며 살아야 했던 시대적으로 희생되어야 했던 과도기 속을 살아내야 했던 거지. 그게 바로 자네 생부가 겪어야 했던 근대 한국이었고. 지금이야 사방팔방에 즐기고 할 수 있는 문화적 인프라가 즐비하지만 그때에는 그렇지가 못했어. 이제야 그 시기가 지나가고 새 시대가 등장했어. 그러자 이제는 보이는 거야. 무엇이 개인이나 사회를 위해 필요한 것인지가. 자신의 의지라고는 하나도 없이 부친이 당했던 일이야 너무 억울하고 분통 터지는 것이지만 돌이켜보면 그 분만 그리 부당한 저사에 휩싸였던 게 아니야. 당시엔 누구나 입이 있어도 뻥긋할 수가 없었어. 그렇지만 나는 아버지 때의 일은 잊으라고 권하고 싶어. 다가올 것을 먼저 그리고 귀중하게 알아야 한다고 봐."

장황하게 늘어지는 얘긴데도 제임스는 고개를 끄덕이며 싫은 내색 없이 아브라함 목사의 얘기를 계속 경청하고 있었다.

"이래서 내가 자넬 우리 회사로 오라는 거야. 어려운데도, 싫을 수가 있는데도 참고 견뎌내는 은근함이 있는 네가 믿음직스러워서 말이야."

아브라함 목사는 마치 술에 취한 양 제임스를 껴안고 몸까지 흔들어댔다.

"목사님이 하시는 말씀이 머리로는 이해가 되지만 가슴으로는 받아들여지지가 않아요. 목사님 말씀대로 다가올 것에 치중하겠지만 힘이 길러지면 언제고 그들을 응징할 거예요"

제임스가 몸을 비틀어 빠져나오며 나직한 목소리로 말을 하는 것이었지만 단호한 표정이 되었다.

"그래, 지금의 너처럼 이성을 잃지 않고 계획을 세워 추진한다면 반드시 네가 할 일을 해낼 것이야. 한 가지 잊지 않길 바라는 것은 계획을 실행에 옮기기에 앞서 이념의 정체와 가치를 잘 들여다보기를 바란다."

흠칫 놀라 찬찬히 아브라함 목사의 얼굴을 바라보던 제임스가 진지하게 웃으며 고개를 끄덕였다.

아브라함 목사는 중동 일대에서 선교를 하는 것으로 목회 일을 시작했다고 했다. 외교관이라는 타이틀로 여러 나라를 다니며 목회를 했다고 했다. 그는 그가 신분을 숨기면서까지 목회 일을 한 것은 신념이 있었거나 애국심이 유별나서 그랬던 게 아니라고 했다.

아브라함 목사는 솔직히 목회 일 중간 중간에 미 정보국의 첩보 노릇도 했고 국가 안보를 위해 적을 깨부수기도 했다고 했다. 잡히지 않으려고 적을 살해하기도 했다고 했다. 그는 또 앞날이 계획대로 되는 것만은 아니라며 목사님답지 않게 운명론도 들먹였다.

그는 오열을 하고 있는 제임스를 만났을 때 길을 찾지 못해 방황해야했던 자신을 보는 것 같았고 또 자기가 구원받은 것처럼 그를 구원해야겠다는 마음이 들더라는 것이었다. 처음에는 그저 더 이상 방황하지 않게 기도를 해주고 고민을 들어주는 것이라는 생각이 들던 제임스가 문득 그 교회가 첩보국이나 정보처가 아닌가 의심이 들어 막 물어보려 하는데 마치 자기의 속을 읽기라도 한 듯 아브라함 목사님이 고개를 끄덕이며 맞다고 했다.

"하지만 마음속으로만 생각하고 있어야 하지 그 누구에게도 발설해서는 안 돼. 네 아빠에게도."

"아빠에게까지 말을 말라는 건 좀…."

"그게 네가 지켜야 할 중요한 일이란다. 우린 신분이 노출되는 게 제일 위험한 일이니."

"아빠가 나를 노출시키겠어요? 나를 감춰준다면 모를까."

"아니야, 부모는 자식 자랑에 입을 다물지를 못하는 존재야."

"예, 그건 잘 명심하겠어요. 그런데 저를 어떻게 부르게 되었어요? 아빠가 부탁했나요?"

"아니야, 네 아빠하고는 서로 연락이 닿지 않다가 거의 10년 만에 처음 만난 것이고, 네가 직접 우리에게 컨텍해 왔어."

"제가 언제? 나 그런 적이 없는데요?"

"3년 전인가 군 특수부대에 원서를 제출했잖아?"

제임스가 머리를 저으며 거긴 이미 불합격 통보를 받았다고 웅얼거렸다.

"그랬지. 거긴 떨어졌지만 제2 지망으로 우리 회사를 적었더라고. 우리는 아시안으로 2개 국어 이상 하는 자를 물색 중이었고. 우리에게 맞을 수 있을 것 같아 그 동안 적합성 여부를 알아보고 있었는데 마침 뇌리 리셋을 했다는 것을 알게 되었고 맑아진 뇌리에 속히 애국심을 채워주자 싶어서 급히 연락을 했더니 네 아버지가 있더라고. 운명이다 싶었지."

　제임스는 비록 전과자라는 꼬리표를 달았지만 이제부터는 국가를 위한 일을 할 수 있고 더 이상 죄를 짓지 않아도 되겠구나 싶어 그의 새로운 직업에 기대가 커지며 매료되어 갔다.

　아브라함 목사는 교회 설교 시간에 제임스를 양아들이라 칭하며 4성 장군 아들이라고 자랑을 하고는 했다.

비밀 요원

 내내 제임스의 마음을 흔들며 놓아주지 않는 것은 빨갱이의 자식이라는 말이었다. 자의였던 타의였던 아버지가 빨치산에 부역했었다는 사실이 그를 괴롭혔다. 그는 어떤 일이든 아버지의 과거를 씻기 위해서라도 물불을 가리지 않고 해내고 싶었다. 제임스는 아브라함 목사에게 그의 안타까움을 털어내며 남의 나라를 침략하고 파괴하는 자들을 쳐부수는 일을 하고 싶었다.
 "NK 애들이 핵 개발을 넘어 해킹, 위조지폐, 프락치, 테러 등 국제 질서를 어지럽히고 있는 게 도를 넘고 있어요. 얼마 전 유럽과 중동의 경계 지역에서 발생했던 폭탄테러도 처음엔 중동의 급진파들의 소행이라 여겼지만 수사가 진전되면서 NK의 혐의가 들어나고 있어요. 작고 보잘 것 없다 생각했었는데 그게 아닌 것 같아요. 자칫 세계를 공격하겠다고 설칠 수도 있을 것 같다는 말이지요. 단단히 대비해야 할 것 같습니다."
 미국 특별안보전략국의 부서 보좌진과 요원들이 모여 숙

의를 하는 중에 근자의 NK의 동태에 관한 보고가 있었고 결국 그들의 조직에 잠입하여 보다 구체적인 동향을 살피고 그들의 흉계를 사전에 막아낼 수 있는 비밀 요원으로 제임스가 차출되게 되었다.

그에게 주어진 첫 임무는 놀랍게도 북한이 주축이 되어 꾸미는 사회주의 획책을 알아내어 막는 일이라고 했다. 몸 쓰는 일에는 젬병이라 걱정을 하는 제임스에게 그들은 액션보다는 기지와 지혜로 적을 제압하는 임무라서 제임스가 적합한 인물이라고 치켜세우며 그를 안심시키려 했다.

그가 당했던 고초의 대부분이 상반된 이념에서 비롯된 것들이라는 생각에 항상 그것을 되갚고 그런 오명에서 벗어나길 바라왔던 제임스였지 아니었던가?!

제임스는 스파이로 단련되어 가는 동안 조금 엉뚱하다 싶었지만 그는 영화감독으로 명함을 내밀며 자신의 신분을 위장했다.

로스앤젤레스 선셋 거리에 연식이 꽤나 되어 보이는 차량 한 대가 빨간 선이 그어진 곳에 주차되어 있었다. 주차 단속요원이 티켓을 끊으려는데 신문을 손에 든 동양인이 창문을 내리고 내다봤다.

"금방 갑니다."

퉁명스레 내뱉은 40대 중반의 그는 제임스 박 감독이었다. 단속요원이 떠나자 박 감독은 아무 일도 없었다는 듯 손에 쥐고 있던 신문을 펼쳐 읽기 시작했다.

"이렇게 모든 나라에서 난민들을 거부하여 받아주지 않으면 자구책으로 난민들이 총을 들고 싸우거나 먹을 것을 구하려 들 것은 자명한 일일 텐데… 정말 지구 곳곳에 난민 문제가 심각해지고 있어서 걱정이네."

'ABC 해변에 난민 희생 보트'라는 타이틀 아래 좌초된 난민 보트 옆으로 시체가 떠있는 사진이 실린 신문기사를 보며 박 감독이 걱정스럽게 중얼거리다가 시계를 보고는 신문을 급히 접어 치우며 차에서 내렸다. 그의 걸음이 바쁘게 영화 제작 스튜디오 간판이 보이는 건물로 향했다.

"내가 지금 난민 걱정할 때가 아니지. 이번에도 이 프로젝트가 받아들여지지 않으면 정말 큰일인데… 이건 뭐 중동에 가려는 완벽한 핑계를 만들자니 감독이라는 명함에 맞춰 뭘 찍으러 가는 수밖에는 없으니, 게다가 본부에서는 아무런 지원을 받을 수도 없고. 어떻게든 하루 빨리 스폰서를 잡아야 할 텐데…."

세상의 어려움을 다 저 혼자 해결해야 되는 듯 걱정을 하는 박 감독이었지만 그날 박 감독은 제 발등의 불인 제작투자사를 잡지 못했다. 제임스는 자신의 단편 '아주 잘 그린 영화'를 영화화하겠다고 여기저기 떠벌리고 다니며 투자를 종용하고 다니는 중이었다.

미 정보국은 세계를 제국화하려던 NK그룹을 철두철미 감시하고 빈틈없는 방어망을 구축시키는데 성공하지만 아직도 NK애들이 세계 도처에 비밀리에 설치해 놓았다는 원폭 폭파 컨트롤 박스를 찾아내기 위해 정보망을 총동원하고 있는 중이었다. 그들은 NK그룹의 잔당들이 지속하여 세계질서를 어지럽히고 있어서 그들을 일망타진 제거하기 위해 골머리를 앓고 있었는데 그들의 감시망을 피할 수 있는 전혀 생소한 인물인 박승우를 첩보원으로 영입하게 되어 그에게 거는 기대가 클 수밖에 없었다.

 마침내 NK그룹 잔당들의 대공세가 다시 고개를 들었고 제임스는 초짜 요원이었지만 아이디어, 기지 등을 발휘하며 제법 성과를 이뤄내어 정보국의 기대를 저버리지 않았다. 하지만 은밀하게 움직이는 그들의 치밀한 전략 때문인지 그 후로는 NK그룹의 공격이나 움직임은 포착되는 게 없이 훌쩍 한 해가 지나갔고 박 제임스에게는 새로운 임무가 주어졌다. 남유럽과 중동에서 급작스럽게 세가 확장되고 있는 위에호밍이라는 종교집단에 접근하여 그 실체를 밝히라는 것이었다.

 "중동 말도 모르고 그 지역 사정을 아는 게 전혀 없는데 어떻게 제게 이런 임무를?"

 제임스는 겁을 내며 주저했다.

 "그 집단의 교주라는 자가 NK 사람이라는 정보야. 자네가 맡아야 할 일이라는 것이지. 우선 프랑스로 가, 거기 자네 조카가 유학하고 있다고 했지? 개도 돌볼 겸해서 말이야."

매니저는 빠져나갈 틈을 주시 않았다.

"위장이지만 영화를 찍겠다고 보인 제 시나리오에 아직 투자를 약속한 사람을 구하지 못했는데요?"

"자네 말대로 위장이라며? 그냥 넘겨버리면 안 될까?"

"본부에서 지원을 하지 않는데 어떻게 가요? 아무리 첩보전이라지만 돈 한푼 없이 맨손 빨아요? 위장이더라도 영화감독이란 명함을 유지하려면 찍는 척은 해야 할 것 아니에요?"

"너무 걱정 말아, 정말 전혀 지원 없이 보내겠어? 자금은 걱정 말고 그곳에 나가는 명분이나 들키지 않도록 조심하면서 가."

제임스가 어쩔 수 없이 걸음을 돌렸지만 구시렁거림을 그칠 수가 없었다.

"아이 참, 거의 다 준비가 되었는데…."

로미오와 줄리엣

파리는 우중충하다는 말이 무색하리만큼 화창하게 맑은 날이었다. 소르본 대학 인근 피카드 서점 앞의 분수대 옆에 놓인 벤치에는 많은 사람들이 책을 읽고 있었다. 대부분 소르본 대학 학생들 같아 보였다. 분수대 근처의 벤치들은 매장이 좁은 피카드 서점에서 손님들을 위해 넉넉히 책을 읽어볼 수 있게 만들어 놓은 아웃도어 서비스 서점인 셈이었다.

중동 전통 복장을 한 라왈은 여느 사람들처럼 책을 읽다가 말고는 셀카를 찍고 싶었다. 그는 이목구비가 뚜렷하게 잘 빚어진 멋진 조각남이었다. 라왈은 분수 중간쯤에 서서 분수대와 뒷거리를 자신과 함께 찍으려 했다. 그는 구도가 맞지 않는지 뒤를 보다가 카메라를 보다가 하는데 수월치가 않아 보였다. 도움을 구하려는 듯 주변을 두리번거리다가 분수대 맞은편에 앉아 책을 읽고 있는 주원에게 부탁했고 주원이 사진을 찍어 주었다.

라왈이 고맙다는 인사를 하다가 쭈뼛거리며 주원을 찍어

주겠다고 했다. 주원이 거절을 하고는 앉아 있던 자리로 돌아가려는데 라왈이 불쑥 몸을 주원 가까이로 들이밀며 찰칵 카메라 셔터를 눌렀다. 주원이 화를 내며 따지고 들자 라왈이 당황해서 머리를 긁으며 사과를 했다.

"독서 중이었는데도 부탁을 들어 줘서 고맙기도 하고… 결코 나쁜 뜻이 있어서가 아니라 정말 아름다워서 그만… 죄송합니다. 진심으로 사과합니다."

자기를 희롱하는 것으로 생각했던 것인데 너무 진지하게 사죄를 하는 것에 적잖이 놀라며 주원이 괜찮다고 했다.

"희롱한 게 아니라면 됐어요."

"사진은 전송해 드리고 지울게요. 번호 좀… 아니, 그것도 이상하게 생각되겠다. 그것보다는 사과의 뜻으로 한턱 살게요. 이 근처에 르츄토푸라고 두부요리를 싸고 맛있게 하는 제 단골집이 있거든요."

라왈이 주춤거리며 말했다. 주원은 라왈의 급작스런 제안에 놀랐지만 싫지가 않았다. 분수대 뒤로 난 길로 말없이 따라 나서는 주원의 그림자가 라왈 것과 나란히 길게 늘어지고 있었다.

그날 피카드 서점 앞에서의 해프닝을 계기로 둘은 예쁜 사랑을 나누게 되었다. 함께 자전거를 타며 사랑을 키우고 강변이 보이는 커피숍에 앉아 서로의 꿈을 얘기했다. 학교 잔디밭에 누워 책을 읽다가 라왈이 슬그머니 주원을 끌어

안고 키스를 하기도 했고 중동 전통의상 로브와 한복을 서로 바꿔 입고 그들이 처음 만났던 피카드 서점 옆 분수대에서 이번에는 둘이 함께 셀카도 찍었다. 서로를 제 집으로 초대하여 음식을 만들어 주기도 하면서 그들은 둘의 사랑을 빠르고 뜨겁게 키워갔다.

역사적, 종교적 갈등과 석유를 둘러싼 국가들 간의 이해가 맞물려 중동지역은 전쟁과 테러가 끊이지 않고 있었다. 매일같이 수많은 사상자가 발생하고 수많은 난민이 생겨났다. 중동이 그야말로 폐허가 되어가고 있었다. 그런 가운데 크리스천 미션 봉사대들의 중동국가로의 진출이 날로 극성스러워 졌다. 급기야 중동 극렬집단이 미션 봉사대를 인질로 잡아 그들의 몸값이나 포로와의 교환 등을 강요하기도 했다. 그들은 프랑스 신문과 TV를 통해 엄중히 경고하고 있었다.
"우리는 스스로 우리를 지켜내기 위해서 그 어떤 침략에도 단호하게 대처하겠다는 것을 천명한다. 무슨 이유로든 우리의 신을 부정하려 들거나 우리의 영토를 침략하는 무리들은 죽음으로 처단할 것이다."

미국 특별안보전략국에서는 몇몇 부처 보좌진과 전략국 요원들이 모여 숙의를 하고 있었다.

"요약하자면, 우리는 그들의 테러 공격에 강력하게 대응해야 하고, 테러 계획을 사전에 제거하고 예방하기 위해 정보 수집과 정보 조사를 강화해야 합니다. 또한 그들의 거점을 찾아 공격함으로써 원래의 대 테러 전략을 유지해야 한다는 것입니다. 다른 의견은 없습니까?"

A요원이 회의를 요약했다.

"지금까지는 국내에 대 테러 팀만 있을 뿐이지만, 우리 대 테러 팀을 테러의 위험성이 있는 나라에도 파견해야 할 것 같습니다."

"그건 조심해야 할 일인 것 같군요. 간첩 활동이고 주권 침해라고 반격할 빌미를 줄 수 있습니다."

"저는 그 문제가 의심스러운 지역 근처에 있는 우리 영사관에 알려서 그 나라의 협조를 이끌어낼 수 있다고 생각합니다."

외교 보좌관이 개입했다.

"군에서의 계획은 뭐예요?"

"출동과 안전을 위해 2개 대대가 대기하고 있고, 침투조가 18시간 안에 적의 중심부에 침투해 적과 싸우는 훈련도 하고 있습니다."

특수부대 지휘부 힐 소령이 대답했다. 로버트 전략국장이 마무리를 하자고 했다.

"이것은 비밀을 지켜야 한다는 것을 다시금 숙지해야 합니다. 그리고 다른 나라에서의 작전이다 보니까 패권주의라든가 식민지화 계획이라는 얘기들이 나오는데 이건 완전히 오해라는 걸 명심해 주시기 바랍니다. 테러의 위험으로부터 우리 국민을 보호하고 주권을 지키기 위해 자국에 대한 도전을 분쇄하는 것으로 우리를 지키려는 자구책입니다."

강조하는 로비트의 목소리가 회의장을 울렸다.

"최근 전염병처럼 번져 나가고 있는 크리스천 미션 관련 단체를 특히 주시하여야 할 것 같아요. 탈레반이 그들을 침략자로 규탄하고 납치, 살상하고 있으니 말입니다."

"그 문제는 CIA와 공조하여 움직이고 있다는 말씀만 전해 드리죠."

소르본 대학의 가족 초청 오픈하우스가 있던 날, 라왈 어머니께 주원이 인사를 했을 때 라왈 어머니와 제임스는 주원과 라왈을 번갈아 보면서 당혹한 표정을 감추지를 못했다.

"라왈, 네가 어떻게…, 네가 어찌 이럴 수가…."

라왈 어머니는 주원에게서 라왈을 떼어내며 말을 잇지 못했다.

"엄마, 제발 제 말도 좀 들어 봐 주세요. 지금은 글로벌 시대에요. 종족이 다르거나 종교가 다른 것이 우리 두 사람이 맺어지는데 문제가 되지 않아요. 우리 둘이 사랑하는데 뭐가 문제에요?"

격량(激浪)의 역도(逆徒)들

라왈은 애걸하다시피 어머니께 말했다.

"우리 무슬림을 마귀니 이단이니 하는 무리들과 어울리라고 너를 비싼 학비 들여 이 학교로 유학을 보낸 줄 아니? 절대 안 돼. 당장 헤어져."

"주원아, 이건 아니야. 네 엄마가 네가 탈레반 자제와 사귄다는 걸 알면 널 가만 둘 줄 아니? 너 거의 죽음일걸."

길길이 뛰는 라왈 어머니에게 짐짓 관심 없는 체 하지만 무슨 말을 하는지 궁금해 하며 낮지만 단호하게 주원을 타이르고 있는 제임스 역시 황당하기는 마찬가지였다.

"삼촌, 나 정말 라왈을 사랑해. 삼촌이 엄마에게 잘 좀 말해 줘."

"난 못해. 아니 나부터 먼저 안 된다고 말을 해야겠다."

"한국에 있는 동안에는 찾을 수 없었던 혈연을 미국으로 뇌리 리셋을 하러 온 뒤, 당시 처음 도입된 DNA 등록/추적으로 어렵사리 누나를 만나게 되었어요. 이미 부모님은 다 돌아가신 후였지만요. 다행히 매형이나 조카가 반겨주어서 새롭게 가족의 품이란 것을 느끼게 되었지요."

박 노인이 후, 긴 숨을 내쉬며 둘러앉은 이들에게 갑작스럽게 나타난 조카 주원을 소개하고는 이해가 가냐는 듯 죽 둘러보았다.

위에호밍

아프가니스탄의 도시 외곽 마을에서 동떨어져 눈에 띄게 번듯한 건물이 있다. 위에호밍이라는 종교단체의 성전이라고 했다. 족히 1,000명이 넘을 듯한 신도들이 머리에서 발끝까지 흰옷을 두른 채 의식을 행하고 있었다. 그들은 '원주회귀'라는 말을 되뇌며 사지 부복을 반복하고 있다.

시간여가 지나도록 계속되는 사지 부복에 힘이 부치는지 여기저기 쓰러지는 사람이 생겨났다. 사제인 듯한 인물이 다가가서 알약 같은 것을 입에 넣어 주자 다시 기운을 차려 사지 부복을 하며 '원주회귀'를 되뇌었다.

제단으로 제사장이 등장했다. 그는 잠시 좌중을 말없이 둘러보더니 손을 번쩍 들었다. 순간 좌중은 물을 끼얹은 듯 조용해 졌다.

"우리 위에호밍 성단은 모두 원주인 알라의 신하다. 세계만방 어느 곳에서 어느 종교를 믿든 우리는 모두 위에호밍 성단원이 되고 모두가 원주 알라의 신하다. 다 돌아오라. 원주 알라께로 회귀하라. 구하거나 기대하지 말라. 오직 원주회귀를 외치며 사지 부복으로 알라께의 복종을 고하라. 원주께서 우리를 품으시어 우리를 태초의 낙원으로 이끌어 주신다."

신도들이 일제히 원주회귀를 외치며 부복하자 제사장이 다시 손을 들었고 좌중들은 침묵했다.

"원주이신 알라께로의 회귀는 누구에게나 열려 있다. 우리는 여러 종파로 갈라지고 있는 우리 이슬람교를 하나로 집결하고 원주인 알라의 참뜻을 깨달으면 알라께서 우리 모두를 품어 내생천국으로 인도하실 것을 굳게 믿으며 어느 누구에게도 방해받지 않는다. 우리의 원주회귀를 방해하는 자 누구든 원주의 천벌을 받을 것이리라."

제사장이 고성으로 그의 말을 마무리하자 신도들은 다시 예배장이 떠나갈 듯이 '원주회귀, 원주회귀'를 연호했다.

제단 위에서 제사장이 성호를 긋는다. 방향이 우견, 좌견, 가슴, 이마 등으로 이상하지만 천주교의 기도 형태와 비슷하다. 그러고 보니 이슬람과 천주교를 믹서한 느낌이 물씬 풍긴다.

한편 위에호밍 성단과 그리 멀지 않은, 한 눈에도 열악해 보이는 환경의 산악 마을에 의료 봉사대가 몰려든 환자들을 진료하고 있었다. 아무런 홍보도 없이 의료봉사를 시작한지 닷새 밖에 되지 않았는데 진료를 바라는 환자들이 북적대며 길게 줄을 만들고 있었다. 진단하던 청진기를 벗으며 한 봉사원이 폐에 염증이 보인다며 환자에게 약을 처방하고는 이삼일 복용하고 다시 오라 했다.

연신 머리를 조아리며 고맙다는 인사를 하는 환자에게 봉사대원은 '하나님이 지켜 주실 거예요'라며 덕담을 했다. 미 영사관을 통해 통역을 겸해 봉사대의 안전을 위해 합류한 제임스가 여기저기 통역을 해주고 있다가 봉사대를 향해 불만을 터뜨렸다.

"봉사대원 여러분들이 환자들이 빨리 완쾌하고 신이 지켜 주기를 바라는 기원은 감사할 일이지만 제발 진료 끝마다 하나님의 축복이니 하나님이 지켜 주신다느니 하는 인사말은 하지 말아 주세요. 통역을 안 할 수도 없고 하자니 알라신 모독죄로 잡혀갈까 노심초사해야 하고 정말 죽을 맛입니다."

"통역님이 적당히 돌려서 하면 되지 뭘 그리 몰아 부칩니까?"

"고지 곧 대로 통역하는 것은 어렵지 않아요. 하지만 알아서 통역하는 게 얼마나 어려운지 알아요? 자칫 목숨이 왔다 갔다 할 판인데…."

"말이 났으니 말이지, 우리가 하나님 가호를 기도하겠다고 하는 말을 걱정하기보다 당신 행동을 먼저 걱정해야 하는 거 아니에요? 매일 무슨 사진을 그리 많이 찍어서 어디로 보내는지는 모르겠으나 자칫 누구 눈에 띄기라도 하면 우리 모두 간첩으로 몰리게 될 테니."

다른 봉사대원이 아예 작심을 한 듯 들고 나섰다. 제임스와 대원들 간에 옥신각신 실랑이가 벌어지고 있을 때 한쪽 구석에서 현지인 간호사 한 명이 핸드폰으로 이 모든 장면을 찍어 녹화하는 것을 아무도 눈치 채지를 못했다.

타들어 갈듯 뜨거운 햇볕이 내리 쬐는 오후, 탈레반 본부에서는 탈레반 최고 지도자가 손에 든 사진들을 흔들며 언성을 높이고 있었다.

"그들은 침략자들이다. 의료봉사를 핑계하여 이곳에 들어 와서 제 종교를 퍼뜨리려 하고 스파이 짓을 하고 있다. 나는 그들을 잡아다 처형해야 한다고 생각한다."

좌중들이 반대가 없다는 뜻으로 고개를 끄덕였다.

"그런데 저 사이비 같이 저들의 신앙을 퍼뜨리고 있는 위에호밍은 어떻게 해야 할까요? 알라를 찬양하기는 하지만 기존의 우리 믿음과는 사뭇 다르게 신도들을 기만하고 있다는데요?"

"그들이 알라신을 모독하는 것이 전혀 없다면 문제될 게 뭐가 있겠어요? 게다가 그들이 우리에게 기여하는 게 얼마나 큰데요. 그냥 둬요. 오히려 훼방꾼이 나타나지 않게 주위에 경비를 세워주던지."

여느 때와 같이 의료 봉사대원들이 환자들 진료하고 있는데 멀리서부터 군용트럭이 먼지를 일으키며 급하게 달려

와서는 대원들을 총으로 위협하여 트럭에 태우고는 다시 급하게 돌아 나갔다.

다음 날 탈레반 취조실에서는 탈레반 부사령관 사할이 압송되어 온 봉사대원들이 둘러 있는 가운데서 제임스를 취조하고 있었다. 의자에 묶여 있는 제임스는 고문을 심하게 당한 흔적이 역력했다.

"너네 진짜 목적이 무어냐? 무슨 목적으로 의료봉사를 위장하여 우리 영토를 잠입해 들어 왔는지 바른대로 자백하라."

사할이 제임스의 얼굴을 손가락으로 들어 올리며 겁박했다.

"같은 말을 몇 번이나 되풀이해야 하나? 우리는 의료 봉사대일 뿐이다. 다른 목적이 없다."

사할이 들고 있던 지휘봉으로 제임스를 내려치며 비디오를 켰다. 화면에는 어제 봉사 텐트에서 있었던 일이 고스란히 담겨 있었다.

다음날, 감방에서 한국 의료 봉사대원들이 잡혀 온 책임을 서로에게 떠넘기며 다투고 있는데 사할이 들어 왔다.

"살고 싶은가?"

사할이 싸늘하게 묻자, 모두들 입을 열지 못하고 사할을 쳐다보며 겁먹은 표정들이 되었다.

"제임스, 너희들 모두의 생명이 네 입술에 달렸다. 자,

이 카메라에다 네가 스파이라는 것을 밝히고 살려 달라고 해라. 우리는 너희를 우리 알카에다 형제와 교환하고자 한다. 알라 신의 자비는 3:1이다. 만약 거절하면 그 세 명은 처형될 것이다. 살고 싶으면 말을 잘해야 할 것이다."

"중동 국가들이 종교적 이단이나 침해에 대해 가혹하리만큼 적대적이라는 말은 듣고 있었지만 나는 그들에게는 오히려 도움이 되는 일로 중동에서의 사회주의 확산을 꾀하고 그들을 전복시키려는 NK 첩자들을 색출하고 퇴패시키러 그곳에 갔던 것인데 NK 첩자는 미처 보지도 못한 채 체포되어 죽음과 맞닥뜨리게 되니 허무하다는 생각밖에 들지 않더라고요. 무엇보다 뇌리를 리셋하고 제법 오랫동안 첩보와 타격 훈련까지 받으며 요원이 되었는데 아무 소용없게 되는가 싶어 그게 제일 괴롭고 후회가 들더라고요."
 따라놓은 잔은 뒷전인 채 얘기에 열을 올리던 박 노인은 당시의 아찔했던 기억을 상기하며 몸을 부르르 떠는데도 일행은 그의 아릿해 하는 심정보다는 그의 다음 얘기에 더 기대를 세우며 눈알들을 굴리고 있었다.

인질의 대가(對價)

며칠 뒤 미 안보 전략국 사무실에서는 안보국 직원 로버트, 특전사의 힐 소령 그리고 한국 정부 관계자들이 모여 탈레반이 보내온 테이프를 보며 숙의를 하고 있었다. 회의실 프로젝트 화면에는 제임스가 살려 달라고 하며 그들을 살리려면 알카에다 포로를 석방해야 한다고 말하고 있었다.

"솔직히 어렵습니다. 저들의 요구에 응하자니 우리가 스파이 짓을 했다고 인정하게 되고 무시하자니 희생자가 많이 생길 것이고…."

로버트는 신음을 토하듯 말했다. 한국 정부 관계자가 발끈하며 나섰다.

"처음부터 한국 정부에서 그런 봉사대는 허가할 수 없다고 했는데 그것을 돌연 바꾼 것은 미국 측이 아니었습니까? 그런데 지금 와서 책임을 못 지겠다면 어떻게 합니까?

"책임을 피하겠다는 게 아니라 일이 너무 어렵게 얽혀 어떻게 풀어야 할지를 의논하자는 것 아닙니까?"

"그 말이나 이 말이나…."

한국정부 관계자는 물러설 기미가 없었다. 그때 힐 소령이 나섰다.

"일은 이미 벌어졌는데, 책임 공방을 따지기만 하면 뭐 합니까? 어떻게는 해결책을 찾아 봐야지요. 미 정부는 포로 교환을 할 수 없다 하고 저들은 요구를 안 들어주면 인질을 처형하겠다하니 달리 무슨 방법이 있겠소? 쳐부수고 구해내는 수밖에는."

그는 특전군인답게 밀어붙이자고 했다.

"그렇긴 하지만 그건 너무 위험하니까 하는 말이잖아요?"

한국정부 관계자가 짜증을 냈다.

"하지만 다른 계책이 있습니까? 가만히 앉아서 그들이 당하는 것을 보고만 있을 겁니까?"

힐 소령의 생각은 확고했다.

"힐 소령 말이 맞아요. 맞부딪히는 것 외엔. 그럼 볼을 두 개로 플레이를 해봅시다. 봉사대원 30여 명이 모두 한국인이니 표면상으로 우선 미국 정부는 나 모르겠다로 나가고 한국 정부가 우리에게 협조를 요청하면 미 정부가 어쩔 수 없이 받아 들여 협상에 응하는 체 하면서 비밀리에 그들을 공격하여 인질들을 구해내는 것으로 하는…."

로버트가 어떠냐? 하는 표정으로 좌중을 둘러보았다. 누구도 다른 의견이 있을 수 없었다.

탈레반 내에서 예상치 못한 알력이 생기고 있었다. 사할과 거의 동급으로 그에게 대적하려 들지만 항시 밀리기만 하는 부족장 하메니가 위에호밍을 걸고 사할을 규탄한 것이었다.

"그들은 우리의 이슬람을 왜곡시키고 알라신을 모독하는 사탄이나 마찬가지다. 그들을 처단해야 한다. 그들이 우리에게 기여를 한다지만 사령부만 배불리는 것이지 우리 부족들에게는 이득이 조금도 없다."

"도대체 그들이 무슨 이슬람을 왜곡한다는 것인가? 알라신을 따르고 우리 이슬람 교리를 충실히 지키며 숭배하고 있잖은가?"

잠자코 듣고 있던 사할이 언성을 높이며 하메니를 힐책했지만 그도 만만치가 않았다.

"부사령관이 그들 집회에 참석하였던가? 아니잖는가? 만에 하나 했다면 그 행위는 당장 종단과 사령부의 재판을 받아야 할 것이다. 그렇지 않다면 그들 제사장을 잡아와서 과연 그들이 알라신을 모독하지 않는지 철저하게 문초를 해야 할 것이다."

밀리는 형국에 난처한 입장이 되어버린 사할이 어쩔 수 없이 위에호밍의 제사장을 잡아들이라는 명을 해야 했다.

그로부터 정확히 열흘 뒤 CNN 방송에서는 돌연 정규방송프로를 중단하고 뉴스 속보를 전하고 있었다.

"방금 들어 온 뉴스 속보를 전해 드리겠습니다. 한국인 의료 봉사진이 알라신을 모독하고 스파이 짓을 했다고 체포하여 미국이 구금하고 있는 알카에다 포로와 교환하자고 제안을 해온 탈레반 진영이 열흘이 지나도록 미국 측이 협상에 성의 있는 진전을 보이지 않는다며 금일 한국 봉사대원 인질 한 명을 처형하였습니다. 긴급 입수한 화면을 보시겠습니다."

화면에는 얼굴을 가린 탈레반군들이 일부러 줄을 선 듯 도열해 있었고 그 앞에 포박된 인질들이 꿇어앉아 있었다. 탈레반군 한 명이 뉴스와 같은 내용을 아랍어로 외치고는 총구를 인질에게 겨누는가 싶더니 그중 한 명이 무너지듯 앞으로 쓰러지는 장면이 보여 지고 있었다.

라왈이 주원과 채팅을 하고 있었다. 핸드폰과 연결시킨 컴 모니터에는 주원이 잠옷 바람으로 제방 침대에 누워 있는 영상이 보였다.

"니가 보고 싶어 죽겠어. 지금 당장에라도 네게로 몰래 도망이라도 쳐서 가고 싶어."

"나도 그래 라왈. 하루에도 몇 번씩이나 라왈에게 가는 방법을 짜내려고 하고 있어. 라왈, 우리 함께 달아나 버릴까? 유럽 같은 데로 달아나 조그만 도시 속에 숨어서 함께 살까?"

"나도 그러고 싶어. 하지만…."

라왈이 땅이 꺼지도록 한숨을 쉬었다.

"라왈! 정말 나를 어디든지 데리고 가 줘. 나 매일같이 악몽에 시달리고 잠시도 라왈 생각을 안 하는 때가 없어."

"그러자. 둘이서 함께 하면 어디 죽기야 하겠어!"

라왈이 전장에 나가는 병사처럼 비장하게 말했다.

세계의 여론이 들끓기 시작했다. 인질을 살해하는 장면을 찍어 방송으로 내보낸 탈레반의 비인도적 만행을 세계가 성토하고 있었다. 한데 직접적인 관계가 있는 한국민들은 엇갈리는 반응을 보이고 있었다. 열 개 남짓 되는 테이블이 모두 채워진 마포의 한 주점에서는 손님들이 살해된 인질에 관한 얘기로 뜨거웠다.

"그러게 왜 그런 위험 지역으로, 그것도 정부에서 여행을 자제시킨 곳을 선교니 뭐니 하며 꾸역꾸역 갔느냐 말이여."

"허어, 이 사람. 그게 억울하게 죽은 사람을 두고 할 말이여? 선교가 아니고 의료봉사였다고 하잖여?"

"죽은 사람이야 나라고 왜 불쌍하지 않겠어. 하지만 제 발등 제가 찍은 걸 누구를 원망할 거냐 이 말이지. 의료봉사? 겉으로야 그렇다지만 실제 원했던 게 뭐였겠어? 제 종교를 만방에 알리겠다는 선교활동이 아니고 뭐였겠냐고?"

"봉사활동을 해서 감동하여 그 교를 믿게 되면 좋은 거 아닌가? 자네 너무 꼬아서 보려고만 하지 말게나."

"아냐, 내가 꼬아 보는 게 아니라고. 그건 쟤네들 말처럼 침략이고 찬탈이야. 내게 내 종교가 제일인 것처럼 저들에겐 저들 종교가 젤이란 것을 알아야지. 오직 내 것만이 절대적이라 고집한다면 그건 또 하나의 종교적 독재를 잉태시킬 뿐이야."

"나도 알아. 하지만 종교라는 게 남을 인정하면 나를 유지시키는데 곤란한 점들이 너무 많은 게라서 말이야."

"타 종교를 인정하든 안하든 그건 그들 몫이지만 남의 영역을 넘겨보지는 말아야 하는 거잖아? 에이, 내가 괜스런 말을 꺼냈나 보네. 아무리 떠들어 봐야 모태로부터 그렇게 익히고 고착시켜 세뇌된 터라 들리지도 알지도 못할 텐데 말이야."

"저 탈레반인가 악귄가 하는 놈들 무슨 게임하는 것처럼 사람을 죽이지만 저들은 저들대로 우리보고 저들 종교를 말살시키려는 악귀라 하잖아?"

"그러게. 어쩌면 종교 틈바구니에서 아까운 목숨만 희생된 것이지 뭐. 더 이상의 희생 없이 무사히 풀려나야 할 텐데…."

"자 , 어처구니없게 희생된 불쌍한 영혼을 추모하며 건

배나 하세. 건배!"

  대부분의 손님들이 갈비 굽는 연기로 희뿌옇게 보이는 TV화면에 눈과 귀를 박고 있었다.

  사할이 하메니의 반기에 어쩔 수 없이 위에호밍의 제사장을 잡아왔지만 그를 어떻게 문초를 하고 다뤄야 할지 영 심기가 편치 못했다. 매달 기부 형태로 제법 많은 금전적인 도움을 받아오고 있었던 관계로 제사장을 막 대할 수가 없었다. 아니, 과거지사야 모르는 체 묵살한다고 치더라도 자칫 앞으로의 돈줄에 막대한 피해가 생길 판이라 그를 문초한다는 게 여간 고충스러운 게 아닌 실정이었다.

  "하메니야 나를 뭉개려고 발악을 한 것이겠지만 당장에 사령부 살림을 걱정해야 하는 입장인 나로선 정말 난감한 무제가 아닐 수 없는 일인데…."

  그는 적당히 몇 가지 사항을 문초하고 혐의 없는 것으로 방면할 마음을 먹기로 했다.

매몰

 탈레반 진영 외각에서 어둠 속으로 소리 없이 잽싸게 움직이는 그림자들이 기지 내 포로들이 갇혀 있는 감방으로 접근하고 있었다. 힐 소령이 시계를 보다가 대원들에게 주먹을 쥐어 보이자, 대원들은 몸을 낮추며 대기 자세로 앞을 주시했다. 때 맞춰 포탄이 날아오더니 주 진영인 듯한 곳을 포격하기 시작했다.
 힐 소령이 더 대기하라는 듯 대원들을 향해 손바닥을 펴 낮추는 제스처를 취하다가 포격이 멎자 공격 신호를 냈다. 대원들이 일사분란하게 움직이기 시작했다. 힐 소령이 곁에 있던 대원 몇 명에게 동료들이 인질을 구할 동안 우리는 사령실로 가서 이곳 최고 자를 나포한다는 지시를 내렸다. 대원들과 이동 경로에 따라 나뉘어 함께 뛰어 나가다가 힐 소령이 본부와 교신을 했다.
 "독수리헤드, 여긴 힐 이다. 지금 시각 23시40분. 포격을 중단하라. 포격을 중단하라."
 말을 마치자 교신기에 초록 신호가 점멸했다. 알았다는

신호였다. 힐 소령이 'OK'하며 잽싸게 대원들과 함께 어둠 속으로 사라졌다.

그때 탈레반 지하 벙커에서는 사할이 제임스와 제사장을 문초하고 있었다. 제사장을 제임스와 따로 심문하고 싶었지만 하메니가 무슨 트집을 잡을지 몰라서 함께 심문하고 있는 것이었다. 바깥에서 무슨 소리가 들리는가 싶더니 힐 소령이 문을 박차고 들어서며 단숨에 사할을 제압했다. 힐 소령은 사할의 입에 재갈을 물리려 했다. 힐 소령에게 포박당하는 것에 완강한 저항을 하면서 사할이 독설을 뱉았다.

"나를 체포해 보았자 넌 여기를 빠져나갈 수가 없어."

힐 소령이 뭔가 말을 더 하려는 사할에게 재갈을 물리는데 갑자기 벼락을 치듯 포성이 들리며 천장이 무너져 앉았다. 누가 먼저랄 것 없이 재빨리 바닥에 엎드렸지만 무너진 벽 덩어리 밑에 텔레반 부사령관 사할은 상반신이 깔리고 힐 소령은 얼굴도 제대로 내밀지 못한 채 몸 전체가 온전히 깔려 숨을 쉬기조차 힘들어 하고 있었다. 나머지 두 사람도 앞을 분간치 못할 먼지와 어둠 속에서 꼼짝 못하고 엎드려 있는데 또 포성이 들리고 벙커는 재차 무너져 내렸다. 천장이 파괴되면서 벙커 입구가 막혀버리고 겨우 두어 명이 앉을 수 있을 만한 공간 밖에 남지 않게 되었다.

"미친 새끼들, 뭘 또 때리는 거야. 중지하라고 했는데…."

힐 소령이 꺼져가는 목소리로 투덜거리면서 어둠속을 더

듬거리며 교신기를 찾으려 하더니 끝내 손을 더 움직이지 못하고 그는 침묵되고 말았다. 완전히 어둠 속이라 누가 누군지 어디에 어떤 상황에 놓였는지 알 수가 없었다.

제사장은 다리와 얼굴에 피를 흘리고 있었다. 다행히 상처는 그리 심한 것 같지가 않았다. 벙커 안은 먼지가 가라앉아도 어둠일 뿐이었다. 한쪽 구석으로 아주 흐릿하게 힐 소령이 쓰던 열화상 카메라가 빛을 깜박이고 있었지만 무너진 벽이 몇 겹으로 쌓여 근접할 수가 없었다.

"여기가 어디지? 그런데 사할, 자네 괜찮아? 어디 있어?"

어둠 속에서 제사장이 여기저기를 팔로 휘두르며 사할을 찾으려고 불렀다. 사할이 위치를 알리려 했지만 신음이 새어나올 뿐이었다.

"제사장이라니? 이맘이란 말인가요?"

제임스는 그 제사장이라는 자를 유심히 살펴보았다. 어둠 속이었지만 예순 중반은 되어보였다. 동양인 얼굴이라 한국인인가 싶기도 했다. 하지만 그가 자기가 찾아 체포해야 할 NK요원일 것이라고는 조금도 의심치 못했다. 제사장이 아무 대꾸를 않자 제임스가 말을 계속했다.

"어찌 된 게야? 군인이 덮치는 것 같더니? 웬 포격으로 난리가 난 거야? 그 군인은 죽은 겐가? 아무 기척이 없네. 이거 꼼짝없이 갇혀 버린 것 같은데. 난 어깨를 뭐에 찔렸어. 당신은 괜찮은가? 가만, 우리를 문초하던 사할은 어떻게 됐지?"

팔이 닿을 간격 너머에서 제임스가 생존을 알리는 동시에 주변과 함께 있던 이들을 물었다. 사할은 무너진 벽에 깔려서 겨우 머리만 들어내고 있었다.

그는 물린 재갈로 끙끙거릴 뿐이었다. 제임스 어깨에 박힌 나무 조각을 빼낼 수가 없어 제사장이 옷을 찢어 지혈을 시켜 주었다. 제임스가 앉은 채로 몸을 밀어 사할 쪽으로 옮겨 가서 재갈을 풀어 줬다.

"너희 놈들 꼼짝 말고 있어라. 우리 위대한 알라 신이 곧 형제들을 이곳으로 보내어 나를 구할 것이다. 그땐 당장에 네놈들을 죽여 없앨 것이다."

사할이 신음하듯 겨우 뱉는 말이었지만 그의 음성에는 독이 잔뜩 서려 있었다.

"이거 몸이 완전이 벽더미에 깔렸잖아? 말을 하는 걸 보니 죽지는 않았나본데. 숨은 쉴 만은 한가? 조금만 참게나 당신을 벽더미에서 끌어낼 수 있나 살펴 볼 테니."

제임스가 그의 악담을 못들은 척 사할을 누르고 있는 벽더미를 살피려는데 제사장이 그를 잡아끌었다.

"무슨 짓을 하는 거야? 저 자를 구해 주기라도 하겠다는 것이야?"

"그럼 저리 두면 죽을지도 모르는데 그냥 버려 둬?"

격랑(激浪)의 역도(逆徒)들 117

"우리를 죽이려는 놈이야. 이제 곧 저들 무리들이 저자를 구출하러 몰려 올 텐데 어떻게든 빠져나갈 궁리는 않고 뭐? 저자를 구출하겠다고? 포격에 머리가 어떻게 된 거 아니냐?"

"아무리 좀 전까지 우릴 문초한 적이라도 공격해 올 능력이 전혀 없는 부상자야. 목숨은 살려 놓고 봐야 할 것 아니냐?"

"뭣 때문에? 지금 우리는 체포된 상태고 여기는 적들에 에워싸인 적진이야. 쓸데없는 짓으로 시간 낭비하려 말고 빨리 어디 나갈 구멍이 있는 지나 살펴 봐."

"쓸데없다니? 시간 낭비라니? 사방이 다 막혔는데 무슨 출구가 있겠어. 저 자나 우리 모두 갇혀 버린 신세야. 저자들이 우릴 구출한다고 해도 어차피 포로가 되겠지만 그래도 저 자를 살려두면 조금은 낫지 않겠어? 그렇게 되기라도 바란다면 그를 도와야 해."

제사장이 불만 섞인 채 입을 다무는데 사할이 고통에 일그러진 얼굴로 다시 내뱉었다.

"내가 왜 네놈들 도움을 받는다는 말이냐? 더러운 네놈들 손이 아니라 우리의 알라신이 나를 보호하실 거다. 이 악귀 같은 놈들아."

"이 자식이! 악귀라니? 수천수만의 무고한 사람들을 테러로 무차별 죽여대고 의료봉사로 제 민족을 도와주러 온 사람들을 간첩으로 몰아 포로로 만들고는 교환하자 떠들다가 시간이 지연되었다고 처형해 버리는 네놈들이 악귀지. 우리가 어떻게 악귀란 말이냐?"

어느새 제사장은 사할과는 아예 담을 쌓고 자신이 마치 의료 봉사대의 일원인양 내뱉고 있었다. 제사장의 반박에 사할이 일그러진 얼굴에 비웃음을 실으며 대꾸를 했다.

"의료봉사? 세계평화? 웃기지 마라. 네놈들이 경제적, 정치적으로 우리를 식민화 하려고 우리를 침략하지 않았다면, 우리 신을 우롱하지 않았다면 우리는 네놈들 털끝 하나도 건드리지 않았을 것이다. 다 네놈들이 자초한 전쟁이고 보복인 것이다. 네놈들은 이 세상에서 영원히 없어져야 하는 악의 축이다. 이제 나를 살려 인질극이라도 벌이겠다는 것이냐? 우리 형제들이 네놈들을 뜻대로 하게 그냥 두지 않을 것이다."

제임스가 부상당하지 않은 팔로 사할 위로 무너진 벽 조각을 하나둘 어렵사리 들어내다가 한마디를 했다.

"그만, 그 입 좀 다무시지. 네놈들 소굴 안에서 그것도 함께 부상을 당한 처진데 무슨 힘으로 널 인질로 삼을 수 있겠냐? 그저 생명이 불쌍해서 구해 보려 하는 게다. 제사장, 무거워서 혼자서는 안 되겠소. 좀 도와주시오."

제사장이 마지못해 엉금거리며 다가와 벽더미 조각을 함께 치우기 시작했다.

"내 평생에 이렇게 지하 벙커에 갇히는 것도 처음이지만 쳐부수려던 적을 구하는 것도 처음이다."

끝내 퉁명을 내뱉는 제사장이었다. 사할은 자존심을 많이 상한 것 같았다.

"그만 두지 못해. 네놈들에게 구해지느니 차라리 죽는 게 나아. 알라신이 나를 그냥 버려두지 않을 텐데 왜 네놈들이 나를 구하니 어쩌니 하면서 나를 욕보이는 것이냐?"

"그만 그 입 좀 닥쳐. 지금 쯤 네놈들 전 진영이 쑥대밭이 되었을 텐데 네 알라신이 기적을 만들지 않고서는 아무도 우리가 여기 이렇게 갇혀 있는 줄을 알 수 없을게다. 이대로 시간이 지나면 어차피 다 죽어 가겠지만 그래도 같은 생명이니 살아 있을 동안만이라도 고통을 덜어 주자는 저 선량한 제임스 씨의 생각이 갸륵하여 돕는 것이니 내 맘 변하지 않길 바라면 잠자코 있는 게 좋을 거야."

사할의 가슴을 누르며 쓰러져 있는 벽을 살펴보던 제임스가 제사장에게 말했다.

"제사장, 당신이 좀 도와주면 이걸 들어 낼 수 있을 것 같소. 당신이 그쪽에서 좀 밀쳐봐 주겠나?"

제사장과 제임스가 부서진 벽의 한쪽씩을 잡고 밀치는데 조금씩 움직이자 마주 보며 웃음을 띠우는 두 사람의 표정이 밝아졌다.

적과의 동침

미 안보 전략국에서는 로버트가 요원에게서 탈레반 인질 구출 작전에 대해 보고를 받고 있었다.

"인질들은 구출했지만 힐 소령과 제임스는 행불이 되었다구?"

"계획에 없던 포격이 있었고 그 포격으로 붕괴된 건물 속에 매몰된 것으로 추정되고 있습니다."

"계획이 없던 포격이라니?"

"NK 특수업무자들이 한 짓인 거 같습니다. 아프가니스탄에서 그들 무리들이 추적되고 있습니다."

"NK애들이 탈레반을 때릴 이유가 없잖아? 공조하는 것이라면 몰라도."

"얼마 전에 알카에다 타하르와 NK 특수업무 소속 애들이 프랑크푸르트에서 만났던 게 포착되었었는데 거기서 뭔가 밀약이 있었던 거 같습니다."

"우리 작전이 사전에 누출됐었다는 얘기야? 좀 더 확실하게 알아봐. 우선 NK와 알카에다 사이에 돈 흐름이 있었나 체크해 보고."

"그건 이미 알아 봤는데 2주 전에 마카오에 있는 NK 해외사업부로 2000만 불 입금이 있었습니다. 위에호밍 성단이 입금자였습니다. 신흥 종교 단체로 아프리카와 유럽에서 한창 세몰이를 하고 있는 종굡니다."

"위에호밍 성단? 걔들이 왜 NK에 입금을 해? 무슨 명목이었는데?"

"기부금이래요. 금액이 많이 커졌지만 지난 몇 년 사이에 위에호밍에서 기부한 곳이 많아요. 알카에다에도 5천만 불을 넣었더라고요."

"신도들에게 뜯어서 악의 축인 무리들에 푼다?! 위에호밍인가 하는 걔네들 무슨 보이지 않는 종교제국을 꿈꾸고 있는 것 아냐?"

로버트가 머리를 쓸어 올리며 신음같이 혼잣말을 뱉었다.

"힐 소령과 제임스는 어떻게 하지?"

"인질교환을 하든 다시 공격하여 구출해 내든 계획을 세우려 해도 살아 있기는 한지, 어디에 있는지 아무런 정보가 없어 문젭니다."

"조금 기다리면 저 쪽에서 어떤 제스처가 있을 거야. 생사조차 모르니 기다려 볼 밖에는…."

한국에서 시의원, 국회의원을 거치며 용틀임을 하던 정

필이 정파와 이념을 초월하여 민생 안정과 복지를 위해 혼신을 바치겠다던 초심을 잃고 과거 토굴에 숨어서 빨치산 노릇을 하며 겪어야 했던 고난에 대한 보상이라도 받아내듯, 이제까지의 모든 관료나 정치꾼들이 감투를 쓰면 양민을 뜯어먹고 제 잇속만 탐해 오던 것과 다르지 않게 권모술수를 부리며 권력을 남용하고 아전인수 격인 치부를 일삼다가 결국 꼬리가 잡혀 들통이 나버렸다. 당장 부정 축재 범죄인으로 모든 명예를 다 빼앗기고 장기수로 투옥되게 생겼더니 어느 날 홀연히 자취를 감춰버렸다.

세 사람이 탈레반 지하 벙커에 갇힌 지 일주일이 지나고 있었다. 부상 입은 몸을 억지로 움직여 공간을 조금 넓게 확보는 했지만 심하게 입은 부상에 먹을 것 하나 없이 일주일이나 버틴 게 기적이었다.

무너진 벽을 타고 스며들어 오는 오물에서 수분을 취할 수 있어 그나마 지금까지 버틸 수 있었던 것 같았다. 다행스럽게도 제사장과 제임스는 사할의 상체를 벽 더미에서 빼낼 수 있었다. 통증이 심한지 한 팔로 어깨를 감싼 채 애잔한 표정으로 손에 든 사진을 뚫어지게 보고 있던 제임스의 눈에 눈물이 고였다.

"아이들이 지 애비보다 훨 나은데. 혹시 자네 와이프가 데려 온 자식들 아냐?"

어깨 너머로 함께 보던 제사장이 농을 던지자 제임스가

주먹을 크게 흔들어 보이며 화난 제스처를 보이다가 손을 내리면서 받아쳤다.

"알아, 오해랄 거 없어. 우리 와이프가 옆집의 잘 생긴 기철이하고 고교 동창인데 뭘."

"에이 못된 놈들아. 뭐 눈에는 뭣만 보인다더니. 생각하는 거라곤, 퉤퉤."

사할이 정색을 하며 불쑥 끼어들었다. 사할이 처음 자발적으로 대화에 끼여 들어왔던 것이었다. 제사장이 깜짝 놀라며 제임스를 바라보니 제임스 역시 눈이 휘둥그레진 채 사할을 보고 있었다.

"그게 아니야. 내가 놀리니까 제임스 역시 우스개로 받아 친 것이지."

"농을 칠 것이 따로 있지 제 부인을 간통했다고 농을 치냐?"

"에라이 무식한 놈아, 유머가 뭔지도 모르냐? 하기야 만날 이맘이니 뭐니 하며 제 알라신에게 절하느라 온 시간을 다 쓰는 놈들이니 어디 유머를 나눌 틈이라도 있겠냐만."

"야 이 돼지 놈아, 위대하신 알라신을 모욕하지 마라. 네 머리통에 총알을 관통시키기 전에."

"그만, 아이들처럼 왜 이래. 실낱같은 기대로라도 구출되기를 바란다면 힘을 아껴야지. 사할, 자네도 자꾸 싸움닭처럼 악만 쓰려하지 말고. 자넨 자식들이 몇 명이나 되나?"

제임스가 두 사람의 다툼을 가로 막았다.

"많다. 네놈들 쳐부수려고 많이 만들었다."

"제임스, 그 자식에게 뭐 하러 말을 붙이나? 입만 아프고 힘만 빠지게."

제사장이 또 사할에게 약을 올렸다.

주원이 채팅창을 통해 라왈을 급히 불렀다.

"라왈, 우리 가출하려던 계획을 미뤄야겠어."

"왜? 엄마에게 들켰어? 난 짐을 다 싸 뒀는데…."

"미안해. 삼촌이 의료 봉사대에 합류하여 중동 지역에 왔다가 체포되었다나봐. 삼촌이 어떻게 됐는지 불안하고 삼촌도 없는데 홀로 엄마만 남기고 도망갈 수가 없을 것 같아."

순간 라왈은 흠칫했다. 얼마 전, 한국 교인들이 의료 봉사대로 위장 침투해서 다 체포하여 처형하게 될 거라던 아버지의 말이 떠올랐기 때문이었다.

"설마, 그 무리 속에 주원의 삼촌이? 그러면 지금 아빠와 주원이 삼촌이 함께 매몰되었다는 건가?"

라왈은 머리가 뒤범벅이 되면서 생각이 얽히고 있었다.

또 얼마간 시간이 지난 것은 같은데 세 사람은 이제 시간 개념마저 가물가물해진 채 축 널어졌다. 사할이 등에 난 상처가 고통스러운지 표정을 일그러뜨린 채 끙끙거리고 있었다.

"많이 아픈가 보구나. 상처가 덧나지는 않아야 할 텐데. 어차피 구출되긴 그른 것 같고 같은 처지로 죽음을 기다릴 뿐인데. 사할, 이제 다투지 말고 끝나는 시간까지라도 잘 지내보세."

제사장이 꺼져가는 목소리로 사할을 부르며 손을 내밀었지만 사할은 얼굴을 돌려 버렸다. 하지만 전과 달리 반발은 하지 않았다. 제임스가 머쓱해 하는 제사장 쪽으로 몸을 돌리려 애를 써 보지만 움직이기가 힘이 들자 그 자세로 제사장을 불렀다.

"제사장, 자네는 이름이 뭔가? 제사장도 이름은 있을 것 아닌가? 냉정히 우리 모두 얼마 더 못 견딜 것 같은데 가기 전에 이름이라도 불러 줄려고 그런다네."

제임스가 아쉬움에 젖은 채 제사장에게 물었다. 제사장은 별 반응을 하지 않고 잠시 침묵을 지키더니 체념한 양 무겁게 입을 열었다.

"나는 사실 종교가가 아니야. 위에호밍이라고 사이비 종교 교주일 뿐이야. 저기 사할은 나랑 거래를 해왔으니 잘 알 거야. 나는 NK 사람이고 외화벌이 특수요원 정필이라고 해."

제임스는 순간 무엇에 호되게 뒤통수를 맞은 양 아찔해졌다. 자신이 찾아 체포해야 할 인물이 공교롭게도 함께 병커에 매몰되는 같은 처지에 놓이게 되다니, 그것도 죽음을 목전에 둔 긴박한 상황으로…. 게다가 자신이 정필이라지 않는가? 자신과는 너무도 끈질긴 악연이었지만 직접적으로 대면한 적은 없었던 정필을 코앞에서 마주하고 제임스는 당장에라도 그를 요절을 내고 싶은 심정이었지만 제대로 움직여지지 않는 몸에 한이 맺힐 뿐이었다. 모든 것을 내려놓은 듯 조곤조곤 자신의 얘기를 들려주던 정필이 제임스에게 질문을 던졌다.

"자네는 어디 사람인가? 보기에는 일본인 같은데?"

"나? 자네가 가장 경계해야할 코리안 아메리칸이야. 의료 봉사대에 함께 온 통역원이야."

제임스 자신도 자기가 구출되리라고는 전혀 기대를 하지 않는 것이었지만 자신을 그렇게나 심한 고초를 겪게 한 정필에의 앙금에 바른 대답을 할 수가 없었고 말에 가시를 세워야 했다.

"뭐? 네가 한국인이라는 거야? 통역원이면 정부 사람인건가?"

거의 기진한 상태로 있던 사할이 불쑥 끼어들며 제임스에게 물었다.

"정부 사람? 그래, 공무원이니 그렇다고 할 수 있겠네. 왜? 정부 사람이 자네에게 잘못한 거라도 있나?"

사할의 표정이 굳어졌지만 더 이상 말을 하지 않았다.

사냥개

정필이 모든 것을 잃고 투옥될 위기에 처했다는 사실을 접하고 NK에서는 적잖이 당황스러웠다. 제 몫을 단단히 하며 한국에 자리를 잡아 토박이가 되어가고 있었는데 입맛이 썼다. 하지만 자칫 더 많은 것들이 들어나서 NK에 불똥이 튈까 없애자는 의견이 나왔다.

"아직은 쓸모가 많은 놈인데…."

해외 공작단에서 그를 필요로 했다. 국제 정보를 캐야 하고 외화가 태부족이라 그 벌이가 시급하다는 것이었다. 부랴부랴 그를 빼내고 유서와 함께 불에 탄 시신을 구해 강가에 세팅을 하여 경찰에서 그가 자살한 것으로 위장을 해버렸다.

정필을 중국을 거쳐 남유럽으로 보내어 외화벌이를 하도록 했더니 그는 비상하게 위에호밍이라는 사이비 종교를 만들어 헌금을 거둬들일 뿐만 아니라 암암리에 달러까지 위조하며 그의 직무를 특출나게 수행해 내고 있던 참이었다.

사할이 고민이 깊어졌다. 그는 비록 매몰되어 심하게 부상을 당해 언제 죽을지 모르는 상황에 처해 있지만 반드시 자신을 동지들이 구출하러 올 것이라 철두철미 믿어 매몰된 것에는 염려가 되지 않았다. 그는 지금 자기 내부의 적과 싸우고 있었다.

그가 한국동란이 터진 5살 나던 때, 부역했다는 이유나 적과 내통하고 스파이 짓을 했다며 부모님과 마을 사람들을 무참히 살해하는 군경을 보며 겁이 나서 도망친 게 어찌어찌 흘러 다니다 보니 이역만리 중동 땅이었고 요행히 일자리를 얻은 게 탈레반 수장 집이었다.

어린데다가 까무잡잡한 생김이 중동인 같아서 의심을 사지 않았고 나중에는 전쟁고아라며 탈레반에 들어갔고 오늘까지 온 그였다. 한국인이라는 흔적조차 다 지워버리고 완전한 중동인으로 살고 있는 그였지만 여태 가슴에 응어리진 한국에 대한 아픔을 잊을 수가 없었다.

그는 자기 부모를 무참히 살해한 한국인이 증오스러웠고 특히 군인이나 경찰 등 정부 사람은 쳐 죽이고 싶을 만큼이나 저주스러웠다. 그런 그의 앞에 한국 정부 사람이라는 작자가 나타난 것이었다. 비록 지금 처한 현실이 살아나기나 할 수 있을지 짐작조차 하기가 어려운 상황이지만 그는 불현 듯 복수심이 치솟았다.

"내가 여기서 죽더라도 죽기 전에 네놈은 반드시 찢어

놓고야 말겠다."

사할은 불타는 복수심을 키우며 기회를 엿보기 시작했다.

"둘은 졸리지 않아? 나는 자꾸 졸려. 그래서 계속 몸을 움직이려 하는데 그것도 힘이 없어 못하겠고…."

정필이 꺼져가는 목소리로 물었다.

"야, 너 졸면 그게 곧 죽음이야. 졸지 마."

사할이 참견을 했다. 사할의 목소리에 염려가 서려 있었다.

"거봐 사할, 이렇게 막상 죽음만을 기다려야 하는 같은 처지가 되어 있다 보니 자네도 모르게 제임스나 내게 마음이 쓰이고 걱정이 되지?"

정필이 거들고 나섰다.

"쓸데없는 잡소리 집어 치워. 설사 마음이 쓰인다 해도 그건 내 목숨을 구하려 애쓴 저 제임스지 네 놈은 아니야."

언제 죽여 버릴까 틈을 노리고 있는 자신이면서 제임스를 두둔하는 것이 스스로에게 어이가 없는 것이었지만 사할은 그런 마음을 들키지 않게 철저히 자신을 감추어야 했다.

"야, 무슨 섭섭한 말을 그리 해? 나도 말로는 너를 구하지 말자 했지만 실제 덮어 누르던 벽 더미에서 네놈을 빼내는 데는 내가 훨씬 더 힘을 많이 썼잖아?"

"그래 임마, 네놈이 그걸 그리 생색을 내니, 내 너를 처형시키기 전에 먹는 거라도 거창하게 두어 번 먹이라고 해주마."

"아이구, 감사천만 올시다."

"그때 나도 끼워주는 거야?"

제임스가 끼어들었다.

"그래, 우리말에 원수라도 배불려 죽여야 나중에 저승에서 다시 적이 되지 않는다고 했다."

"그래, 우리 죽어서까지 서로 적이 되지는 말자."

처음으로 세 사람이 함께 웃었다.

죽음을 목전에 두고 세 사람은 적과 포로라는 것을 잊은 채 한 마음이 되어 서로를 걱정하는 것이었지만 정필은 엄습하는 두려움을 지울 수가 없었다. 헤어날 수 없는 죽음을 막연히 기다리는 신세에 처해 있지만 아무리 생각해도 너무 억울했다.

"갖은 고생을 겪으며 조국에 충성을 해 온 나를 구출은 못 해 줄지언정 죽이려 하다니…."

그는 그들을 벙커에 매몰되게 한 난데없던 포격이 NK 공작대가 자기를 죽이려고 저지른 소행으로 여기고 있었다.

위에호밍에는 유럽과 중동의 재력가들인 신도가 꽤나 많았다. 그들은 쉬쉬하는 것이었지만 정필이 포섭한 비밀 NK 지지자들이었다. 그들은 자기들의 헌금이나 기부금이

NK로 송금되어 핵무기 개발에 쓰인다는 것을 인지하고 있었고 언젠가 그 핵무기로 세상이 바뀔 수 있다는 기대를 하고 있는 무리였다. 위에호밍 지하 비밀 장소에 설치되어 위조 달러를 찍어내는 설비 또한 엄청난 규모였다. 그런 사실을 모르는 사할이 그를 체포하면서 동료들에게 눈치가 보여 눈가림하고자 하는 것이니 걱정할 것 없다고 했을 때까지도 정필 역시 그저 히죽거리며 잡혀 왔었던 것이 벙커에 매몰된 지 열흘이 넘는 동안 그 포격이 NK의 소행이었고 자기의 입을 막기 위해 자기를 죽이려 한 것이라는 생각이 들었다.

죽음이야 두려움이 들지 않았다. 하지만 온몸을 다 바쳐 업무를 수행하고 평생을 오로지 조국을 위해 충성한 자신이, 자기가 그토록 헌신하여 충성을 다해 온 그 조국에 의해 꼼짝없이 죽임을 당하게 된 것이 너무 허무하고 서글펐다.

"조국을 배신한 것도 아니고 속이거나 개인 영달을 위해 공금을 횡령하지도 않은 나를 어찌 이렇게 내팽개칠 수 있다는 말인가?"

돌이켜 보면 어려서부터 받은 교육으로 세뇌된 사회주의 사상과 프롤레타리아 혁명 이론이 온전히 그를 무장시켜 이끌었던 것 같았다. 사상이 다른 자본주의가 조국을 삼키고 인민을 피폐케 한다는 믿음에 동족을 적으로 테러와 게릴라전으로 마구잡이 살상을 저질렀고 자본과 미제의 앞잡이라고 욕하던 그들 속으로 잠입하여 기밀을 캐내고 마타도어와 사보타지를 펼쳐 정부와 양민의 사이를 이간질 시키고 인민들이 사회주의를 동경하게 만들었다.

정필은 그것으로 끝나지 않고 남한을 해방시켜 조국 통일을 완수하겠다는 일념으로 청소년들에게 야학을 통해 사회주의 사상을 학습시켰고 그들을 교육계로 나아가게 하여 거의 반세기를 지나오면서 사회주의가 젊은이들의 사상적 근간이 되게 하였다. 그는 이 모든 일이 칭송은 받지 않더라도 결코 팽 당할 수는 없는 업적이라 여겨지며 자신을 이렇게 죽음으로 내몬 조국에 치솟는 배신감에 분노를 감당할 수가 없었다.

정필은 어떻게 여기를 빠져나가 NK에 복수를 할 방법이 없을까 생각했다. 갖은 궁리를 짜내려 애를 쓰는 것이었지만 별 뾰족한 수가 떠오르지가 않았다.

정필이 모든 것을 포기하고 의연하게 죽음을 맞겠다고 제임스와 사할에게 말했다. 그는 또 그를 이용할 대로 이용하고서 이제 혹시 자기가 NK의 범죄를 까발릴까봐 그를 죽이려 포격을 가한 그의 조국 NK를 도저히 용서할 수 없다고 저주를 퍼부었다.

그런 정필을 보며 제임스는 놀라움을 금할 수가 없었다. 사회주의 이념에 세뇌되어 제 몸보다 제 조국 NK를 우선 생각하며 살던 그를 익히 알고 있는 그로서는 너무나 믿기지 않는 말을 정필이 뱉고 있기 때문이었다.

놀라기는 사할도 마찬가지였다. 자신도 어쩔 수 없는 가운데 한국인의 핏줄이면서 중동인으로 신분이 바뀐 후로 그는 한 번도 한국에 대한 생긱을 하지 않았다. 오로지 탈레반 군인으로 자리매김을 하기 위해 전력했을 뿐이었던 그로서는 정필이 거의 전 생애동안 조국을 위해 제 몸을 바친 게 이해가 되질 않았다.

그는 또 이제는 어엿한 미국인 신분이면서도 한국이 조국이라고 서슴지 않고 말하는 제임스도 이해가 잘 되지 않았다. 물론 한인 봉사대의 통역을 위해 의료팀에 합류한 것이라고는 하지만 사할이 생각할 때 그는 분명 미국인이었다. 열흘 넘게 함께 죽음을 맞고 있는 탓인지 사할은 제임스가 미국인이라 말했으면 싶어졌다. 그래야 그를 죽이지 않아도 될 수 있을 것이기 때문이었다.

생사(生死)의 우정

다음날, 벙커 안에는 세 사람이 모두 기진하여 늘어진 채 말이 없었고 적막만 감돌고 있는데 사할이 꺼져가는 목소리로 말을 했다.

"나도 사실은 한국인 피가 흐르고 있어. 한국 전쟁 후, 내가 5살 나던 때, 빨치산에게 부역했다며 마을 사람들과 함께 부모님이 군경에게 살해 당하셨어. 겁에 질린 나를 신부님이 프랑스로 데려 오셨던가봐. 그 뒤로 어찌 된 것인지 기억이 잘 나지 않지만 이곳 중동 땅까지 왔고 우연히 탈레반 수장 집에서 심부름을 하며 컸지. 어린데다가 까무잡잡한 생김이 중동인 같아서 나중에는 전쟁고아라며 탈레반에 들어갔고 오늘까지 온 거야."

사할이 한국인 혈육이라는 말을 들으며 제임스는 그가 너무 대견했고 반가웠지만 그의 표정에서 심상치 않는 적개심을 볼 수 있었다. 한국인이라는 흔적을 다 지워버리고 중동인으로 살고 있는 그였기에 가슴에 한으로 맺혀있을 한국에 대한 그리움이 너무 오래 되고 커서 오히려 애증이 되었구나 싶어 위로를 했지만 사할은 미적거리며 제임스의 위로를 받지 않았다.
"미안해. 그때의 아픈 기억이 너무 커서 네 위로를 받아들일 수가 없어. 나는 그동안 부모를 무참히 살해한 한국인을 증오했고 특히 군인이나 정부 사람은 쳐 죽이고 싶을 만큼이나 저주해 왔어. 그런 내 앞에 한국 정부 사람이라는 네가 나타나 처음에는 어떻게든 너를 죽여서 부모님의 원수를 갚겠다고 생각했었어."
"뭐야? 제임스가 한국 정부를 통해 봉사활동을 온 것은 맞지만 그는 실제 미국인이잖아? 아니, 아니라고 해도 제임스하고는 아무 상관이 없어. 그도 어쩌면 피해잔데. 사할, 그 마음은 알겠지만 제임스는 아니야."
"알아. 처음엔 그랬다는 거야. 그런데 언제 죽을지 모를 상황에 놓인 공동운명체가 되어 열흘이 넘도록 함께 있다 보니 적이고 원수고 종교나 이념 같은 게 무슨 소용이냐는 생각이 들고 허무하고 마음이 비워지고 있어."
통증이 견디기 어려운지 사할은 몸을 비틀며 제임스에게 그런 마음을 가졌던 자신이 부끄럽다며 용서를 구했다.
"그래, 따지고 보면 제임스와 나도 적대 관계지만 지금 이 상황에서 그런 이데올로기나 사상이 무슨 소용이겠어? 비록 다 다른 국적이 되어버린 처지지만 우리 모두 한 핏줄인 한인이잖아? 그게 중요한 것이지."

정필이 중재 아닌 중재를 나서며 둘의 서먹함을 무마시키려 들자 제임스 역시 자기의 본 목적을 정필에게 털어놓으며 여기서 살아나면 너부터 제일 먼저 체포할 것이라고 농까지 쳤다. 막다른 운명에 처해 마음을 열고 일심동체가 되고 서로를 용서 이해하는 세 사람이었지만 운명은 그들을 끝내 죽음으로 몰아가려는 것인지 굶주리고 쇠한 기력에 그들의 의식은 점차 흐릿해져 가고 있었다.

"사할, 자넨 취미가 뭐야? 솔직히 난 탈레반들은 그저 종교의식이나 드리고 테러하려는 계획만 짜고 있다고 생각해 왔어."

제임스가 졸음을 쫓으려는지 말을 걸자 사할이 피식 웃음을 터뜨렸다.

"피차일반일세. 나 또한 미제들은 섹스나 찾아다니고 돈을 위해서라면 어떤 만행도 저지르는, 인간애라고는 눈 씻고도 찾아 볼 수 없는 냉혈한들이라고 알고 있었으니까."

"그런데 이렇게 함께 갇혀 보니 그게 아니지?"

정필, 제임스가 한꺼번에 물었다.

"그래. 모두 다 같은 사람이고 같은 삶을 사는 걸 왜 그리 죽이지 못해 안달을 쳤나 싶어."

"그러니까 그런 시시껄렁한 얘기 집어 치우고 취미가 뭐냐니까?"

"바이올린 켜는 거야."

격랑(激浪)의 역도(逆徒)들

정필과 제임스가 놀라서 입이 떠억 벌어졌다.

"왜 그리 놀라? 달빛 아래 나 앉아서 가족들과 바이올린 연주를 하면 정말 천국에 와 있는 듯 해. 우리 여기서 나가면 꼭 내 바이올린 연주를 들려줄게. 정필, 자네는 무슨 취미가 있나? 특수요원이라 훈련만 받았을 것 같은데."

"나를 그렇게만 보지 마. 나도 한편으론 감성파야. 난 음악에는 소질이 없고 여행이 취미야. 아무 때고 떠나고 싶을 때 정하는 곳 없이 떠나서 낯선 곳을 떠돌아 보는 그런, 약간은 보헤미안적 취미랄까?"

제임스와 사할이 갑자기 경외하는 눈빛이 되어 정필을 바라보았다.

"나는 본래는 작가가 되고 싶었는데 어쩌다 보니 전과자가 되고 비밀요원이 되었고 글은 취미가 되어 버렸어. 재밌는 것은 글을 쓰다보면 그날의 심리 상태에 따라 글이 우울하기도 반짝반짝 빛나기도 한다는 것이야. 그래서 가끔씩 예전에 썼던 글을 읽다 보면 지난날들의 나의 상태를 알 수가 있어."

제임스가 생각에 잠기는 듯한 표정으로 제 취미를 밝혔다. 이번엔 정필과 사할이 호오! 하는 표정이 되었다.

"정필, 자네는 무서운 게 뭐야? 특수요원이라서 뭐 무서운 게 있긴 한 거야?"

제임스가 자기에게 꽂히는 두 사람의 시선이 부담스러운

지 관심을 정필에게 돌렸다.

"없어. 아니 없어야 한다고 내 머리를 세뇌시키고 있어. 그런데 딱 한 가지 안되는 게 있어. 쥐야. 나는 정말 쥐는 끔찍해."

"네 덩치가 얼만한데 고 쪼그만 쥐가 무섭다는 말이야? 호랑이를 보면 기절하겠네."

"아니야. 호랑이 그 까짓 것은 안 무서워. 지금이라도 한 주먹에 때려잡을 수가 있어. 그런데 쥐는 정말 무서워."

제임스와 사할이 함께 키들거리며 웃자 뻘쯤해 하던 정필이 쑥스럽게 따라 웃음을 지었다.

한편 세 사람이 갇혀 버린 벙커 위 지상에서는 포격으로 거의 폐허가 된 곳을 탈레반 족장들과 사령관이 둘러보고 있었다.

"으으, 이 지옥 마귀 같은 놈들 같으니라고…. 그냥 두지 않을 것이다. 세계 각처의 형제들에게 연락을 취해 서방 인이면 누구 가릴 것 없이 테러를 가하도록 지시를 해."

탈레반 최고 사령관이 화를 누르지를 못해 몸을 부들부들 떨었다.

"이 밑에 매몰되어 있을 리가 없어. 저 놈들에게 나포되어 간 게 틀림없을 거야."

사령관은 아닐 거라며 혼잣말을 중얼거렸지만 같은 곳을 맴돌며 걱정을 감추지 못했다. 그때 들고 있던 탐지기에 흐릿하게 전파 신호가 잡혔다.

"이거, 이거, 무슨 신호가 잡힌 거지? 그렇지? 죽었든 살아 있든 사람이 이 아래에 있다는 거 아냐?"

사령관이 흥분하여 소리를 쳤다.

"이거 어떻게 한다?! 난데없는 포격으로 우리 사령부가 쑥대밭이 되었다는 것이 온 세상에 알려졌는데 우리가 NK의 특수공작원과 미국인을 잡아들였다는 것이 알려지면 세계의 원성이 자자해질 텐데."

"그러게, 아예 한 번 더 폭파를 가해 불화의 씨를 없애 버리자니까요."

옆에서 따르고 있던 하메니가 사령관에게 독려를 하자 말없이 그를 바라보던 사령관이 꽥 소리를 질렀다.

"자넨 머리를 폼으로 달고 다니는 거야? 그렇지 않아도 의심의 눈초리가 우리에게 집중되어 있는데 또 느닷없이 이곳을 폭파를 시킨다면 세상이 뭐라고 하겠어? 우리가 뭔가를 감추기 위해 아예 싹 날려버린 거라고 하지 않겠냐고?"

핀잔의 말을 쏟아내며 사령관이 머쓱해져서 딴전을 피우는 하메니의 엉덩이를 거둬 찼다.

"차라리 지금이라도 파헤쳐. 파괴된 곳을 복구하는 것처럼 보이게 하여 파내 보란 말이야. 살아 있다면 사할은 구하고 두 포로는 죽여 도로 매장시키면 모를 것 아니야."

그 시각 지하 벙커에는 가물거리는 의식마저 끝나가고 있는 것인지 세 사람 모두 축 늘어진 채 아무 움직임이 없었다. 정필 또한 벽을 의지하여 겨우 몸을 지탱하고 있는데 어디로 들어 왔는지 쥐 한마리가 잔해 위를 기어 왔다. 무서움에 몸을 뒤로 빼려했지만 움직일 공간이 없어 눈을 질끈 감는데 쥐가 그의 손위로 올라섰다. 순간 정필이 손을 잽싸게 움켜쥐어 쥐를 낚아챘다.

"살려 줘. 사할, 제임스, 나 좀 살려 줘."

어디서 힘이 솟았는지 정필이 쥐 잡은 손을 번쩍 들어 올리며 소리를 질렀다. 제임스, 사할이 놀라 눈을 뜨지만 몸을 움직일 힘이 없었다. 두 사람이 겨우 입을 떼며 물었다.

"왜 그래? 아파?"

"내 손에 쥐가 있어. 내가 쥐를 잡았어. 무서워 죽겠어. 제발 도와 줘."

쥐라는 말에 제임스가 크게 심호흡하고는 손을 움직여 보려하지만 여의치 못하자 흥분하여 헉헉거리며 소리쳤다.

"꽉 쥐어. 놓치면 안 돼. 유일한 식량이잖아."

사할 역시 생기 돋는 얼굴이 되지만 힘이 없는 것은 마찬가지로 소리만 질렀다.

"벽에 내리쳐. 놓쳐서는 안 돼."

쥐를 움켜쥔 채 어쩔 줄 몰라 하던 정필이 쥔 손을 벽에 몇 번이나 반복하여 내려쳤다.

잠시 후, 볼이 불룩한 채 눕고 기댄 자세 그대로 세 사람이 입을 우물거리고 있었다. 정필 손에는 찢겨진 쥐가 피에 젖은 채 들려져 있다.

제임스 입가에 핏물이 보이는데 알지 못하고 입에 든 것을 질겅거렸다. 사할이 두 사람에게 흐릿하게 미소를 보내는데 정필이 손에 들고 있던 쥐를 조금씩 뜯어 두 사람의 입에 넣어 주었다.

구출과 그림자

세 사람이 매몰되어 갇힌 지 11일이 되는 날, 벙커 안에서는 정필이 제 무릎에 머리를 둔 사할과 제임스 두 사람을 걱정스럽게 내려다보고 있었다.

"야아, 눈 감지 말라고. 정신을 차려야 해. 눈을 감으면 정신 줄이 풀려서 영영 깨어나지 못할 수도 있어. 제발 정신 차려."

흔들다가 뺨을 때리다가 하며 안타깝게 두 사람의 정신을 깨우려 하지만 둘은 이미 정신을 잃은 상태였다. 정필도 정신이 혼미해 지기는 마찬가지였다. 그때 툭툭 벽을 치는 듯한 소리가 들렸다. 정필 귀를 기울여 보지만 더 이상 소리 들리지 않자 혼잣말로 중얼거렸다.

"이제는 환청마저 들리네. 여기서 이렇게 끝나야 하는 건가?"

정필이 점점 더 혼미해지다가 그도 정신을 잃는데 갑자기 반대쪽 벽이 뚫리면서 햇살이 눈이 부시게 좁은 벙커를 비쳤다. 탈레반 구조대가 뛰어들면서 이리저리 살피다가 세 사람을 발견했다. 구조대원 하나가 사할을 들쳐 업으려는데 사할이 의식이 없는 가운데서도 제임스와 정필을 잡은 손을 풀지 않았다. 난처해 하던 구조대원들은 서로 낮게 숙의하다가 칼을 빼들며 제임스, 정필 두 사람의 팔목을 자르려 하는데 사할이 들릴듯 말듯 중얼거렸다.

"안 돼. 멈춰. 내 생명의 은인이라고…."

하지만 웅성거림 속에 구조대원들은 듣지 못하고 순식간에 정필 가슴을 찌르고 팔을 내리쳐 버렸다. 사할이 정필의 잘린 팔목을 들어 올리며 갑자기 어디서 그런 힘이 솟는지 자기를 업으려던 구조대원을 밀치고 두 사람 앞을 가로 막아섰다.

"야! 이 돼지 같은 놈아! 안된다고 했잖아?"

사할이 분을 이기지 못해 그를 차려고 발을 허둥대다가 푸석 거꾸러지는데 가슴과 팔에서 솟는 피로 온몸이 피범벅이 되어 가쁜 숨을 몰아쉬던 정필이 제임스 위로 무너지고 말았다. 제임스가 두 사람을 부둥켜안으며 절규하듯 외쳤다.

"잠간, 잠간만 내 말을 들어라. 우리는 아무런 기력이 남아있지 않다. 그러니 내 말을 잠시 듣고 나서 우리를 너네들 마음대로 해도 늦지는 않을 테니. 전에야 우리가 서로 적이었겠지만 죽음을 맞닥뜨린 채 이곳에 갇혀 있는 동안 우리는 서로를 보고 알게 되었다. 우린 다 형제다. 제발 그만 이쯤에서 싸움을 그치자."

 힘이 없어 제대로 말을 잇지도 못하는 것이었지만 그의 한마디 한마디는 둘러선 탈레반의 가슴을 울리고 있었다. 제임스가 다시 의식이 깨어나며 정필을 찾았다.

 "정필, 괜찮아? 괜찮지? 죽지 않을 거지? 제임스하고 서로 사랑하자 약속한 대로 나 반드시 그 약속을 지켜낼 테니…."

 가녀린 숨을 헐떡이고 있는 정필을 흔들며 제임스, 사할 절규하지만 결국 그는 숨을 멈추고 말았다.

 며칠 뒤, 주원 집 거실에서는 상기된 표정의 주원이 엄마와 함께 라왈과 화상통화를 하고 있었다. 라왈 모와 주원 모, 통화하다가 각각 라왈과 주원에게 자리를 바꿔 주었다.

 "만세, 어머니 고맙습니다. 정말 행복하게 효도하며 잘 살게요."

 주원과 라왈이 라왈 어머니께 인사를 했다. 라왈 모가 둘이 같은 인사말을 하는 것에 어리둥절해 하는데 주원 모가 이해를 도왔다.

 "아예 미리 인사말까지 다 만들어 놓으셨구먼. 오죽이나 기뻤으면…."

 빤한 일인데도 NK에서는 자기들과는 전혀 관계가 없고 알지 못하는 일이고 정필이 누구인지 전혀 모르는 사람이라며 정필의 주검 인수를 거부하였다. 어렵게 한국 부산 근교에 있는 UN묘지에 안장하게 되었다. 정필의 영결식이 거행되는 UN묘지에는 세계 각국에서 온 조문사절단으로 북적대고 있었다.

휠체어에 앉은 사할과 그 옆에 어깨와 팔을 묶이 깁스한 제임스가 영결식장 맨 앞줄에 앉아 있었다. 관이 묘혈에 내려지자 조문객들이 줄지어 서서 고인에게 꽃을 바치며 마지막 인사를 하기 시작했다. 어느 나라 누구인지 알만한 유명 지도자들까지 눈에 뜨이는 가운데 무슬림 쌀라트와 교회예배가 함께 이뤄지고 있었다.

"사상 초유의 무슬림 의식인 쌀라트와 기독교 의식인 예배를 병합하는 고 정필의 영결식이 엄수되고 있습니다. 비록 고인은 천국 길을 가고 있지만 종교적 갈등을 봉합하고 세계평화를 위해 헌신한 그의 숭고한 희생은 영원히 우리 가슴에 남아 그의 염원대로 세상이 아름다워지고 있나 지켜 볼 것입니다. 말씀 드리는 순간 탈레반 이인자인 사할이 휠체어에 앉은 채 정필을 추모하는 추도사를 읽기 시작했습니다."

NBC 앵커는 흥분하고 있었다.

"사랑하는 나의 형제 정필…."

사할은 진정 슬픔에 잠겨 있었고 그의 목소리는 떨리고 있었다.

"먼저 너무도 잔인무도하게 당신을 죽음으로 밀어 버린

탈레반을 대신하여 용서를 빕니다. 정필, 당신은 당신을 악귀라 부르며 죽이려던 나를 살리고 천국으로 갔습니다. 당신은 내게 참사랑과 용서와 화합을 보여주고 가르쳐 주었습니다. 그대 정필, 당신은 세상이 악으로 채워진 곳이 아니라 선으로 가득 찬 곳이라는 것을 알려 주었습니다. 당신은 세계 도처의 싸움과 갈등이 누구의 질못인가를 따지기보다는 조금만 욕심을 줄이고 포용하려는 마음으로 세상을 바라보자고 하였습니다. 당신은 또한 자기 이념이나 사상, 신만이 절대적이라는 것을 인정하자면서도 태초에 이 세상을 창조한 더 큰 신 밑에 우리는 모두 한 형제이고 친구라고 하였습니다. 나의 형제 정필, 당신의 영전에서 나의 맹세를 다시 다짐합니다. 그것이 어떤 이유에서고 어떤 것이든 이제부터 저는 서로를 용서하고 화합하겠습니다. 세상 모든 사람들에게도 용서와 화합할 것을 부탁드립니다. 어느 신이든 어떤 이념이든 서로 간 이렇게 싸우고 죽이는 것을 원치 않을 것이니까요."

조문객들 너나없이 고개를 끄덕이며 눈물 훔치는데 빗방울이 들기 시작했다. 차츰 빗줄기가 굵어지는데 고인의 묘소 옆에 설치한 대형 스크린에 자막이 떴다.

- 미움이 아무리 커도 작은 용서를 넘지 못하고 아무리 작은 가슴이라도 크나큰 사랑이 그 품에 있다. - 정필

보이지 않는 손

 콰쾅! 갑자기 굉음을 내면서 폭발이 일어났다. 조문객들이 비명을 지르며 혼비백산 흩어지는 가운데 쓰러지고 달아나고 숨는 사람들과 폭발로 튕겨지는 사람들, 무너지고 부서지는 건물과 기둥들로 순식간에 영결식장은 아수라장이 되어 버렸다.
 뿌연 연기 속으로 여기저기 피투성이가 된 시체와 부상자들이 즐비했다. 매캐한 연기가 가라앉자 사할 주검이 좀 떨어진 곳에 엎어져 있는 게 보이고 쓰러진 휠체어 바퀴가 느리게 계속 돌고 있었다.
 방송, 신문지상을 통해 온갖 비난이 탈레반에 쏟아지고 중동 매스컴에서는 미국과 서방세계의 테러라는 탈레반의 규탄이 끊임없이 이어지고 있었다. 돌아가고 있는 상황은 마치 미국과 탈레반이 다시금 서로 대적하고 있는 것 같았고 어중간하게 중간에 끼인 상황이 되어버린 한국 정부가 난처해졌다.

며칠 뒤 SNS 유튜브에는 주원과 라왈의 이름으로 올라온 글이 화제를 불러일으키고 있었다.

"저희 라왈과 주원은 지난 주 한국 UN묘지에서 발생한 폭탄테러의 희생자 탈레반 사령관 사할과 미 영사관 제임스의 아들과 조카로 종족의 다름과 종교적 이질을 딛고 어렵게 다음 달에 결혼을 앞두고 있습니다. 그동안 저희는 서로 적으로 대치하던 부모들의 반대가 엄청 커서 결혼을 포기하고 함께 죽으려고까지 생각했었습니다. 그러는 중에 두 분은 먼저 운명한 정필과 함께 누구의 소행인지 밝혀지지 않는, 확인된 바에 의하면 결코 탈레반이나 미군에 의한 것은 아니었습니다. 포탄에 피격되어 함께 지하 공간에 갇히게 되었습니다. 세 분은 그 좁은 공간속에서 기다리는 것이 죽음뿐인 공동 운명에 처해 있는 동안 서로를 이해하고 화해하게 되었습니다. 기적같이 구출이 된 후 제임스와 사할 사령관은 탈레반과 세계에 진심을 다해 화해를 종용했고 이를 이뤄내어 한국 UN묘지에서의 대화합 장례를 치르게 되었던 것입니다. 많은 사람들이 그날의 폭탄테러가 탈레반 내의 다른 강경 세력이나 미국내 반대파가 기득권을 갖고자 벌인 소행일거라 규탄을 하고 있습니다. 하지만 저희는 결코 그렇지 않을 것이라 믿습니다. 이는 어렵사리 이뤄낸 세계의 화합을 반대하는 제 3의 세력인 보이지 않는 손에 의한 테러일 것이라 확신합니다. 저희는 사랑하는 직계가족을 그 테러에서 잃었습니다. 너무나 슬프고 아픕니다. 하지만 이 대화합이 깨어져서는 안 된다고 감히 주장합니다. 평화를 사랑하고 화합을 포용해 주십시오. 겨우 일궈낸 이 대화합은 그 어떤 음모와 테러로노 깨어져서는 안 됩니다."

가정, 길거리, 사무실 에서 노트북, 스마트폰, 컴퓨터, 데스크탑 하는 많은 사람들이 하나같이 유튜브를 접속하고 있었다. 경쟁하듯 검색 1순위로 치솟고 있는 두 가지 실시간 검색어에 모두가 열광하고 있었다.

- 세기의 대화합
- 상호 용서와 화합으로 세계 평화를
- UN묘지의 테러는 당신들 짓이 아니라는 것을 세상은 안다.
- 세계평화 만만세!
- 당신들의 용기에 세계는 평화를 찾고 우리는 기쁩니다.

화합, 용서, 화해, 평화를 기원하며 끝없는 댓글이 촛불집회로 이어지며 세계 곳곳으로 퍼져 나갔다. 정필을 추모하고 대화합과 평화를 기원하는 메시지와 집회를 매스컴들이 핫라인으로 연결하여 동시간대에 전 세계에 방영을 하기 시작했다. 급기야 UN에서 정필을 추모하는 한편 상호 화합과 평화를 천명하고 있었다.

아깝지 않거나 귀중하지 않은 죽음이 어디 있을까? 정필의 죽음은 세계평화를 천명하고 있었지만 국가 간의 이미지를 개선시키는 용도가 다하면서 시간이 지나자 금세 잊혀 갔다.

부상당한 몸을 제대로 치료를 끝내지도 못한 채 혹시나 모를 테러를 피해 몸을 숨겨야 했던 제임스는 슬픔을 가눌 수가 없었고 이념이라는 보이지 않는 폭거에 치가 떨렸다. 제임스가 눈에 날선 그림자를 짓다가 볼멘소리를 내뱉었다.

"진정 애국, 충성이 이렇게 배신과 버림, 죽음으로 끝나야 하는 것이란 말인가?!"

3부
아주 잘 그린 영화

새출발

세상이 하나의 완전한 평화 체제로 거듭날 것 같던 요란스러움은 그리 오래가지 못하고 이내 시들해졌다. 죽음의 문턱에서 살아날 수 있었지만 제임스는 모든 게 허무하게만 느껴져서 아무런 의욕 없는 나날을 보내고 있었다. 두 번의 폭파 사건을 겪는 동안 신분이 다 까발려져서 비밀요원 생활을 더 이상 할 수가 없게 되었지만 그건 아무렇지가 않았다.

2대에 걸쳐 이념의 희생물이 되기 싫어서 국익에 해를 끼치고 국가를 위태롭게 하는 자들을 막겠다고 첩보 요원이 되었지만 결국 그 악랄하고 치열한 싸움에서 벗어나지 못하고 친구만 잃은 게 너무 억울하고 아팠다. 이념이니 국가에의 헌신이니 하는 것들을 다 떨치고 어디 아무도 모르는 한적한 곳으로 숨어 버리고 싶었다.

그러고는 몇 년을 통 소식을 모르겠어서 김 검사는 그가 어떻게 지내고 있나 궁금했고 한편으로 이제는 조용히 제발 잘 살고 있기를 바라는 기도를 게을리 하지 않았다. 참

무심하게 흐르는 게 시간이구나, 여기는데 박승우가 아주 엉뚱한 곳에서 전혀 달라진 인물이 되어 그에게 연락을 해 왔다.

경력 단절이 별 의미 없는 현실생활이라지만 박승우가 작가라니 그것도 시나리오를 쓴다니 상전벽해가 따로 없는 일이었다.

그가 보낸 서신에서 그는 이념과 사상에 대해 참 의미 없는 헛짓이라고 하며 그것에 매여 살아야 했던 것에 새삼 후회가 들고 그런 것에 쫓기며 보낸 시간이 너무 아깝고 허무하다고 했다. 그는 또 차라리 범죄를 저지르며 살았다면 이처럼 억울하지는 않을 거라며 다시는 이념이나 국가를 위하는 일을 하겠다고 나서지 않을 것이고 안 할 말이지만 기회가 닿는다면 오히려 국가나 그런 이념이나 사상에 되갚음을 하고 싶다고도 했다.

스텐리 선교사가 지나간 일에 너무 집착하지 말고 다가올 일에 더 정진하는 것이 좋지 않겠냐고 조언을 전하자 그는 그 다가올 일에 매진하고 있는 것이 시나리오 작업이라고 하며 시나리오가 완성되면 영화를 만들겠다는 포부를 밝히기도 했다. 워낙 신출귀몰한 녀석이라 뭔가 한 방을 터뜨리겠구나 하는 기대가 되는 것이었지만 혹시 공공질서를 해치는 영화를 만들지는 않을까 적잖이 저어되는 스텐리 선교사였다.

영결식에서의 테러 사건 이후 거반 몇 년이 지나도록 아무 것도 할 수 없었다. 제임스를 가장 크게 무력하게 하는 것은 회의였다. 이념과 사상, 종교 등 자기외적 요인들에 세뇌되어 삶을 오로지 국가와 신을 위해 살았지만 그런 것들에게 배신을 당한 채 생을 마감한 정필과 사할이 자꾸만 어른거렸다. 혼자 살아남은 게 크나큰 죄악을 저지른 것 같아 몸부림에 떨어야 했다.

그들에게 속고 이용만 당했던 억울한 생애와 친구들의 아까운 죽음이 그에게 복수를 부르짖는 것 같았다. 하지만 더 이상은 국가나 정부에 얽혀 범죄를 저지르지는 않겠다고 다짐을 하는 그였고 설사 그들의 복수를 위해 홀연히 나선다고 하여도 혼자의 힘으로 무엇을 할 수 있나 하는 생각이 들어 그저 한숨만 내리 쉴 뿐이었다.

결국 그는 그들을 추모하는 위령탑이라도 세우겠다고 작정했다. 여기저기 알아보면 건립비용을 마련할 수 있겠지만 그는 자기 혼자만의 힘으로 위령탑을 세우는데 의미를 두고자 고집했다. 박승우는 자서전 같이 자기와 그들이 지내온 이야기를 써서 출판을 하고 싶었다. 어지간히 이슈 꺼리는 될 것이니 인세를 기대할 수 있을 것이라 여겼다. 그러던 것이 시나리오를 쓰고 싶어졌고 뒤늦게 스튜디오들과 제작사를 들락거리며 접었던 영화를 다시 펼쳐들었다.

"아직도 꿈을 꾼다고? 내려놓지 못하는 욕심은 아니고?"

"욕심은 무슨 욕심이야? 돈을 벌겠다는 게 아니야. 그저 한번 사는 인생인데 무언가 내가 왔다간다는 흔적이라도 하나 남기고 싶다는 것이지."

"그게 욕심인 거야. 이제는 그런 욕심은 내려놓고 스스로를 돌아볼 시간이 되었다는 말이지."

"내 말이나 자네 말이나 그 말이 그 말이네. 70을 바라보면서 나를 돌아보니 아무 한 게 없는 것 같아 이제부터라도 뭔가 하나는 해야겠다는 생각이 든 거니까."

"무얼 해야지 하는 생각을 하라는 게 아니라 손을 정리해야 한다는 말이야."

"아니, 한창 팔팔한 나이에 정리는 무슨 정리야? 좀 더 솔직해 지자 우리. 명퇴라는 빌미로 밀려나고 잘려나고 쫓겨나고 그런데 다른 어디 갈 곳도 오라는 곳도 없으니 제 변명으로 모든 걸 내려놓았다고 말하는 것일 뿐이잖아?"

친구에게서 그의 새로운 시도가 망상이고 욕심이라는 핀잔을 들은 승우는 열이 났다. 온 몸이 신열에 끓는 것 같이 뜨겁고 정신이 아득해졌다. 살아온 삶이 잘못된 것이라고 인식이 되어 이제부터라도 달리 살아 보겠다는 것이 어찌 망상이라는 말인가? 더 이상 이념이나 국가 또는 범죄에 엮이지 않으려 한다는데 하던 짓거리를 마다한다고 그것이 어찌 죽음이 가까운 것 같다고 놀림을 받아야 하는 것인가 싶었다. 친구고 가족이고 모두 쓸모없다는 생각이 불현 듯 들며 외로워지고 우울증이 들기조차 했다.

이 순간에 왜 그런 생각이 들었는지는 알 수 없지만 승우는 좀 전에 친구를 만나고 집으로 오면서 봤던 홈리스가 떠올랐다. 그는 거지를 볼 때마다 언젠가 자신이 저렇게 되지나 않을까 두려움에 들곤 했다.

문득 꿈을 꾼다는 것이 참 막막하다는 생각이 들었다. 그들도 꿈이 있었겠지 아니 아직도 꿈을 꾸고 있으려나, 생각하다가 고개를 흔들었다. 자기는 그들과는 다르다는 생각이 들었기 때문이었다.

"꿈꿀 게 아니라 손을 정리해야 한다고? 꿈꿀 형편이 안 되니 자기변명을 하는 것이고 제 입장을 세우려 욕을 버리라 씨부렁거리는 것이지, 창창한데 뭔 놈의 정리고 비움이야?"

그는 자신에 차오르고 있었다.

그는 이제까지의 자신의 과거를 씻어내고 뭔가 다시 타오르게 할 불씨를 영화에서 찾고자 마음먹었다. 하지만 그는 그 나이에 특출하게 자신을 들어내고자 하는 것은 아니었다. 나이 들었다고 아무 하는 일도 없이 그저 꾸역꾸역 목숨 부지를 하는 그런 삶이 아닌, 남의 눈치나 간섭을 받지 않고 살아가는 가치를 느끼며 살고 싶은 게라고 고집했고. 더 늙어 운신하기가 힘들어지기 전에 살아갈 빌미라고 내밀 무슨 일이라도 벌이려고 애를 쓰고 있는 것이라고 하는 그였지만 박승우의 마음을 실제로 조바심치게 하고 있는 것은 그것이 아니었다.

애국이니 이념, 충성이라는 국가의 요구에 얼마나 헌신해 왔던가? 하지만 국가에서 돌아오는 것은 그저 강요된 희생만이 있었을 뿐 아무 것도 없었다. 일부러 속인 것은 아니겠지만 결과적으로 속은 것밖에 없다 싶었다. 안 할 말로 자기도 당한 만큼 국가에, 그 이데올로기라는 것에 되갚아 주고 싶어졌다. 아니 앙갚음이라도 해야 속이 좀 후련해질 것 같았다.

시나리오

퍼붓듯 쏟아지는 빗줄기 속, A국의 해변 국경에서 목책선을 사이에 두고 난민들이 가득 탄 보트와 국경 경비대가 대치하고 있다. 난민 측의 리더인 듯한 두 명이 경비대 장교와 몸짓 손짓을 하며 한참을 실랑이를 하지만 난민 장교 손을 내저어 거부 의사를 몇 번째 하고 있다.

두 난민 리더가 돌아서며 경비대를 등진 채 낮게 서로 무어라 말을 주고받다가 경비 초소를 비켜나며 야구의 홈런 신호 같은 제스처를 하자 난민 보트에서 아기를 안은 여인 세 명을 필두로 난민들 목책을 향해 한꺼번에 몰려나온다.

당황하는 경비대들, 호루라기를 불며 정지를 명하지만 막무가내다. 지켜보던 경비대 장교가 허공을 향해 권총을 발사하자 경비대 군인들 거총 자세를 취한다.

"오늘 이곳에 난민으로 받아들여지지 않으면 우리는 망망대해 위로 떠다니다가 다 굶어 죽는다. 이리 죽으나 저리 죽으나 죽긴 마찬가지이니 땅이나 밟고 죽어야 물고기 밥 되는 것이라도 피할 수 있을 것 아닌가! 필사적으로 목책을 넘어서야 한다."

난민 리더가 보트를 뛰쳐나와 목책선을 향해 빗속으로 달려 나오던 난민들이 거총한 경비대를 보며 주춤거리자 난민들을 향해 소리를 지른다. 주춤거리던 난민들이 다시 달리기 시작한다.

순간 총성이 요란하게 울리고 여기저기 피가 튀는 가운데 고꾸라지고 엎어지는 난민들 사이로 흐르는 빗물이 붉게 물들며 개울을 이루고 있다. 총탄을 피해 사방팔방으로 흩어지던 난민들이 보트로 되돌아 달아나자 군인들이 사격을 멈춘다.

양측이 잠시 소강상태로 이어지고 부상자를 부축하러 오는가 싶던 난민들 몇이 느닷없이 경비대를 향해 총을 난사하기 시작한다.

"저 놈들의 꼭두각시인 정부로부터 축출 당한 우리를 자기들이 받아들이지 못하겠다는 것은 우리를 생매장을 시키겠다는 것이다. 이대로 저들의 마음대로 막무가내 죽임을 당할 수만은 없다. 우리의 삶은 우리가 쟁취해야 할 것 아닌가!"

난민 리더가 난민들에게 독려를 하며 총격을 가하자 경비대 측에서도 다시 요란하게 총성과 불을 뿜었고 결국 난민들만 여지없이 쓰러지고 만다.

박 감독이 LA주립대학 시네마 강의실에서 영화학을 강

의하고 있었다. 쪼들리는 형편에 주변에서는 시간 강사나마 할 수 있어 생활에 조금은 도움이 될 수 있어 다행이라고 말들을 하지만 박승우는 사실 자원봉사를 하며 학생들과 친분을 쌓아 자기 계획에 끌어들일 기회를 찾고 있는 일환이었다.

"그러니까 한 마디로 말해서, 영화는 영상의 잔상들이 우리 눈에 연결 화면으로 전개되면서 보여주는 가상의 영상 즉 필름 상의 사기극이랄 수 있어. 조금 억지 같은 말로 들릴 수도 있겠지만 겉이 번드르르하지만 실제로 돌려받는 것은 명예뿐인 희생이 요구되는 허상 같은 국가에의 충성, 애국 같은 것이라 할 수 있는 것이지. 그렇다고 내가 반국가적인 인물이라서 이리 얘기하는 것이 아니라 필름과 애국의 맥락이 비슷하다는 것이야. 그렇다고 전혀 불가능한 것이 아니라 발생할 수 있는, 그러기에 반전과 긴장이 절대적으로 필요한 것이지. 그런 의미에서 실제 사기극을 영상화시킬 수 있다면 멋진 영화가 될 거야. 영화에서의 영웅이 많이 탄생할 수도 있고. 어때? 영화 학도들의 의무이자 권리인 영상의 반란을 여러분들이 만들어 보고 싶지 않아?"

"그렇게 만들면 뭐합니까? 박 감독님처럼 배급망이 없으면 아무리 좋게 만들어 봐야 말짱 꽝인걸요?"

한 학생이 박 감독과 눈을 맞추지 않으려 애를 쓰며 말했다. 느닷없는 일침에 박 감독의 얼굴이 당혹감에 싸여 잠시 말문이 막히는데, 중동 귀족 전통 복장을 한 학생이 구세주처럼 손을 들었다.

"실제 사기극을 영상화시키면 멋질 거라 하셨는데 그런 건 이미 많이 만들어졌지 않습니까? 그리고 그런 장르들은 모두가 살인이나 죽음이 들어 있는데 그건 감독님의 안전하고 건전한 사회를 유지시키기 위해 폭력과 잔인함이 없는 필름을 만들어야 한다고 주창하는 성향에 위배되는 것이고요."

그의 질문 역시 당돌한 것이었지만 그래도 정곡은 벗어난 것이어서 박 감독은 숨을 고를 수가 있었다.

"영화는 비슷한 소재가 많아. 하지만 그 표현이 다르고 플롯이 새로운 것이지. 사기극이라고 다 폭력이나 잔인함이 있는 게 아니지. 코믹 크라임, 캐이퍼 등등. 다시 말하지만 그런 것 없이도 얼마든지 훌륭한 영화를 만들 수 있으니까."

"어린애 장난 같은 영화가 아니라 진짜 장편이라면 당연히 그런 게 있어야 하잖아요?"

박 감독이 검지를 세워 흔들며 아니라는 제스처를 했다.

"폭력이나 잔인함이 없이도 훌륭한 영화는 만들어지지만 문제는 조금 전 학생이 말했듯이 제작비의 몇 배가 들기도 하는 마케팅과 배급이야. 그러다 보니 일반적 소재가 아닌 엄청난 마케팅을 하지 않아도 사회적 이슈가 될 수 있는 폭력물이나 잔인한 영화를 만들게 되는 것이지. 일반적인 영화는 어쩜 내용보다 얼마만큼 광고를 많이 하느냐에 따라 영화의 승패가 갈린다고 말해도 무리가 아닐 거야."

"그럼 말짱 꽝이라는 말이 영화 제작을 훌륭하게 해도 마케팅 할 돈이 없어서 방치될 수밖에 없다는 것입니까?"

"그렇다고 봐야겠지. 하지만 마케팅을 할 필요가 없을 만큼 특별한 영화라면 이야기가 달라지지."

"폭력이나 잔인한 것은 안 된다고 하시면서 어떤 영화를 말씀하는데요?"

"소재나 내용이 사회적 주목을 받거나 이슈 꺼리가 될 그런… 그래, 폭력물이 아닌…, 그러니까, 조금 전에 학생이 읽어줬던 난민 문제나 늘어나는 노인 문제 같은…."

"그런 걸 아시는 감독님이 만드시면 되잖습니까?"

"만들고 싶지. 그래서 꾸준히 준비해 오고도 있고…."

"그런 걸 감독님이 만든다면 제가 제작비를 다 댈 용의가 있습니다."

중동 복장의 학생이 당돌하리만큼 공격적으로 말을 하자 "와우" 탄성을 지르며 학생들이 그에게로 시선을 모으는데 한 학생이 중얼거리듯 말했다.

"제작비만 있어서 될 일이 아니라잖아."

학생들의 질문에 쫓기듯 '난민'과 '노인'문제를 거론했지만 박 감독은 실제로 그런 영화를 만들 수 있다면 자기가 지금 계획하고 있는 일을 좀 더 수월하게 실행해 낼 수 있을 것 같다는 생각이 들었다.

세팅(SETTING)

박 감독의 마음이 바뀌었다. 난민 문제를 다루려던 생각으로 쓰고 있던 시나리오를 밀쳐 버렸다. 박승우는 예전에 썼던 자신의 단편소설 '아주 잘 그린 영화'를 영화화 하는 것으로 그의 계획을 바꾸고는 다시 시나리오 작업을 시작했다.

박 감독의 시나리오는 단순한 블랙 코미디 영화 같아 보이는 것이었지만 이것을 현실과 맞물리게 하겠다는 게 박 감독의 계획이었다. 납치한 인질들의 몸값을 받아내는 내용이었는데 시나리오에서만이 아니라 실제로 인질대금을 탈취하는 일을 벌이려는 것이었다.
그는 그가 한 목사에게 공공연하게 떠벌였던 정부와 공직자들의 제 몸 지키기에 바빠 민생까지 뒤로 미루는 실책을 까발리고 그들에게 앙갚음을 하고자 하는 것이었다.
어쩌면 자신이 당한 일에 대한 복수라고 생각이 되는 일이었지만 그는 마지막까지 보이지 않는 힘에 희생되어야 했던 정필과 사할을 대신하여 그들의 한을 풀어주고 정의를 실현하고자 하는 마음이 더 앞서는 일이라고 스스로 단정하고 있었다.

도입

이런저런 것들로 어지러운 기숙사 방안 소파에 비스듬히 기대어 앉은 외국인 학생 블레이크가 핸드폰으로 채팅을 하고 있었다. 그는 미국에서 한국으로 한류를 공부하기 위해 온 유학생이었다. 그는 다른 유학생들과 함께 중동으로 한국의 한 교회에서 주선한 의료 봉사를 가기로 했다. 준비를 위해 서로들 이런저런 얘기를 나누는 중이었다.

전화 수신음이 울렸다. 발신자를 확인하는데 박 감독이었다. 블레이크는 의료 봉사에 박 감독이 함께 하기를 부탁하고 있었다.

"2월 10일 출발하는데 안 될까요?"

"정말 미안해요. 가겠다고 약속을 해 놓고, 이런 변이 있나!! 미리 연락을 했어야 하는데. 갑자기 종교 관련 다큐를 찍게 되어서… 대신에 내가 다른 좋은 사람을 소개해 줄게. XYZ 인터넷 방송의 기자야."

벽에 붙어 있는 RED CARPET PRODUCTION이라는 사인이 보이는 사무실에서 등을 진 여자 사무원이 컴퓨터로 뭔가 열심히 하고 있는데, 창을 통해 보이는 방안에서 통화하던 핸드폰을 내려놓고는 박 감독이 나왔다.

"헬렌, 종교 다큐 촬영 일자가 정해졌다고 일행에게 연락해 줄래요? 2월 11일."

"예, 알겠어요. 다른 거 더해야 할 것은요?"

비서 헬렌은 아시아인으로 30대 후반쯤 되어 보였다.

"뭐, 별로…. 참, 홈 리모터 제어 장치는 언제 된다고 했지요?"

헬렌의 질문에 미처 답을 하지 않고 자기 방으로 들어가다가 박 감독이 돌아보며 뒤늦게 물었다.

"다음 주 월요일까지 다 설치 완료하겠다고 했어요."

"그럼 떠나기 전에 볼 수 있겠군요. 헬렌이 할 일이 많아질 것 같아요."

"무슨 일인지 알아야 일이 많든 적든 할 텐데, 말씀을 해주지 않으니 궁금증이 나요."

헬렌이 밉지 않게 투정을 부렸다.

"별 거 아니에요. 하지만 장치를 보면서 설명해야 하는 것이라서. 설치 완료될 때까지만 참고 기다리면 알 텐데 뭘."

"알았습니다, 보스, 그것 말고 할 것은 없나요?"

"아직은 없어요. 나중에 현장에서 영상자료를 보내면 에디팅이나 잘 부탁해요."

헬렌을 보며 눈 찡긋 하는데 박 감독의 표정에 뭔가 의미가 실려 있었지만 헬렌은 구태여 아는 체를 안 했다.

2월 10일 밤, 김포공항 출국장을 통해 의사, 간호사, 유학생들과 한국 학생들이 섞여 있는 교회 의료 봉사대원들이 차례로 빠져 나가고 있었다.

이틀 뒤인 2월 12일에는 영국 켐브리지 공항과 중국 텐진 공항에서 각각 탑승하는 영국의 마리오테 신부(60대 남미풍)와 중국의 해탈 스님을 목격할 수 있었고 여행객들 사이로 보이는 호주의 스튜어트 박사(50대 학자풍)와 제임스 박 감독 역시 같은 날 미국 덜레스 공항을 빠져 나갔다.

2월 28일, 마감을 서두르는 XYZ 인터넷 방송국 해외부는 언제나 어수선한 속에 바쁘게 돌아치고 있었다. 40대 중반의 눈이 날카로운 박찬영 기자가 확인하던 우편물 속에서 USB를 꺼내어 이리저리 훑어보다가 고개 갸웃하며 노트북 컴퓨터에 끼워보았다. 잠시 화면을 지켜보고 있던 박 기자가 놀라며 얼굴색이 바뀌어 급히 USB를 뽑아서 자리에서 일어났다.

XYZ 인터넷 방송국의 부장을 비롯한 두 과장들이 회의실로 급하게 모여들었고 심각한 표정으로 박찬영 기자가 튼 USB 영상을 스크린을 통해 함께 보기 시작했다.

벽으로 둘러싸인 폐쇄 공간에 손을 뒤로 묶인 남녀들이 긴 의자에 앉아 있었다. 남녀들의 표정이 매우 어둡고 불안해 보였다. 화면은 천천히 움직여 남녀 모두를 되풀이하여 보여주면서 억센 억양의 영어 목소리가 나왔다.

"우리는 세계 난민 자구대이다. 우리는 평화를 사랑하고 자유와 평등을 주장한다. 우리는 당신들의 인사들을 인질로 데리고 있다. 우리는 이들에게 어떤 악 감정도 없으며 또한 해치고 싶지 않다. 우리는 해악의 무리들에게 죽임 당하고 조국에서도 쫓겨났지만 아무도 우리를 받아주거나 돌봐주지 않았다. 우리는 우리의 거주와 생활을 확보하기 위하여 어쩔 수 없는 선택을 한 것이다. 우리는 2억 달러가 필요하다. 2018년 3월 7일까지 이 금액을 우리에게 보내야 한다. 이행되지 않을 경우, 인질들은 신의 이름으로 처단될 것이다. 우리는 세계의 각국이 이 금액 마련에 기꺼이 동참하리라 믿으며 결코 불행한 사태가 인질들에게 일어나지 않기를 바란다."

잠시 화면이 끊겼다가 다시 이어지는데 각 인질들 가슴에 이름표를 붙이고 있는 게 보였다. 목사 이인영(한국), 해탈 스님(중국), 신부 마리오테(영국), 영화감독 제임스 박(미국), 의사 박준홍(한국), 농학박사 아이젠 스튜어트(호주), 기자 박종봉(한국), 간호사 스테파니 워커(미국), 학생 에슐리 우즈(캐나다), 학생 탐 블레이크(미국) 등으로 마치 죄수들의 인식 사진 같이 보였다.

영상이 끝나자 50대의 통통한 몸에 듬직한 얼굴의 해외부장은 스크린에서 눈을 떼지 못한 채 몸을 뒤로 젖히며 신음같이 말을 뱉었다.

"쟤네들 진짜 세계 난민 뭔가가 맞는 건가? 혹시 IS나 탈레반 같은 테러 집단 아냐?"

"그것조차 진혀 윤곽이 잡히지 않고 있습니다. 아주 생소한 놈들이에요."

깡마른 체격이라 그런지 50대의 과장의 말투는 마치 신경질을 부리는 듯 들렸다.

"골고루도 잡았구먼. 어떻게 각 나라, 각 직업 두루두루 섭렵을 했구먼. 게다가 우리 박종봉까지…."

"저게 인질 전부가 아니래요. 이슬람 성직자 이맘 등 성지순례 촬영팀 8명이 더 있고 촬영 스테프까지 모두 20명이나 된대요. 저 화면 끝에 설명과 사진이 다시 나올 겁니다."

"그런데 저 인질들 말이야, 어떻게 저런 조합이 이뤄질 수 있었지? 무슨 목적으로 만들어진 그룹이었어?"

"그것이… 미국 영화감독 제임스 박이 이끄는 종교성지 순례 다큐멘터리 촬영 팀과 우리 박종봉 기자가 취재차 동행한 의사, 간호사, 학생들로 구성된 의료 봉사대 이렇게 두 팀으로 확인되었는데 호주의 농학박사 아이젠 스튜어트는 어떻게 된 것인지 아직 파악이 안 되었습니다. 알아보고 있는 중입니다."

박찬영이 부장에게 보고를 계속하면서 화면에다 '바그다

드 공항 앞'이라는 자막이 보이는 다큐멘타리 팀 사진과 인천 공항 앞에서 찍은 의료 봉사대 단체 사진을 띄웠다. 놀란 토끼 눈을 하고 화면을 지켜보던 뉴스 데스크 PD가 부장을 보며 일갈을 했다.

"무엇보다 이 건의 진위 여부를 알아보고 사실이라면 경찰이나 인터폴에 알려야 하는 게 먼저 아닐까요?"

"우리 기자가 인질로 잡혀 있는 것을 보고도 진위 여부를 얘기하는 거요? 어쩔 수 없는 100% 사실인 게지."

해외부장이 톤을 높여 PD의 말을 받아쳤다. 잠시 흐르던 어색한 침묵을 깨뜨린 건 과장이었다.

"그런데 이상한 게 있어요. 성지 순례 다큐 팀이나 의료 봉사대나 마지막 교신했던 곳이 이라크인데 이 영상이 담긴 USB를 보낸 메일 발신지는 미국 LA로 파악됐습니다."

"미국에도 패거리가 있다는 말 아니야, 그거?"

부장은 여태 신경이 날카로웠다.

"그러게 말입니다. 저네들이 정한 때까지 시간은 얼마 없는데 저들의 정체는커녕 아무런 흔적조차 잡아내지 못하고 있으니…."

"그래도 요구하는 시간이 아직 한 주는 남았으니 우선 각 인질들의 신상 파악과 함께 협박, 정말 그들이 연락이 두절되고 없어진 것인지 알아보고 가는 게 낫지 않을까 싶은데요."

편성팀장이 뭔 말이라도 해야 하지 싶었던지 뻔한 말을

뱉었지만 생각 외로 부장의 대꾸가 부드러웠다.

"그래, 그런데 한 가지 명심해야 할 것은 비밀유지야. 이건이 당연히 우리 손에만 들어 온 것일 테니, 편성팀장 말대로 빨리 알아보자고."

"하지만 자칫 인질들의 생명이 위태로워 질 수도 있는데 경찰에는 먼저 알려야 하지 않을까요?"

박찬영이 참지 못하고 재차 의견을 말했다.

"그런다고 그네들이 우리만큼이나 잽싸게 움직일 것 같아? 오히려 혼란을 방지한다는 핑계로 우리 취재만 막으려 들 거야. 우선 그냥 가."

부장은 간만의 특종이 될 거라는 감이 드는 것을 경찰로 인해 망그러뜨리고 싶지가 않았다.

다음 날. XYZ 인터넷 방송 해외부 사무실에서는 박찬영 기자가 아침부터 전화와 데스크탑을 연거푸 바꿔가면서 받고 보느라 바쁜데 핸드폰이 울렸다. 들여다보지만 모르는 번호라 갸웃거리다가 받았다.

"박찬영 기자님이세요?"

'여자다.' 대부분의 전화들이 사건에 관련되는 것이지만 박 기자는 여인의 목소리라는 것에 가슴부터 울렁거렸다. 아직도 나는 청춘이니까, 자신을 세뇌시키듯 속생각을 하지만 대응은 그게 아니어야 했다. 절대 업무적으로….

"네, 그렇습니다만…."

"아, 안녕하세요? 박종봉 기자 집이에요."

박 기자, 들떴던 자신이 무안해서 잠시 멈칫거리다가 애써 진정하여 너스레를 떨며 전화를 이어갔다.

"아, 제수씨, 안녕하세요. 어쩐 일이세요?"

"애 아빠가 연락이 되질 않아서요. 무슨 일이 생긴 것은 아니겠죠?"

"왜요? 낭군님이 전화를 받지 않아요? 아무 일 없을 거예요. 무슨 일이 생겼다면 당연히 제일 먼저 저희에게 연락이 왔겠죠. 진중하게 조금 더 기다려 보세요. 혹 뭔 일이 있으면 제가 제수씨께 젤 먼저 알려 드릴게요."

박찬영은 마치 자신의 초조함을 감추기라도 하려는 듯 두서없는 말을 장황하게 늘어놓았다. 통화를 끝내고 박찬영이 어두운 얼굴로 폰을 내려놓는데 옆자리 직원이 귀에다 손을 대며 전화 온 제스처를 하자 표정으로 누군데 묻지만 동료는 '잉글리쉬'라고 낮게 뱉으며 고개 흔들 뿐이었다. 당겨가듯 전화 쪽으로 가서 받았다.

"박찬영입니다."

"안녕하세요? 레드카펫 프로덕션 로스앤젤레스 사무실입니다. 저는 제임스 박 감독의 비서 헬렌입니다. 리턴 콜 전화 메모를 남기셔서요."

"아, 네. 감독님이 찍으시는 다큐에 관해 뭣 좀 알아볼 게 있어서 박 감독님과 통화가 가능할까 해서요."

갑작스런 영어에 주춤하다가 박 기자가 그냥 한국어로 답을 하자, 비서가 잠시 머뭇거리다가 한국말로 받았다.

"죄송합니다. 저희도 연락이 안 돼요. 해외 로케 나가면 감독님이 연락해야 통화를 할 수 있어요. 언락되면 전화 부탁하시더라고 전해 드리겠습니다."

"감사합니다, 부탁합니다."

박찬영이 전화를 끊고 의자를 뒤로 젖혀 몸을 기대다가 벌떡 몸을 일으키며 과장 자리로 향했다.

"저어 과장님, 한 가지 빠뜨린 게 있어서요."

데스크 다이어리를 살피던 과장이 고개를 돌려 호기심 어린 눈으로 박찬영을 올려보았다.

"의료 봉사팀 취재 동행을 미국의 그 박 감독이 자기 대신 박종봉 기자를 추천했다고 하더라고요."

"뭐라고? 그게 사실이야? 어떻게 알았어?"

"박 기자가 떠나기 전에 말해 줬어요."

"거참, 우연치고는 조금 그렇다, 그지?"

"그렇죠? 하지만 둘 다 희생잔데요 뭘."

"그렇지? 그래, 그냥 좀 더 두고 보자고. 뭔 변수라도 있을지."

자리로 오면서 박 기자는 과장의 뜨뜻미지근한 반응에 찜찜한 생각이 들어 괜한 얘기를 한 게 아닌가 하는 후회가 들었다.

발단

박찬영이 자리로 돌아와 앉으려는데 컴에 수신 메시지가 떴다. 첨부 영상에는 잡혀 있는 남녀 인질들이 조명이 밝게 켜져 있는 한 저택의 정원에서 큰 식탁에 둘러 앉아 음식을 들고 있었다. 와인까지 곁들인 잔칫상 같은 푸짐한 음식에 모두들 희희낙락하고 있는 것이 피랍된 인질이 아니라 마치 디너파티를 즐기는 사람들 같아 보였다. 목소리가 들렸다. USB로 통보했을 때와 같은 목소리였다.

"우리에게 보낼 돈은 준비가 되었는가? 보다시피 우리는 인질들을 조금의 불편함도 느끼지 않게 최선의 예우로 대하고 있다. 하지만 약속된 날짜를 지키지 않을 경우, 매 시간마다 한 명씩 처단할 것을 다시금 알린다. 당신들이 반드시 약속을 지킬 것을 신의 이름으로 기원한다."

한편, 인질범 거처에서는 파티를 즐기던 한 사람이 자리를 벗어나 파수병에게 가서 뭐라고 말을 걸었다. 박종봉(작지 않은 키의 40대 선이 굵다) 기자였다. 파수병이 그를 데리고 정원의 좀 떨어져서 구석진 곳에 있는 포터블 간이 화장실로 안내했다. 박 기자가 화장실 안으로 들어갔다. 나머지 일행들은 아랑곳하지 않은 채 즐겁게 식사를 계속했다.

잠시 뒤, 저택 문이 열리며 간이 화장실 몇 개를 실은 차량이 들어와서 좀 전 박종봉이 들어간 화장실 앞에서 멈추었다. 화장실을 바라보고 나란히 앉아있던 스튜어트 박사와 스테파니 간호사가 이것을 보고는 서로 마주 보지만 별말이 없다.

하지만 둘 다 계속 눈길을 주고 있다. 트럭에서 내린 인부가 싣고 있던 것을 내려놓고는 기존의 박종봉이 들어 있는 화장실을 들어 차에 올렸다. 박사와 간호사 놀란 눈으로 서로 마주보고 간호사가 무슨 말을 하려하자 박사가 얼른 일어서다가 간호사에게 덮쳐 쓰러졌다.

"쉿, 아무 말 말아요."

스테파니 간호사를 덮쳐 누른 채 박사가 낮게 그녀에게 속삭이고는 다시 큰 소리로 말했다.

"아이쿠, 미안, 미안. 내가 취한 겐가? 아니면 스테파니의 아름다움에 자석처럼 끌려 간 것인가?"

"모두가 내 미모에 끌린다고는 해요. 하지만 박사님은 아직…."

금방 눈치를 알아차린 스테파니 간호사가 부드럽게 박사를 밀어냈다.

그런 걸 미처 보지 못한 일행들 모두 웃음을 터뜨리고 화장실 신기를 끝낸 트럭이 다시 돌아 나갔다.

  용변을 보다가 흔들림에 놀란 박종봉은 뒤처리를 제대로 하지도 못한 채 바지를 추스르며 바깥 동태를 살피다가 이내 양 벽면을 잡고 몸의 균형을 잡으며 소리를 죽이고 있었다.

돌아온 기자

 호텔 객실이었다. 객실을 훑어 침실로 가는데 침대에서 잠에 빠졌던 박종봉이 깨어났다. 박종봉이 골이 패는지 머리를 흔들다가 탁자 위의 메모와 여행가방을 발견하고는 머리를 짚으며 메모를 들여다보았다.
 "미스터 박, 탈출하느라 수고했다. 함께 있는 USB를 가지고 속히 네 나라로 돌아가서 내용을 알려라. 시간이 얼마 남지 않았다. 인질들의 생명을 한 명이라도 덜 희생시키려면 주어진 시간을 꼭 지켜야 할 것이다."
 잠시 후에 박종봉이 쓴 미소를 짓고는 비틀비틀 욕실로 가서 샤워기 아래서 물을 뒤집어썼다.
 다음 날. XYZ 인터넷 방송사 국장실에서는 해외부장과 눈이 퀭한 박종봉이 국장과 심각히 얘기를 나누는 중이었다.
 "그러니까 간이 화장실에서 용변을 보다가 그 간이 화장실을 옮기는 것을 이용해 탈출한다던 것이 알고 보니 그들이 박 기자를 그들의 메신저로 이용하기 위한 의도적인 것이었다?"

부장이 흥미로운 눈으로 박종봉을 보며 확인을 했다.

"예, 일부러 남은 사람들이 내가 화장실에 숨어 탈출했다고 생각케 하고는 나를 남 몰래 빼돌린 게 틀림없습니다. 제가 호텔로 옮겨지는 것도 모른 채 잠에 빠졌던 것도 이상하고요. 이동 중에 무슨 수면 가스 같은 것을 간이 화장실에 주입한 것 같아요."

"그런데 이상하잖아? 호텔에서의 박 기자 영상은 뭐야? 누가 따라 와서 찍었나?"

"아, 아닙니다. 제가 프런트에 부탁해서 감시카메라를 카피한 것입니다."

박종봉이 재빠르게 국장에게 설명을 하자 모두들 고개를 끄덕였다. 한데 과장은 이해할 수가 없었다.

'유럽의 어느 호텔이 감히 객실 내부를 감시하는 카메라를 부착한다는 말인지…?'

그래도 왠지 이것을 밖으로 내면 혼자만 바보가 될 것 같아 입을 다물어 버리는 과장이었다.

국장은 박종봉의 얘기를 듣고는 뒷목을 잡으며 어찌해야 할지 고민이 커졌다. 부장이, 국장이 눈을 감고 고민하는 틈을 타 제 얘기에 열을 올리고 있는 박종봉에게 눈짓을 보내며 뭔가 다그치자 박 기자가 국장의 눈치를 살피며 조심스레 입을 열었다.

"그런데 국장님, 지금은 제가 어떻게 도망쳐 나온 것이

중요한 것이 아니라 빨리 신고를 해야 하는 것이 선행되어야 할 것 같습니다만….″

″저도 그게 순서일 것 같습니다. 자칫 인질 중 누구 하나라도 잘못되면 우린 끝나는 것 아니겠습니까?″

부장이 박종봉의 말에 용기를 내었다.

같은 시각 XYZ 인터넷 방송국 해외부 사무실 박찬영 자리에서는 박찬영이 잔뜩 부은 표정으로 국장실을 부러운 시선으로 바라보며 중얼거리고 있었다.

″시작은 내가 건진 건데 어째 나만 쏙 빼는 거야.″

이때 형사들이 사무실 입구에서 기웃거리며 해외부로 들어섰다.

″안 그렇습니까? 국장님.″

무언가 생각에 빠져 형사들이 해외부 사무실로 들어오는 것을 물끄러미 내다보던 국장이 부장의 재차 묻는 말에 번득 정신을 차리며 내뱉었다.

″누가 그걸 모르나? 나도 알아, 자칫하면 우리가 옴팍 덤탱이를 쓰게 된다는 것을…. 하지만 이런 특종을 박 기자가 죽음 문턱까지 갔다 오면서까지 건져낸 특종을 무산시킬까봐 고민하는 것이지.″

이때 노크 소리와 함께 문을 열고 형사들이 들어섰다. 형사과장, 국장과 악수하고는 양해도 구하지 않은 채 빈 소파에 앉는다. 함께 온 형사는 과장 옆으로 앉고. 형사과장은

50대 초반으로 보이며 둥근 얼굴에 강골한 체격이었지만 온화한 표정을 보이려 애를 쓰는 것 같았다.

"오랜만입니다 국장님, 긴박한 신고가 날아들어서 통보도 없이 찾아뵀습니다. 잠시 주변을 좀…."

부장과 박종봉이, 낯빛이 바뀌어 국장 눈치 보며 자리에서 엉거주춤 일어났고 국장 역시 얼굴 질리어 나가라는 고갯짓을 했다. 두 사람은 수첩을 챙겨 바삐 나갔다.

국장은 애써 마음을 진정시키며 기다리다가 형사과장 보며 뭔 일? 하고 묻는 표정을 지었다.

"국제 테러 집단에 납치된 게 아닌가, 의심되는 신고가 있어 조사 중인데 귀사의 기자가 한 명 함께 갔다고 해서요. 박종봉이라 하던가요? 어제 귀국한 걸로 아는데. 불러서 어찌된 것인지 함께 들어 볼 수 있을까요?"

하얗게 표정 식어가던 국장은 애써 미소 지으며 수첩을 뒤적이고 있는 형사과장 쪽으로 얼굴을 숙여 다가앉았다.

"어제가 아니라 좀 전에야 왔지요. 그렇잖아도 막 자초지종을 들어 보려던 참이었는데 마침 잘 오셨습니다. 하지만 사안이 사안인 만큼 생명 보호를 위해서 철저히 비밀리에 수사할 것과 저희 두 곳 외엔 어느 누구에게도 알리지 않을 것을 약속해 주시기 바랍니다. 자칫 인질들을 상하게 할지도 모르는 일이니까요."

"장사 한두 번합니까? 당연히 비밀 수사를 해야지요. 또

한 귀사의 특종을 다치게 해서도 안 되고요."

형사과장이 의미 있는 웃음을 띠우며 느물거리듯 말을 하자 국장이 아주 짧게 입꼬리에 미소를 지어 보이고는 인터폰으로 과장과 박종봉을 불렀다.

잠시 뒤, 블라인드가 처진 회의실에서는 해외사업국 국장, 형사과장, 그리고 과장이 화면을 보며 박종봉의 설명을 듣고 있었다.

"2월 10일 미국, 캐나다 등에서 온 재한 외국인 유학생 5명, 한국 학생 1명 해서 6명, 의사, 그리고 간호사 2명 등 10명과 취재차 제가 함께한 의료 봉사대가 시리아로 출발했습니다. 그런데 비행기 편이 잘못되어 먼저 이라크로 가야 했고…."

박종봉의 설명에는 별 관심이 없는 듯 화면에다 눈길을 꽂은 채 있던 형사과장이 말을 끊으며 질문을 했다.

"잠간, 비행기 편이 어떻게 잘못 되었다는 겁니까? 11명이나 되는 인원이 모두 비행기를 잘못 탔을 수는 없었을 거고."

"아니, 비행기를 잘못 탄 게 아니라 여행사에서 항공편을 육로로 잘못 잡아 놓았던 거였어요."

본시 말투가 그런지 형사과장의 질문에는 다분히 힐책하는 감이 있었고 인상을 찌푸리며 받는 박종봉의 대답에도 왠지 모를 거부감이 느껴졌다. 분위기가 이상하다 느꼈는지 국장이 끼어들었다.

"뭐, 그 따위 놈들이 있어? 어느 여행산데 그런 무식한 짓을…."

"외국 유학생들이 인터넷으로 예약했다는데 저는 잘 모르겠어요."

원균을 만난 듯 박종봉의 말에 힘이 실리는데 과장이 불쑥 끼어들며 뭔 말을 하려하자 형사과장 손을 들어 말 막고는 박종봉을 보며 계속해 보라는 눈짓을 보낸다.

"이라크에서 차로 스무 시간이 넘게 시리아로 이동하게 되었는데 도중에 차가 고장 나서 낭패를 겪고 있는, 종교들 간의 상호 이해와 화합을 위한 각 종교의 성지를 순례하며 다큐멘터리를 찍는다는 촬영 팀을 만나게 되었습니다."

사방이 끝없는 사막으로 둘러 쳐진 사막 도로에 자동차가 멈춰져 있었고 고장이 났는지 운전사가 보닛을 열고 이것저것 살피고 있었다.

제임스 박 감독이 이끌며 성지 순례 다큐멘터리를 찍는 팀이었다. 제임스 박 감독이 차에서 내려 운전사와 함께 엔진 속을 들여다보다가 휴우 한숨을 쉬었다. 그가 차 안에 있는 사람들에게 고개를 조아리며 뭐라고 하자 모두들 괜찮다는 손짓을 했지만 표정은 많이 불안해 보였다. 이때 멀리서 먼지를 일으키며 중형 버스 한 대가 다가왔다. 운전사가 버스 소리에 고개를 들다가 반가운 얼굴을 하며 뛰어 나가 길 복판에 서서 손을 흔들었다. 속도를 줄이면서 천천히 가까이 오던 버스가 운전사 앞에서 멈춰 섰다.

자동차 운전사가 날리는 흙먼지를 손으로 저어 없애면서 버스 운전사 쪽으로 다가갔다. 두 운전사가 잠시 뭐라고 시리아 말로 대화를 나누는데 버스 문을 열고 한인 학생 한 명이 내려서는 이쪽 차로 와서 보닛 속을 들여다봤다. 버스 운전사와 대화하던 것을 끊고 이쪽을 보던 운전사가 서툰 악센트로 물었다.

"자동차 고칠 줄 아십니까?"

"어, 영어를 하네요. 시동을 다시 켜 볼래요?"

"시동은 걸리는데 가스가 올라오지 못하는 것 같아요. 한 번 더 해볼게요."

운전사 다시 차에 오르는데 엔진을 들여다보며 이것저것 살피던 학생이 손을 들어 올렸다.

"잠깐 기다려요. 여기 가스 펌프 연결 튜브가 빠진 것 같아요. 이건 어지간해서는 안 빠지는데 누가 일부러 손을 대지 않으면…."

학생이 혼잣말을 중얼거리며 잠시 보닛 안으로 몸을 숙였다가 일어났다.

"자, 이제 액셀을 몇 번 밟다가 시동을 걸어 보세요."

자동차 시동이 걸리고 시원하게 엔진 돌아가자 양 차에서 함성이 터져 나오고 학생이 운전사에게 하이파이브를 했다. 박 감독이 학생에게 다가가서 고맙다고 인사를 했다.

"고맙습니다. 영 낭패를 당할 뻔 했는데…. 그런데 아까 얼핏 한국말이 들리는 것 같던데 혹 한국 사람입니까?"

"예, 한국에서 온 의료봉사 팀입니다."

"외국인도 있는 것 같은데…?"

"예, 저만 한국인이고 나머진 전부 한국에 유학 온 외국인 학생들이에요. 아참, 의사 선생님과 기자님도 한국인이에요."

"반갑습니다. 나는 제임스 박이라 하고 재미 동포 영화감독이에요."

박 감독이 자신을 소개하며 학생에게 손을 내밀었다.

"예에?! 안녕하세요? 저는 한유진입니다. 그런데 제임스 박 감독이라시면, '영화는 눈속임이 이어주는 영상의 사기극이다'라는 짧은 해학 필름을 SNS에 시리즈로 올리고 계시는 그분 아니세요?"

학생이 박 감독의 손을 두 손으로 감싸 쥐며 놀라서 물었다.

"부끄럽습니다만 맞습니다. 제가 그 블로그를 운영하고 있어요."

한유진이 반갑고 신기하여 주먹을 들어 돌리다가 펄쩍펄쩍 뛰며 돌다가 야호 소리를 지르다가 하며 어쩔 줄을 몰라 했다. 기뻐 날뛰는 유진을 내다보던 봉사대원들이 왜? 무슨 일인데? 뭐가 그리 신났어? 각 나라 언어로 애드립치며 우르르 버스에서 내려 왔다.

"이 분이 제임스 박 감독이래."

유진의 외침에 버스에서 내리던 학생들 긴가민가 어리둥절해하면서 박 감독을 아래위를 훑어보며 쭈뼛거리는데 느닷없이 스테파니 간호사가 제일 먼저 뛰어와서 "정말 팬입니다"라며 무작정 안겼다.

박 감독 놀라지만 싫지 않은 표정이 된다.

그날 저녁, 사막 가운데 대형 텐트 두 개가 쳐져 있었다. 어둑하지만 아직 완전한 어둠이 내리지 않았는데 하늘에 벌써 별이 쏟아질 듯 많았다. 다큐 팀의 성직자들이 한쪽에서 조용히 담소를 나누는 옆으로 박 감독은 학생들에 둘러싸여 사인을 해주고 있었다.

지켜보던 의사와 간호사가 서로 눈짓을 하며 슬며시 줄에 가서 섰다. 카메라를 들이대며 이런저런 취재 영상을 찍어대던 박종봉 기자가 박 감독을 잡던 카메라를 내리고는 성큼성큼 다가갔다.

"저, 인사가 늦었습니다. 박 감독님이 저를 의료 봉사대 동행을 추천하셨다면서요?"

바쁘게 사인을 하고 있는 박 감독 옆에 서서 뭔가 주저하는 것 같던 박종봉 기자가 물었다. 흠칫 놀라며 사인하던 손을 멈추고 박종봉을 올려다보던 박 감독이 만면에 웃음을 머금으며 일어서서 손을 내밀었다.

"그래요, 저는 이 일로 시간을 낼 수가 없어서 제가 박 기자를 추천했어요. 그런데 박 기자, 나 모르겠습니까? 제임스. 우리 대학 동창인데?"

"그래, 맞네. 반갑다. 박 제임스."

"그래, 반갑다. 방송에서 계속 보고는 있었다, 친구야."

"나도 첨부터 혹시나 했는데. 이름이 제임스라 해서 한참 망설였지. 그래서 날 찍었구나. 야아, 정말 반갑다. 어떻게 이리 먼 타국에서 동창을 서로 만나게 되지?"

둘러섰던 학생들이 다시금 환호성을 울리며 법석을 떨고 박 감독과 박 기자 얼굴에 반가움이 넘쳐났다.

"묘하게도 박 감독이 20여년 만에 만나는 대학 동창이었습니다. 아, 물론 간간이 통화는 하고 있었지요. 이번 의료봉사대 동행 취재도 전화상이었지만, 박 감독이 날 추천한 것이었고요. 그렇게 인연이 되어 이라크 국경을 지날 때까지 함께 가면서 차도 서로 섞여 타게 되었고 긴 여정을 좀 덜 피로하게 가게 되었습니다. 그러다가 문제가 생겼어요. 두 팀이 함께 이동한지 이틀째 날인가, 분명히 스텝들과 의료진 몇 명이 탄 다른 차가 앞서 갔는데, 운전사가 뒤에 따라 오고 있다가 쳐진 것 같다고 기다려야 한다며 허허벌판에다 차를 멈추는 거예요."

블라인드가 쳐져 어두컴컴한 회의실에서 박종봉 기자는 본 사건의 내레이터처럼 설명을 이어갔다.

격랑(激浪)의 역도(逆徒)들

피랍

석양이 짙게 깔리고 있는 사막의 도로변으로 버스를 천천히 세우며 운전사가 탑승객에게 말했다.

"뒤따라오던 차량이 쳐지는 것 같으니 여기서 기다렸다 함께 가야겠어요. 날이 곧 저물 텐데 자칫 사고가 날지도 모를 일이라."

"아닌데, 다른 차는 우리 앞서서 갔는데. 여기서 기다렸다간 더 멀어질 텐데. 쉬는 게 아니라 빨리 따라 잡아야 해요."

박종봉이 기억을 더듬으며 아니라고 했다.

"아니요. 앞서 간 게 아니라 뒤쳐졌어요. 조금 기다리면 올 테니 기다립시다."

버스 운전사가 굳은 목소리로 단호하게 말했다. 박종봉이 계속 갸웃하지만 아무도 달리 말하는 사람이 없자 시틋하게 있는데 박 감독이 다가와서 속삭였다.

"사막에서는 무조건 운전사 말을 따라야 해. 저리 고집을 부리니 그냥 좀 기다려 보자고. 앞서 갔다고 해도 결국

다 만나게 될 텐데 뭘."

"그래. 내가 잘못 본 게 맞겠지. 나도 이 참에 눈이나 좀 붙여야겠다."

금방 대부분의 승객이 잠에 들고 박종봉 옆자리의 목사만 자리 등을 밝히고 독서를 했다. 박종봉이 감았던 눈을 슬며시 뜨고는 목사가 읽는 책이 표지를 보는데 불법(佛法)에 관한 것이라 놀라다가 피식대어 웃었다. 차창 밖으로는 여태 황혼이 붉게 아니, 좀 전보다 짙어져서 타오르듯 온 사막을 태우고 있었다.

'기온은 상당히 내려간 것 같은데… 사막이라 석양이 오래 가는가 보네. 정말 아름답네.'

다들 피곤한지 눈을 감고 자거나 책을 보고 있어 박종봉은 혼자서 보는 석양에 미안함이 들 것 같았다. 사막이 모래 외에는 아무 것도 없다고 알아 오던 사고가 바뀌는 순간을 아무런 방해를 받지 않고 혼자서 즐길 수 있는 것에 박종봉은 한편으로 좋았다. 그런데 훼방꾼이 생겼다. 건너 자리에서 눈을 감고 등을 기대고 있어서 자고 있는 것 같던 스님이 몸을 움직이지 않고 눈을 감은 채 박 기자를 툭 치며 박 감독 자리를 가리켰다. 스테파니 간호사와 박 감독이 바싹 붙어 앉아 뭔가를 속닥거리는 웃음소리가 크게 들렸다.

"박 감독님, 잠 좀 자게 좀 조용히 해주시겠습니까?"

잠시 두 사람을 바라보던 박종봉이 얼굴에 웃음기를 가

득 담으며 소리를 쳤다. 박 감독이 놀라 돌아보다가 등 뒤로 주먹을 쥐어흔들고 스테파니가 의자 등받이 위로 고개를 돌려 이쪽을 보고 웃으며 일갈했다.

"질투가 나도 참으세요. 사랑은 축복할 일이잖이요."

박 감독이 놀라 버스 안을 둘러보며 아니라고 손을 내저었다. 좌중들이 정말 사귀나? 그 단새? 벌써? 등 애드립치며 웅성거리고 박 기자 피식거려 웃다가 다시 눈을 감았다.

한 시간 가량이나 지났을까? 이미 사위 식별이 어려워진 어둠 사이로 흩뿌려 놓은 듯 흐드러진 별꽃들을 보고 있는데 어둠 저 너머로부터 요란한 엔진소리를 내며 차 한 대가 다가왔다. 다른 일행이 타고 있던 것과 같은 차량이었다.

'정말 내가 잘못 본 게 맞는가 보네.'

박종봉이 몸을 일으켜 내다보고는 고개를 갸웃거리다가 운전사 쪽을 바라보며 겸연쩍은 얼굴을 지었다.

다가온 차에서 사람들이 내려 이 버스로 왔다. 먼지 속이지만 일행들은 보이지 않고 모두 낯선 사람들이었다. 다가온 사람들이 차에 오르면서 가면을 꺼내 썼다. 버스에 타고 있던 사람들이 별다른 관심을 보이지 않다가 가면들 손에 총이 들린 것을 보고서야 놀라 서로를 쳐다보며 몸을 웅크리고 무서움에 떨기 시작했다.

버스 운전사도 함께 가면을 쓰고는 총을 꺼내들고 다른 납치범들과 함께, 순식간에 인질이 되어버린 사람들의 핸드폰을 위시하여 각자의 소지품을 뺏고 차 뒤쪽으로 모두를 몰아붙이며 손을 서로 묶었다. 잠시 뒤 납치범 중 하나가 주머니에서 종이쪽지를 꺼내어 읽어 내려갔다.

"우리들은 세계난민 자구대이다. 여러분들은 우리의 평화적이고 안정적인 정착지 마련을 위해 우리가 보호할 것이다. 우리는 여러분들에게 어떤 악 감정도 없으며 또한 해치고 싶지 않다. 우리는 우리의 거주와 생활을 확보하기 위한 수단이 필요했고 여러분들이 선택된 것이다. 우리는 여러분들이 소요를 일으키지 않고 잘 협조한다면 최대한의 예우를 할 것이다. 하지만 협조를 하지 않거나 여러분의 국가에서 우리의 요구를 들어주지 않을 경우, 그렇게 되지 않기를 바라지만, 여러분들은 신의 이름으로 처단될 것이다. 우리는 여러분의 조국이 우리 난민들 돕기에 적극 참여하리라 믿으며 결코 불행한 사태가 여러분들에게 일어나지 않기를 바란다. 질문이나 의문 사항이 있으면 간단히 말하라."

모두들 공포에 사로잡혀 몸을 웅크릴 뿐 선뜻 나서지 못하자 납치범이 돌아서려 하는데 박 감독이 벌떡 일어서는 바람에 양쪽으로 묶인 사람들 팔이 따라 올라가고 모두의 시선이 그에게 집중되었다.

옆에 있던 스테파니가 당황하여 박 감독을 쳐다보며 소매를 은근히 끌어 내리자 박 감독이 그녀를 보며 살짝 미소 띠어 보이고는 그녀의 손을 가만히 밀어냈다.

"여기 이 사람들은 성직자들이거나 의료계 종사자들 그리고 학생 및 영화 제작 관련자들이다. 정치나 정부, 군대와는 전혀 무관한 사람들이다. 무고한 생명을 당신들 목적을 이루기 위한 수단으로 사용하는 것은 옳지 못하다. 제발 다시금 생각을 해 달라."

"닥쳐라. 우리 난민들이 그동안 겪어야 했던 아픔과 고통을 조금이라도 안다면 감히 당신들이 무고하다 어쩌다 말을 하지는 못할 것이다. 괜한 시비로 위험을 자초하지 말고 잠자코 우리의 지시를 따르라. 다시 말하지만 우리는 결코 여러분들을 해치고 싶지 않다."

납치범 리더의 말은 투박했지만 카리스마를 뿜고 있었다. 잠시 뭔가를 생각하는가 싶던 박 감독이 입을 떼려는데 구석지에 웅크리고 있던 의사가 겁에 질린 목소리로 나무라듯 박 감독에게 소리를 질렀다.

"제발 그만 두세요, 괜히 위태롭게 반항하지 말고 저들 말을 따릅시다. 순종하면 아무 일 없을 거라잖아요."

대부분의 인질들이 겁에 질렸지만 고개를 끄덕이며 맞다, 기도나 하자, 따지면 우리만 위험해지지 등 애드립치며 웅성거렸다. 스테파니가 날카롭게 의사를 쏘아보자 의사, 뭐? 하는 제스처 보내다가 고개를 돌려 버렸.

박종봉이 묶인 손을 번쩍 들자 리더는 말해 보라는 제스처 보냈다.

"나는 한국 XYZ 인터넷 방송기자다. 어떻게 당신들의 취지와 요구를 세상에 알리려 하는가? 필요하다면 내가 도울 테니 우리들의 안전을 보장할 수 있겠나?"

"물론이다. 당신들이 순종하여 협조만 해준다면 결코 해치는 일은 생기지 않을 것이다. 방송기자라고 했나? 지금 당장은 아니더라도 곧 당신의 도움이 필요하리라 본다. 그보다도 당장엔, 당신 영화감독이 해줘야 할 일이 있다."

리더가 박 감독을 보며 물었다.

"무엇인가? 우리의 안전을 지킬 수 있다면 뭐든 다 협조하겠다."

스테파니가 놀라 왕방울 눈이 되어 이번에는 박 감독의 등을 잡아끌었지만 조심스레 그런 스테파니 손을 박 감독이 밀어내었다. 원망스럽게 박 감독을 지켜보던 스테파니가 휴 한숨을 쉬며 고개를 숙여 버렸다.

"지금부터 일어나는 모든 일을 세세한 것부터 다 찍어주기 바란다. 우리와 우리의 뜻하는 바를 바르고 정확하게 알릴 수 있는 필름을 만들어 달란 말이다. 우리가 단순 납치 테러집단이 아니라 정부나 반군이나 우리를 이용하려고만 들고 살아남기 위해서 피아를 가리지 못하고 협조할 수밖에 없던 것을 반역이니 배반이라며 핍박을 가했지만 세상 어디에서도 도움을 주려하지 않아서 우리 스스로 자신을 지켜내려는 난민 자구대라는 것을 세상에 알려 이해시킬 수 있는 그런 필름을 만들고 싶다."

"그거 반갑고 고마운 얘기다. 나도 영화감독으로서 이런 매우 의미 있는 다큐멘터리를 찍을 수 있는 기회를 가지는 것은 행운이니까. 하지만 내가 딩신들이 시키는 대로 할 테니 당신들도 우리의 안전을 약속해 주기 바란다."

"당연히 약속한다. 재차 말하지만 우리는 테러집단이 아니다. 우리의 자구 노력을 이해한다면 당신들을 해쳐야 할 까닭이 없다."

순간 인질들이 마치 풀려나기라도 한 듯 표정이 밝아지며 술렁거리기 시작했다. 고개 숙이고 있던 스테파니가 감격에 겨워 그만 어깨를 들썩이며 흐느끼자 옆에 있던 학생이 그녀의 어깨를 감싸며 달랬다. 그런 일련의 스테파니의 행동을 보지만 박 감독은 애써 모른 척 했다.

"그때부터 제임스 박 감독이 우리 인질들과 납치범들의 거의 모든 움직임을 지금 보고 있는 비디오처럼 촬영을 했어요."

박종봉은 보고를 계속하는 틈틈이 화면 장면들에 부가 설명을 하기도 했다.

"그래도 바꾸고 빼고 했구먼. 에디팅한 게 뻔히 보이잖아."

국장이 추궁이라도 할 량으로 한 마디를 했다.

"물론 그들이 검열하고 편집을 하고 했어요. 그들은 자신들이 우리 인질들을 함부로 대하지 않고 자신들이 여느 납치 테러범과는 다르다는 것을 보여 주고 싶다고 했습니다."

그때까지 별 질문 없이 잠자코 박종봉의 얘기를 경청하고 있던 형사과장이, '잠깐'하며 박종봉의 말을 막았다.

"갑자기 생각나서 하는 질문인데 혹시 납치되었던 지점과 감금되어 있던 곳 그리고 깨어났던 호텔과 공항이 어디였는지 기억합니까?"

"예, 납치되었던 곳은 이라크와 시리아 경계지역 어디쯤이었던 것 같은데 정확히는 모르겠고요, 감금되어 있던 곳은 사실 감금이라기보다는 바깥으로 나갈 수만 없었지 집안에서는 조금도 구속이 없었어요. 여하튼 그곳은 어딘지 전혀 감이 없습니다. 그리고 호텔과 공항은 프랑스였어요. 프랑스의 남부 조그만 도시인 도베르였어요."

"그리고 감금되었던 곳에서 그 프랑스의 도베르였다는 호텔까지는 어떻게 갔는지 전혀 기억이 없다고 했고요?"

형사과장이 실망스러움이 가득한 눈빛으로 채근하듯 다시 물었다.

"예, 기억이 아무 것도 나지 않아요. 간이 화장실이 옮겨지기 시작한지 얼마 지나지 않아 안으로 어떤 가스 같은 것이 스며들어 와서 정신을 잃었던 것 같아요."

박종봉이 괜스런 미안함에 등에 땀이 배는 것을 느꼈지만 성의껏 답했다.

"한 마디로 당신은 뭐 하나 아는 게 없구먼."

끝내 형사과장이 독설같이 내뱉고 말았다. 모두들 놀란 눈으로 형사과장을 바라봤고 박 기자 얼굴에는 기분 나쁜 표정이 역력해 졌다.

"제가 피의잡니까? 마치 범죄자 다루 듯 말씀하시네요."

박종봉이 볼멘소리를 뇌까리자 형사과장이 손사래를 쳤다.

"아닙니다. 뭔가 박 기자에게서 단서가 될 만한 것을 건지리라 기대했었는데 전부 기억 안 난다, 모른다 하니 저도 모르게 짜증이 났나 봅니다. 미안합니다, 기분 상하셨다면…."

빠르게 말을 뱉고는 끄응 신음을 쏟으며 머리를 감싸던 형사과장이 국장에게 눈짓을 보내며 따로 보자고 했다.

타협

국장실로 들어서자 형사과장은 국장과 탁자를 마주하고 앉으며 탁자 위 접시에서 사탕을 까서 우물거렸다.

"국장님, 이건 우리가 잡고 있을 건이 못되는 것 같아요. 세계 8개국 국민의 생명이 일촉즉발의 위기에 처해 있는 건이고 촉박하게 데드라인을 정해두고 위협을 하는 것이라 시간이 지연되거나 조건이 맞춰지지 않으면 엄청난 희생이 생길 수가 있고 그럴 경우, 귀사나 우리가 모든 책임을 떠안게 될 수도 있어요."

"어떤 책임이요? 시말서는 입때까지 몇 십 장도 더 쓴 걸요 뭐."

"이건 그렇게 간단한 게 아닐 거예요. 세계인의 생명이 담보된 것이라 자칫 감옥살이를 하게 될 수도 있을 겁니다."

"그래도 비디오로 보이는 납치범들의 분위기는 인질들에게 매우 우호적인 것 같은데 설마 죽이기야 하겠어요?"

"그야 알 수가 없는 일이지요. 지금까지는 여느 납치 테러범들과는 달리 온건한 것 같지만 그들 요구가 잘 받아들여지지 않는다는 생각이 들게 되면 어떻게 돌변할지는….”

"과장님은 인터폴과 연계하여 비밀리에 수사를 진행하더라도 저희는 좀 더 협상을 끌어내 보는 게 낫지 않을까요?”

"아니에요. 그들에게 뭔가 그늘의 요구에 부응하고 있다는 것을 보여 주어야 해요. 내 생각은 속히 터뜨려 빨리 인터폴에 넘기는 게 좋을 것 같아요.”

"인터폴이라고 당장 공개수사를 할 것이라고 단언할 수는 없잖아요?”

"공개수사를 하고 안하고 하는 것은 인터폴이 결정해야 할 것이고 우린 공조 수사만 협력해도 인질들이 풀려난다면 엄청난 공을 세운 게 될 거고 귀사는 지금까지의 상황만 알려도 어마 무시한 대 특종을 건지게 되는 거 아니겠습니까?!”

공개와 비공개를 놓고 열띤 의견 교환 끝에 결국 공개하기로 합의하게 되었다.

납치사건은 클로즈업 된 납치된 인물들의 사진이 함께 게재된 각 나라 방송의 뉴스 속보를 통해 전 세계로 퍼져나갔고 XYZ 인터넷 방송국 해외부서원들은 빗발치는 문의 전화에 정신을 못 차릴 지경이 되었다.

SNS 상의 관심은 생각을 초월했다. 긍정적으로 보는 측과 부정적인 측으로 나뉘어져 사이트가 다운될 만큼 시끌벅적했다. 난민들이 아니라 IS나 텔레반이 사기 치는 거라는 의견들도 속출했다.

납치 사건은 워싱턴 DC의 미국 특수 안보 전략국에 갑작스런 비상을 걸었다. 전략국 요원들은 긴급 입수한 영상을 보며 숙의 중이었지만 어디서 어떻게 시작을 해야 하는 것인지 갈피를 잡을 수가 없었다.

"솔직히 당황스럽습니다. 세계 난민 자구대라니요? 자구책이라지만 엄연히 납치테러인데 그렇다고 저들을 테러집단으로 보아 때리자니 인도적 차원이 어떻고 하며 세계의 힐책이 쏟아질 것이 뻔한데."

영상에서 눈을 떼며 한 요원이 말했다.

"참 기묘한 놈들이에요. 작정하고 인터넷이나 통신이 불통인 지역을 택해 사건을 저질렀어요. 아예 추적의 꼬리를 잘라 버리려는 것이죠."

"어디 그뿐이에요? 단숨에 세상 이목을 잡을 수 있게 난민을 들먹이는 것도 기가 찰 일이죠."

"그렇다고 저들의 요구에 응해서 테러에 굴복한다는 것은 말도 안 됩니다. 쳐야 합니다."

"인터넷에서는 정말 저들이 난민 자구대인지 의심하는 의견들이 빗발치고 있어요. 그것도 조사를 해야 하는 것이…."

"그건 이미 조사를 해봤지만 현재까지는 어느 테러 그룹이나 반체제 조직도 개입되었을 거라는 징후는 감지되는 게 없어요. 그냥 양아치 같은 납치범들이 난민을 팔아 돈을 뜯으려는 게 틀림없습니다. 때려 부셔야 해요."

요원 2가 불쑥 요원 1의 말을 자르며 강경한 어조로 좌중을 향해 외쳤다.

"그렇게 간단하게 생각해서 처리할 일이 아니에요. 실제로 그들 말대로 아무도 받아주지 않아 오도가도 할 곳이 없는 난민들이 게재된 일이라면, 그리고 그것을 우리가 친다면 죽기 살기로 저항할 것이고 희생자가 많이 생길 거예요."

"맞습니다. 저들의 대항이 문제가 아니라 난민을 받아들이지는 못할망정 그들을 때리고 쳤다는 비난과 후폭풍이 여간 크지 않을 거예요. 피랍된 인질 수도 한두 명이 아니고, 친다는 건 엄청난 무리수가 될 수 있어요."

한편 한국 해외 안보국도 벌집을 쑤셔 놓은 양 안보국장을 위시하여 경찰, 군 등 관계자들이 모여 인질극 문제를 협의하느라 시끌벅적했다.

"이럴 염려를 했기에 처음부터 그 지역에 미션 의료 봉사대를 보내는 것을 허가할 수 없다고 했었는데…."

외무부 관계자가 불평부터 늘어놓았다.

"의료 봉사대뿐이 아니라잖아요? 미국서 온 성지 순례 다큐멘터리 팀도 있다잖습니까?"

안보국 요원이 참석한 경찰 간부를 보며 외무부 관계자

편을 들 듯 말했다.

"여하튼 종교가 말썽이구만."

경찰 간부는 아예 협의 자체에 관심을 두지 않는 듯 제 말만 하는 것이었다.

"지금 누구 책임을 따지는 게 중요치가 않습니다. 일은 터진 거고 어떻게든 수습할 수 있는 대책이 필요한 것이지."

좌장 격인 대통령 비서실 과장이 나무라듯 좌중에 던진 한 마디에 모두들 머리를 숙이며 입을 다물고 말을 피했다. 이때 XYZ 인터넷 방송국 국장이 약간 거드름을 피우며 입을 열었다.

"제일 먼저 이 사건을 접해 취재했고 납치범들과의 유일한 소통창구가 되고 있는 XYZ 인터넷 방송국 일원으로서 한 말씀 드리겠습니다."

모두들 떨떠름한 표정이지만 국장에게로 시선이 집중되는 것을 잠시 기다리던 국장이 말을 계속했다.

"다른 관련 어느 국가도 나서지 않는 판에 인질 숫자가 제일 많은 우리로서도 마구잡이 때려 부숴 버릴 수는 없잖습니까? 그렇다고 그들의 요구대로 2억 불이라는 요구를 당장 들어 줄 수도 없는 것이니 이 참에 그들에게 정착지를 내 주겠다는 것은 어떨까요?"

"자국민도 살 곳이 없어 주택 값이 천정부지로 오르는 판에 우리가 무슨 수로 그들에게 정착지를 내 준다는 말입니까? 앞으로도 난민들은 계속 나올 텐데….”

외무부 관계자가 쏘아 붙였다

"관련 당사국이 어디 우리뿐입니까? 호주도 있고 캐나다도 있는데. 그 나라들은 남는 게 땅이라면서요?"

"먹고 살 길은요?"

비서실 과장이 물었다.

"그리되면 인도적 차원의 지원이 되는 것이니 눈치가 보여서라도 너도나도 도우려 들 겁니다."

"말은 그럴싸하지만 결국 구렁이 담 넘어 가듯 우선 슬그머니 피해 가자는 것 아닙니까?"

외무부 관계자가 또 토를 달았고 국장이 얼굴을 붉히며 언성을 높이며 대들 듯 말했다.

"피하겠다는 게 아니라 일이 너무 복잡하고 어렵게 얽혀 어떻게든 풀어 보려는 것 아닙니까? 아니면, 외무부에선 무슨 다른 방안이 있으세요?"

"그만 진정들 하시지요. 의견을 다툴 게 아니라 어떻게든 해결책을 찾아야지요. 그러니까 지금까지의 안들을 정리하면, 저들을 때리는 것은 유보해야 한다는 것, 그리고 그들에게 정착지를 주던지 하는 것으로 회유를 하자는 두 가지인 것 같습니다."

비서실 과장이 요약을 하자 모두들 고개 끄덕이는데 군 관계자가 불쑥 말을 뱉었다.

"결국 제자리걸음만 한 것이네요."

"제자리걸음이라니요? 이 자리에서 저 말고 누구 하나 회유라는 말이라도 입에 담아 보셨나요?"

국장이 발끈했다.

"아, 아닙니다. 질책하자는 뜻이 아니라 처음부터 이렇게 되어야 했다는 말이었습니다. 잘못 되었다면 죄송합니다."

군 관계자가 낯까지 붉히며 얼른 사과를 했다.

"아니, 제가 죄송합니다. 제가 오핼 했습니다."

너무 진지한 사과에 국장이 얼떨떨해져서 자신도 사과를 했다.

일차원 수사

다음 날. 미국 안보 전략국에 요원들이 다시 모였다.

"한국 정부에서는 그들에게 정착지 등 살아갈 수 있는 여건을 제공하여 회유하자고 합니다."

"결국 테러범들에게 굴복하자는 것이네요."

"그게 아니지요. 인도적 차원으로 그들을 끌어내자는 것이지."

"그 말이 그 말 아닙니까?"

"저도 난민만 생각한다면 인도적 차원의 해결이 맞다고 봅니다. 하지만 이런 식으로 그들의 요구를 들어 줬다가는 유사 범죄가 앞으로도 계속 일어날 수도 있을 텐데, 그걸 어떻게 감당하려고요?"

요원 2가 걱정스레 물었다.

"당장은 발등의 불부터 끄고 봐야지요."

"저들의 요구를 들어 주지 않으면 인질을 처형하겠다고 하니…, 이중 작전을 펴면 어떨까요? 회유로 응하면서 뒤로 타격을 하는 것으로."

요원 1이 새로운 안을 제시했다.

"그도 좋은 방안입니다. 하지만 아직 인질들이 어디에 잡혀 있는지도 그들 근거지가 어딘지조차 파악이 안 되고 있다면서요?"

"맞습니다. 납치범인 그 뭔가, 세계 난민 자구대라는 것이 어디에 등록되어 있거나 좋은 일이든 나쁜 것이든 어떠한 전력도 없어서 태평양에서 바늘 찾기처럼 미궁 속을 헤맬 뿐입니다. 그리고 아직까지 저들이 정말 세계 도처로부터의 난민 집단인지 그냥 돈을 노리는 납치테러 범인지 조차 파악이 안 되고 있잖아요?"

"함께 갔다가 탈출해 왔다는 그 기자는 뭐 아는 게 있을 거 아닙니까?"

"불행히도 그는 납치범들이 의도적으로 모른 척 하며 내보낸 것이었고 아무런 실마리를 남기지 않았답니다."

"그 두 일행 중에 다른 차량을 타서 무사하게 돌아 왔다는 나머지 사람들에게서는요?"

"글쎄요. 계속 한국 경찰에서 일일이 조사를 하고 있는데 아무런 단서를 잡지 못했대나 봅니다."

한국 경찰에서는 함께 출발했다가 납치되지 않고 무사 귀국한 일행들을 상대로 집요한 수사를 파헤치고 있었다. 키가 큰 간호사는 벌써 4번째 소환을 받고 있었다.

"글쎄 더 이상은 아는 것도 말할 것도 없어요."

그리 밝지 않은 조사실에서 조사관과 철제 테이블을 사이에 두고 마주 앉아 있던 간호사가 지겨운 듯 말했다.

"너무 괴롭히는군요. 미안합니다. 하지만 간호사께는 같은 말을 빈복하는 것일지라도 몇 번이고 하다 보면 어떤 근거가 될 만한 얘기가 섞이거나 생각날 수가 있어서 그럽니다. 한 번만 더 부탁할 게요."

미안하다고는 했지만 너무나 사무적인 조사관의 말투에 간호사가 짜증스레 눈을 흘기며 그를 쏘아보다가 휴우 한숨을 쉬었다.

"일행 중 피곤함을 더 느끼던 우리 다섯 사람이 SUV에 탔어요. 버스에는 대화나 얘기를 나누고 싶은 사람들이 타서 시끄러울 것이니 눈을 붙이려면 옮겨 타라고 박 감독님이 SUV 운전사에게 그러라고 했어요."

"각자의 짐도 함께 옮겼나요?"

"아니에요. 짐은 다 버스에다 둔 채로 몸만 옮겼어요. 숙박지에서 만날 거라 그럴 필요가 없었어요."

"계속해 보세요."

조사관이 자기에게 무언가 다른 반응을 기다리는 듯한 간호사에게 말했다.

"우리가 앞서 갔는데 오랫동안 뒤차가 안 따라오는 것 같아 기다리자고 했더니 기사가, 알아서 올 것이니 피곤할 텐데 빨리 숙박지로 먼저 가서 쉬자는 거예요. 그러자고 했어요. 그땐 정말 조금도 의심이 들지 않았거든요."

"차를 나눠 탄 곳에서 숙박지까지는 얼마나 멀었어요? 시간이나 뭐, 거리가."

"거리는 잘 모르겠고 시간은 여섯 일곱 시간 걸렸던 것 같아요. 하지만 가다가 쉬다가를 여러 차례 하면서 가서 시간은 별 의미가 없을 거예요. 게다가 초행인데다가 사방팔방에 아무런 건물이나 지형지물이 없는 사막 길이어서 어딘지는 전혀 감이 없었어요."

"그렇게 숙박지로 향해 가다가 어떻게 공항으로 가게 되었어요?"

"우리가 원해서 헤어져 돌아온 게 아니라 기사가 일정이 갑자기 취소되었다고 연락이 왔다며 자세한 얘기는 할 수 없으니 빨리 출국을 하라고 했어요."

사건 개요

사막 도로를 달리고 있던 차량이 갑자기 U턴을 하더니 차를 도로변에 세우고 일행들을 돌아보며 기사가 말했다.

"좀 전에 연락을 받았는데요, 무슨 사정이 생겨 일정이 취소되었다고 다들 바로 귀국해 계시면 다시 연락드린다는데요."

순간 무슨 일인지? 웬일인가? 애드립치며 일행들이 웅성거리기 시작했고 동승해 있던 무슬림 이맘이 간호사에게부탁을 했다.

"나 전화 좀 씁시다. 내가 핸드폰이 없는 사람이라…."

"죄송해요. 출발하기 전에 핸드폰은 다 두고 가라고 해서 저도 안 가져 와서 없어요. 여기 아무도 핸드폰 없어요."

그제야, '아 맞다, 다들 내용 보안을 위해 핸드폰을 두고 왔다 했지. 이거 핸드폰이 없으니 연락도 못하고, 어쩌지?', '야단이네' 등 중얼거리며 일행은 다시 웅성거리기 시작했다.

"그게 어디쯤이었나요? 지금 그곳으로 다시 가면 기억이

나겠어요?"

"아니오, 못 찾아요."

간호사가 단호하게 말했다.

"공교롭게 아무런 일없이 돌아온 사람들이 이슬람 이맘한 사람을 제하고는 다 한국인이에요. 사전에 어떤 낌새를 채거나 서로 교감한 것은 없었나요?"

"전혀요. 너무 피곤해서 잠을 좀 자려고 옮겨 탄 것뿐이라니까요."

한편 형사과장은 이번 인질 사건에 대해 뭔가 다른 느낌이 드는 것을 지울 수가 없었다. 뭔가 꼭 집어 말할 수는 없지만 자꾸만 다큐멘터리 팀이나 의료 봉사대 내에 인질범들과 연계되는 인물이 있을 것 같다는 의심을 지워 낼 수가 없었다. 그는 급기야 경찰 과학 수사대에 근무하는 친구를 찾아갔다.

"사실 연계되었을 의혹은 조금도 없는 오히려 현재까지는 피해자일 뿐인 사람을 의심한다는 게 안 될 일이지만…."

형사과장이 조심스레 입을 열었다.

"안 될 일이면 하지 마. 사실 친구라서 자넬 만나고 있는 거지 나도 공사로 무척 바쁜 사람이야."

수사대 요원은 빙글거리며 말하고 있었지만 찾아 온 형사과장이 그리 탐탁치가 않았다.

'제 맡은 일이나 잘하지, 남의 수사에 뭔 밤이니 대추야?'
말이 목까지 올라오는 걸 억지로 누르고 있었다.

"하지만 우연의 일치가 너무 많아. 우연을 가장한 조장이 범죄 구성의 기본이잖아?"

"그렇지, 그건 그래. 이왕 만났으니 얘기나 들어보세. 뭔데? 뭐가 그리 우연하게도 일치하여 남의 일에 우리 형사과장님께 의혹을 일어나게 하는데?"

"우선 의료 봉사 팀이나 종교 성지 순례 다큐 팀 모두가 한인이 중심이 되었고 또 한인 위주로 구성되었다는 우연이 있어. 좀 이상하지 않아?"

"뭐야? 자네 지금 이 희대의 납치 사건을 스스로 모의하여 저지른 게라 의심하는 거야?"

"그렇다고 단정할 수 있는 근거는 없어. 하지만 어떤 단서라도 짚어 보자는 말이야. 그들이라고 범죄를 저지르지 않는 천사의 핏줄은 아니잖아?"

"하기야 별 실속 없는 것으로 들리지만 이 사건이 국내에서 발생했다면 당연히 수사 대상이었겠지. 자네 말대로 꼬투리가 될 수 있다 치고 그래, 다음엔 뭔가?"

"한 팀은 세계를 돌아 다녀야 하는 팀이고 다른 팀은 시리아 한 곳에서 의료 봉사를 할 팀인데 공교롭게도 이라크의 사막에서 만났다는 것도 이상하지 않아?"

"자넨 끝까지 이번 사건이 내부 소행으로 생각하는가 보군 그래. 그건 염려 마. 자네 생각처럼 그건 이미 수사를 하고 있다고 들었어. 운전사들 간에도 사전 소통이 있었지 않나 조사하고 있다던데."

"뭔 말이야? 돌아 온 사람들을 실었던 차량 운전사는 추적이 안 되고 있다던데."

"그러게. 하지만 그런 내용을 수사에서 건졌다니까."

"그럼 제임스 박인가 하는 그 감독과 박종봉 기자가 대학 동창이라는 건?"

"그것도 이미 착수한 건이야. 박종봉이가 한두 차례 불려간 게 아닐 걸. 인터폴도 자네 못지않게 똘똘하니 너무 걱정하지 마. 박 감독은 본래 입양아였나 봐. 16살에 파양되었는데 그길로 한국으로 와서 유학 겸 영어 가르치는 일을 했고 몇 년 후에 다시 미국으로 갔는데 그 뒤로 줄곧 홀로 살고 있대. 그런데 그가 한국에 있을 때 사기, 용공 등의 범죄를 저질렀고 그것 때문에 추방같이 쫓겨났나 봐. 그래서 한국에 혐오감이 있어 범죄를 저지른 게 아닐까 하여 조사하고도 있지만 젊은 혈기 때의 잘못이었고 지금은 잘 지내는가 봐."

"그래서? 뭐 좀 건지기는 했대?"

"아직은 수사 대상에 오른 중요 인물이야. 그런데 이런 것보다는 실제 납치범들의 아지트나 납치된 장소에 대한 어떤 근거도 하나 알아낼 수 없는 게 제일 큰 문제야. 뭘 알아야 협상이든 공격이든 할 수 있을 게 아니냐고?"

"그러게. 처음 납치했다는 USB 영상도 찍은 일자인 2월 20일보다 5일이나 늦게 2월 25일이 되어서야 보내 왔잖아? 그것도 전혀 엉뚱한 장소인 미국에서…."

"미국이 전혀 엉뚱하지 않을 수도 있지. 거기가 근거질 수도 있고 날짜야 얼마든지 조정할 수 있는 것이잖아?"

"글쎄, 그건 좀… 그보다도 일차 약속 시간 마감이 이제 며칠밖에 안 남았는데 걱정이야."

가면을 쓴 한 인질범이 박 감독에게 컴퓨터 통신을 시키고 있었다. 리더가 무어라고 불러주면 박 감독은 자판을 두드렸다. 목소리는 인질범 리더 같았다. 그는 여러 국가들을 대상으로 인질극이 종료되면 그들이 가서 살 곳을 물색하고 있는 것이었다.

"4명의 어린이를 포함하여 모두 26명의 남녀이다. 앞으로 10년간 2,000명의 난민을 더 받아들여 정착할 수 있는 자치구를 내어줄 나라를 찾는다."

"그러면 2억불을 가지고 그 나라로 가겠다고요?"

박 감독이 미심쩍은 눈으로 가면을 돌아보며 물었다.

"확실히 신원을 보장하면 2억불을 미리 예치할 것이라고."

가면은 박 감독의 말은 무시한 채 저 하고 싶은 말만 했다.

"이 메일을 어느 어느 나라로 보낼 거라고 했죠?"

"독일, 영국, 말레이시아, 프랑스, 캐나다, 호주, 스위스 등 여기에 다 적혀 있소. 전부 열다섯 나라요."

가면은 국가 이름을 읊다가 귀찮아진 것인지 종이 메모를 박 감독에게 전했다.

"내용은 불러준 게 전붑니까? 다른 내용 더 쓸 거는 없고요?"

"우리가 이런 제안을 했다는 것을 당분간 비밀에 부쳐 달라고 해주시오."

박 감독이 전문을 마감시키는데 '세계 난민 구조대'라는 글귀가 끝에 보였지만 금방 지나쳐 버렸다.

화면을 지켜보고 있던 과장이 박종봉을 보며 한 마디를 건넸다.

"이런 건 왜 우리에게 알려 주는 것이지?"

"아마도 저들이 정말 난민이고 실지로 어딘가에 정착을 원하고 있다는 것을 알리려는 것이겠죠, 뭐."

인터폴

레드카펫 영화사에서 비서 헬렌이 혼자 사무실을 지키고 있는데 인터폴 형사들이 노크와 함께 들어왔다. 헬렌이 어설프게 일어서며 그들을 맞았다.

"어떻게 오셨나요?"

"인터폴입니다. 박 감독 납치 사건으로 좀 조사할 일이 있어서요."

고참인 듯 나이가 들어 보이는 자가 사무실을 둘러보며 말했다.

"아, 예. 어떻게 도와드리면 될까요?"

미소를 띠며 부드럽게 묻는 것이었지만 헬렌의 말투는 다분히 귀찮음이 보였다.

"우선 컴퓨터를 모두 좀 보겠습니다."

"예에. 제 컴은 여기 있고, 박 감독님 것은 두 댄데, 하나는 M/S고 다른 건 애플이에요. 애플은 가끔 영상 편집 볼 때 쓰세요. 둘 다 감독님 방 안에 있어요."

형사들은 능숙하게 컴퓨터를 열어 내장된 프로그램과 교

신 기록 등 이것저것 살피며 확인하기 시작했다.

"헬렌 양, 여기 잠깐 도와주실래요?"

다른 형사가 감독 방에서 내다보며 말했다. 헬렌이 느리지 않은 걸음으로 방으로 들어갔다. 형사가 감독 책상에 앉은 채로 헬렌에게 화면을 가리켰다.

"여기 홈 원격 제어라는 프로그램은 뭐하는 것이죠?"

"아, 그거는 감독님 집을 연결하는 원격 시스템이에요. 강아지랑 가정 장비들을 사무실에서 조정한다고 했어요."

형사는 대답을 듣고 있는 것인지 아무런 반응 없이 계속 컴퓨터 속을 살피고 있었다.

"박 감독 IP 주소 아세요?"

"아뇨. 하지만 셋업에서 보시면 될 텐데요. 거기 다 있을 거 아녜요?"

형사는 또 말이 없이 그저 고개만 끄덕일 뿐이었다.

헬렌의 컴퓨터를 보고 있던 형사가 헬렌을 찾자 헬렌이 감독 방을 나가서 그에게 다가갔다.

"박 감독의 최근 일상에 뭐 이상한 점은 없었나요?"

"에에? 피해자인 우리 박 감독을 의심하는 거예요, 지금?"

"묻는 말에나 대답해 주세요."

"스크립을 들고 매일같이 영화사를 돌아다니는 게 전부였어요."

격랑(激浪)의 역도(逆徒)들   217

형사의 말투가 거셌지만 헬렌은 꺾이지 않고 비아냥대듯 말을 했다.

"박 감독과 마지막으로 교신한 게 언제에요?"

"컴으로는 파일만 보내고 교신은 거의 하지 않는데, 이라크 공항이라며 촬영 스케줄 보내 온 게 마지막이었어요. 날짜가 언제였더라? 아, 맞아요. 2월 12일이었나 봐요. GOLDEN LOVE라는 ID가 감독님이에요."

형사는 이메일 화면을 훑어 내려가다가 GOLDEN LOVE 파일을 열어 일정표를 뒤적였다.

"일정대로라면 2월 18일에 이라크의 바스라에 있어야 하는데, 그날 바그다드 공항에 있었던 건가요?"

"예, 일정대로면 말씀한 게 맞는 것 같아요. 하지만 어찌된 건지 저도 디테일한 건 몰라요."

이때 다른 형사가 다가오며 헬렌에게 물었다.

"핸드폰으로는 교신을 하지 않나요?"

"아뇨. 주로 핸드폰을 많이 해요. 그런데 이번에는 이상해요. 아무런 연락이 없었어요."

"번호 좀 딸까요?"

헬렌이 놀라다가 얼굴 붉히며 물었다.

"아, 감독님 거요?"

"아뇨. 둘 다요."

형사가 무덤덤하게 말했다.

이라크의 이맘 사무실에도 경찰이 찾아 갔다.

"발생한 납치 사건으로 인터폴에서 이맘께 몇 가지 알아 달라고 해서요. 협조 부탁합니다."

경찰은 송구한 듯 매우 정중했다.

"당연히 협조해야지요. 뭘 말씀 드릴까?"

"어떻게 일행들과 떨어져 용케 안전하게 돌아오실 수 있었는지 말씀해 주시지요."

"그야 당연히 위대하신 알라 신의 보살핌이 계신 덕이지요."

"지당한 말씀이십니다. 그래서 사건 경위를 여쭙겠습니다. 간호사와 학생 몇 명과 따로 작은 차량을 타셨다는데 왜 그랬나요?"

"알라 신께서 그리하라고 일러주었어요. 나는 계시를 따른 것뿐이고."

"어떻게 다른 일행과 헤어져서 오시게 되었나요?"

경찰이 답답해하다가 다시 물었다.

"우리 일행이 원해서 헤어진 게 아니라 중간쯤에서 운전기사가 모든 일정이 어쩔 수 없이 갑자기 연기되었다고 연락이 왔다며, 자세한 얘기는 할 수 없으니 되도록 빨리 출국을 하라고 했어요."

"바그다드 공항까지는 다 함께 오셨나요?"

"아니오. 내가 이라크 사람인데 거길 왜 가야 했겠소. 바그다드 사원 근처에서 내렸어요. 거기서 친구 이맘 한 분을 만나고자 해서요."

"다른 일행에게 전화를 해보지는 않았나요?"

"전화를 할 수가 없었어요. 성지 다큐 팀도 의료 봉사 팀도 모두 전화를 맡겨두고 왔다고 했어요. 나야 본시 휴대폰을 쓰지 않는 사람이니 맡길 것도 없었지만."

"전화를 맡기다니? 왜요?"

"자세히는 모르지만 일에만 충실하고자 그랬던 거라고 들었어요."

한편 SUV 차량에 탑승했던 사람들이 웅성거리며 걱정하는 사이에 차가 이미 방향을 바꿔 공항 쪽으로 향했다고 이맘은 말을 더했다.

경찰이 이맘에게서 얘기를 전해 듣는 중간에 고개를 갸웃거리며 혼자말로 의문을 달았다.

"우연히도 봉사대, 다큐 팀 모두 핸드폰을 맡겼고 또 우연히 사막 가운데서 만났다?"

경찰은 펜으로 자신의 수첩을 톡톡 치다가 이맘에게 물었다.

"그럼, 이맘의 여행 가방은 어떻게 됐나요?"

"성직자가 무슨 짐이 있었겠소? 빈 몸이 전 재산이어서 가져 오고 말고 할 것이 없었지만 다른 일행이 탄 버스에 노트북이 있었는데 그건 못 가져 왔어요."

"안에 뭐 중요한 것이 내장되지는 않았나요?"

"많지요. 신의 말씀이 무척 많이 있어요. 처음엔 다시 찾기 어렵겠기에 무척 안타까웠는데 이젠 오히려 기도하고 있어요."

"무슨?"

사무적으로 묻는 경찰과는 달리 진지하게 자신의 질문에 이맘이 답을 하자 경찰이 다시 물었다.

"납치범이든 인질이든 누구든지 보게 되면 알라 신을 모시게 해달라고요."

어벙벙해 하는 경찰.

XYZ 인터넷 방송사에서는 파견 나온 인터폴 IT 수사팀의 요원이 박종봉 옆에서 그의 데스크탑을 함께 지켜보고 있는데 박종봉이 급하게 요원을 보며 말했다.

"메일이 떴어요. 그 쪽에서 보내온 거예요."

IT 수사 요원 옆 자리의 다른 요원에게 신호를 보내자 알았다는 눈빛 교환하며 얼른 발신 IP 추적하기 시작했다.

"어? 이거 발신지가 엉뚱하게 미국인 것 같은데."

추적하던 요원이 중얼거리며 좀 더 세밀하게 들어가 보지만 찾을 수가 없는지 머리를 흔들었다.

"이미 삭제시켰나 봐요. 추적이 안돼요. 아주 치밀한 컴퓨터 전문가인 것 같아요. 아니면, 봇(bot) 프로그램을 사용할 줄 아는 온라인 게임개발자이거나."

"봇 프로그램이라니요? 그게 뭔데요?"

"온라인 게임 개발 원리에 상대의 공격을 피하기 위해 쓰는 봇팅이란 게 있는데 그 프로그램이 IP를 만들었다 삭제했다 하는 것이에요. 그걸 사용할 줄 알면, 메일이나 act를 보내는 클릭과 동시에 또는 아주 짧은 시간 안에 IP를 지우고 바꿀 수 있어요. 역공을 방지하기 위한 것인데 이게 이제 범죄에까지 사용되는가 봅니다."

박종봉의 질문에 IT 수사 요원이 친절히 답을 해주었다. 하지만 박 기자는 무슨 말인지 이해가 되지 않는 눈치다.

"그러면 도저히 추적을 못하는 건가요?"

"제가 알기로는 불가능한데, 모르죠. 요즘엔 워낙 게임 프로토콜 생명 사이클이 빠르게 업그레이드되고 있으니 그 사이에 개발이 되었는지."

처음에 쉬쉬하며 자기네들 단독으로 치고 나가려던 계획을 XYZ 인터넷 방송사에서는 사건이 워낙이 크고 중대한 것이라 자진하여 타방과 공유했다.

다음 날로 세계 각국의 방송에서는 일반 프로를 중단시키며 메인 타임의 뉴스 속보로 다루기 시작했고 인질들의 사진을 번갈아 가며 띄웠다.

"뉴스 속보를 전해 드리겠습니다. 세계 8개국의 성직자, 학생, 의료진, 영화인, 석학 등 20여 명의 인질을 납치하여 2억 달러의 몸값을 요구하고 있는 자칭 세계 난민 자구대의 요구에 대해 납치범들이 몸값 이행 최종일로 정한 3월 7일을 나흘을 남긴 3월 3일 오후, 미국, 한국을 위시한 해당국 책임자들은 그들에게 정착지와 생활 여건을 제공하겠다며 납치범들의 요구를 현실적으로 받아들이겠다고 발표했습니다. 또한 이에 해당국들은 납치범들이 인질들의 안위를 보장할 것과 그들이 정하는 곳이 협상테이블로 조속히 나올 것을 촉구하였습니다."

어수선한 해외 방송과 국내 타방들과 비교하여 생각보다 차분한 XYZ 인터넷 방송사 해외부에서는 박종봉 기자가 어디 외출했다 들어오는 것인지 바쁘게 복도에서 안으로 들어오다가 자기 책상 위의 노트북에 메시지 수신 알람이 울리는 것을 보고는 뛰어와서 미처 앉기도 전에 패스워드부터 쳤다.

잠시 화면을 보던 박 기자는 책상에 앉아서도 뭔가 초조한 표정으로 손가락으로 책상 위를 톡톡 치며 화면을 지켜보았다. 조금 뒤 화면 가득 메일 창이 떴다. 이메일 화면에는 세계 난민 자구대가 발신처로 된 것으로 '답장'이라는 제목뿐 내용은 없고 파일이 첨부되어 있었다.

함께 보고 있던 IT 요원이 자기 컴퓨터에 추적 프로그램을 가동시켜보다가 고개를 흔들었다. 박 기자가 그런 IT 요원에 아랑곳하지 않고 급히 첨부 파일 클릭하며 노트북 들고 일어나서 과장 책상 쪽으로 갔다.

시한부 패착

잠시 후, 회의실에 여러 사람 모여 숙의를 하는데 국장과 박 기자도 보였다.

"우선 그들이 보내온 영상부터 먼저 봐주시기 바랍니다."

박 기자가 스크린 영상을 밝히며 좌중을 향해 말했다.

영상은 가면을 쓴 한 남성이 콘크리트 벽을 등지고 책상에 앉아 있다가 카메라가, '세계 난민 자구대 리더'라고 소개를 하자 말하기 시작했다.

"당신들의 발표 잘 보았다. 우리가 요구하는 것은 현금이지 땅이나 여건이 아니다. 당신들의 답은 우리들을 혼란스럽게 만들려는 눈가림이고 술수다. 우리들을 기만하려 하지 마라. 이제 남은 시간은 80여 시간뿐이다. 시간을 엄수하여 우리 요구를 이행하기 바란다. 다시금 말하지만, 시간 내에 우리의 요구가 관철되지 않을 경우, 우리의 결의를 보여 줄 것이다. 우리가 보호하고 있는 당신들의 인사는 건강하게 잘 있다. 우리를 시험에 들지 않게 하기를 바란다."

가면 쓴 자의 말이 끝나자 화면이 꺼졌다가 다시 켜지면서 카메라가 커튼이 둘러쳐진 거실 같은 곳에서 피아노를 치거나, 체스게임을 하거나, 바둑을 두거나, 소파에 기대 앉아 책을 읽거나 하며 자유롭게 있는 인질들 모습을 천천히 보여 주었다.

화면 아래 2016년 3월 4일이라는 날짜가 보였다. 잠시 후 화면의 영상이 끝나자 회의실에 모인 사람들 간에 '80시간 밖에'라는 말을 주로 한 애드립이 섞이며 술렁거리기 시작했다.

다음 날, 한국의 해외 안보국에서는 외무부 요원이 미국의 안보 전략국과 통화를 하고 있었다.

"이렇게 손을 놓고 있다가 자칫 인질이 상하기라도 하면 엄청난 후폭풍이 몰아칠 거예요. 뭔가 빌미를 만들어 시간을 벌 수 있도록 저들을 설득해야 합니다."

"시간을 벌어야 무슨 새로운 수가 생기나요? 한국이나 우리를 제외하고는 모두들 강 건너 불구경하듯 하는데요."

"그러게요. 하지만 가만히 있을 수만은 없잖아요? 일단 한미 각 오백씩 내겠다는 것으로 시간을 더 달라고 해보는 게 어떨까요?"

정부 측의 요청으로 가능한 조용하게 진행을 시키고 있는 것이었지만 XYZ 인터넷 방송의 해외부는 초조한 기색이 역력했다. 국장이라고 예외일 수 없이, 과장과 함께 초조한 기색으로 테이블에 앉아 있는데 박종봉 기자 노트북을 들고 급히 국장실로 들어와서는 대형 스크린과 연결했다. 스크린에 납치 근거지인 듯한 장소가 떴다.

화면은 납치범들이 총을 어깨에 멘 채 총구를 그들 앞에 꿇어 앉아있는 인질들에게 겨냥하고 있는 것을 보여 주고 있었다. 꿇어앉은 인질들은 이인영 목사, 스테파니 간호사, 그리고 학생 탐 블레이크였다. 납치범 리더가 역시 가면을 쓴 채 안으로 들어와 탁자 앞에 앉아 말을 시작했다.

"오늘 당신들이 취한 조치라는 것에 대해 우리 세계 난민 자구대는 매우 유감이다. 우리는 살인을 앞세운 강도가 아니다. 하지만 당신들은 우리를 그렇게 되게 했다. 당혹스럽지만 어쩔 수 없이, 당신들이 우리의 요구를 전면 수행할 때까지 매일 한 명씩의 인질을 처단하겠다는 것을 통보한다. 이 경악스러운 슬픔은 모두 당신들이 만든 것임을 천명하는 바이다."

리더가 말을 마치며 총을 든 납치범들 쪽을 보자 한 명이 주저 없이 이인영 목사를 향해 발사하고 이 목사 짚단처럼 옆으로 쓰러졌다. 다시 다른 납치범이 스테파니 간호사를 겨누는데 이때 화면이 크게 흔들리며 다급한 박 감독 목소리가 들렸다.

"잠깐, 잠깐만. 누가 이 카메라 좀 들어 줘요."

잠시 카메라 꺼졌다가 다시 켜졌다. 화면 안에 꿇어앉은 인질들과 박 감독이 보였다.

"안 된다. 무고한 사람들을 더 이상 죽여서는 안 된다. 내가 촬영을 계속하고 우리가 시키는 대로 따르면 안전을 보장한다고 하지 않았나?"

"당신 말이 맞다. 하지만 일이 이렇게 된 것은 당신들 나라다. 우리나 당신이나 국가를 잘못 만난 탓이다. 우리를 원망하지 마라."

"그렇지만 목사님이 무슨 죄가 있다고 이렇게 살해한단 말이냐? 신의 저주를 받을 것이다."

"그가 원했다. 인질을 처단해야 한다면 자길 제일 먼저 죽이라고. 우리는 인질을 처단하고 싶지 않지만 그들을 처단하게 만든 것은 우리 요구를 뭉개려는 당신들 나라다. 어쩔 수 없는 상황에서 우린 그의 소원을 들어 준 것뿐이다."

"그러지 말고 조금의 시간을 더 주면 안 되겠냐? 당신들의 요구가 사소한 것이 아니라 금방 해결할 수 있는 게 아니잖은가?"

"시간은 충분히 줬다고 생각한다. 비켜라. 당신을 죽인다는 게 아닌데 왜 나서냐?

"내가 이 촬영 여행의 모든 기획을 했고 진행을 하고 있던 전체 책임이 있는 감독이다. 나와 얘기하자."

영상 속 박 감독의 모습은 카메라 앵글을 바라보며 당당하려 애쓰고 있었지만 목소리 억양에서 그도 여간 두려워

하는 것이 아니라는 것을 알 수가 있었다.

"그건 종교 사원 다큐에 관한 것이지 의료 봉사대는 별도잖아? 어쨌든 지난 얘기고 지금은 우리의 통제를 받아야 한다."

리더의 음성은 차분했고 영상은 확인이라도 하듯 카메라를 아래위로 흔들었다. 박 감독이 입을 굳게 다문 채 꿇어 앉은 인질들 보다가 납치범들과 카메라 보다가 했다. 한참 동안 애타는 표정이다가 박감독이 심각하게 표정을 바꾸며 흥분하여 대들 듯 말했다.

"꼭 죽여야 한다면 차라리 나를 죽여라. 무고한 그들을 죽이는 것은 살인일 뿐이다. 제발 그들은 풀어 줘라, 간청한다."

박감독이 마치 이성을 잃은 사람같이 흥분한 것과는 완전히 비교될 만큼 카메라는 미동도 없이 계속하여 인질들과 박 감독을 비추고 있었고 리더의 목소리만 조금 높아졌다.

"닥쳐라. 당장 이 사람들을 다 처단하겠다는 것이 아니다. 오늘은 세상에 우리의 경고를 듣지 않은 레슨으로 두 명만 처단할 것이다."

"두 명은 인명이 아니라더냐? 당신들이 보여주고자 하는 그 레슨이란 것을 나를 통해서 하란 말이다."

박 감독은 절규하고 있었다.

"괜한 오기 부리지 마라. 우리의 진정성을 세상에 알리기 위해서 당신에게 우리를 알릴 수 있게 촬영을 부탁하고는 있지만 오버하면 당신이라고 봐 주지 않는다."

카메라 속의 리더의 목소리는 평온하고 차가울 뿐이었다.

"오해하지 마라. 절대 오버하는 게 아니다. 내가 희생될 테니 제발 저들을 살려 달라."

영상 속의 카메라가 약간 흔들리는 것 같더니 크게 올랐다 내리며 리더의 음성이 이어졌다.

"소원이라면 못 들어 줄 이유는 없다. 아주 훌륭한 리더를 만나 당신 둘은 목숨을 건졌구려."

카메라로 인질들을 비추며 리더는 비아냥거렸다.

"저들을 안으로 보내고 박 감독을 묶어라."

리더가 단호하게 지시했다.

"잠깐, 죽기 전에 세상에 할 말이 있다. 허락해 주겠는가?"

어느 샌가 박 감독의 목소리는 체념한 듯 차분해져 있었다.

"좋다. 하지만 우릴 비난하는 말을 해서는 안 된다. 당신은 스스로 목숨을 내놓겠다고 했다."

"세상에 몇 말씀 전하고자 합니다. 제발 우리들을 포기하지 마십시오. 여기 각 종교 성직자들은 함께 각 종교의 성지를 순례하면서 서로의 종교를 이해하고 존중하기 위해 모였고 의료 서비스를 받기 어려운 지역의 환자들을 치료하고 돌보기 위해 모인 의료 봉사댑니다. 그리고 이들 난민 자구대는 사실상 저희들을 납치한 범죄자들이지만…."

갑자기 카메라가 흔들리더니 리더가 발로 박 감독을 걷어찼다.

"아니라고 했잖아? 우리는 범죄 집단이 아니라고. 세상이 함께 풀어야 할 버려지고 죽어가는 난민들에 관한 숙제를 우리가 대신하려는 것이야."

박 감독이 빠르게 카메라 앵글 속으로 들어와 고개를 주억거리며 말을 계속했다.

"예, 맞습니다. 이들은 주장하는 대로 어느 곳도 자기들을 받아주지 않아 이 혹독하고 비정한 사실을 세상에 알리고 저들 스스로 살아남기 위한 길을 찾으려는 것입니다. 모두가 잘 사는 세상을, 어쩜 하나하나 우리가, 세계가 마땅히 짊어져야 하는 것을 대신하여 만들려던 사람들입니다. 살려 주십시오. 아니, 난민을 내몰고, 내 종교만을 내세우며 끊임없이 서로 싸우고, 의료 부족 지역을 돌보지 않은 세상에 책임을 묻고자 합니다. 구하셔야 합니다. 어떤 물질적 희생을 감수하더라도 인명의 희생이 더 생겨서는 안 됩니다. 나 한 명으로 그쳐야 할 것입니다."

카메라가 아래위로 흔들며 다가오다 화면이 꺼졌다가 엉뚱하게도 바다에 떠도는 보트 난민과 해변 국경 경비대에게 입국 거부를 당하는 난민 보트를 보여주는 비디오를 보였다.

"잘 말씀했소. 고맙구려, 우릴 잘 대변하고 세상의 부조리를 알게 해주어서."

납치범 리더는 진정 고마워하고 있었다.

"긴 말 필요 없고. 어서 저들을 풀어 주시오. 대신 내가 희생될 테니."

"아니오. 당신 목숨은 귀하지 않은가요? 누구든 생명은 귀한 것이잖소?"

카메라가 좌우로 흔들렸다.

"또 말을 바꾸는 것이오? 좀 전에 나랑 바꾸겠다고 하지 않았소? 약속을 지키시오."

"아니, 할 것이오. 당신도 저들도 오늘은 더 이상 처단하지 않겠소. 마음이 바뀌었소. 당신 말대로 하루의 시간을 더 주겠소. 세상에 알리오. 내일 이 시간까지 우리의 요구를, 어떤 다른 대안도 제시해서는 안 되오. 우리 요구대로 수행하시오. 수행치 않았다가 박 감독 같이 아까운 인물을 잃지 않길 빌겠소."

그때까지 꼿꼿이 몸을 세우고 박 감독의 일거수일투족을 지켜보고 있던 스테파니 간호사가 힘없이 쓰러지고 말았다. 리더에게서 묵묵히 다시 카메라를 받아들던 박 감독이 놀라 스테파니에게로 다가갔다.

방송과 신문에서는 납치범들의 이인영 목사 살해 장면과 박 감독의 인질 처형에 관해 그들에게 맞서던 피 말리던 순간들이 반복되어 방영되고 기사화 되고 있었고 핸드폰이나 길거리, 음식점 등 어디에서나 세계 각국 시민들은 이 뉴스를 보느라 정신이 없었다.
 SNS 상의 의견 대립은 더욱 치열해지고 있었다. 당위론과 함께 희생 감수하고 구해야 한다는 의견들이 공방을 이뤘다. 어떤 희생을 감수하든 인질을 구출하자는 쪽과 범죄가 분명하니 일벌백계해야 한다는 의견들이 팽팽히 맞서고 있었다.

의심과 단서

포장마차에서 소주나 한잔 하자며 전화를 한 형사과장의 요청에 만나기로 한 장소로 나가면서 해외부 과장은 도통 이해를 할 수가 없었다.

"내가 지 하고 술 마실 만큼 사이가 가까운 것도 아니고 그렇다고 업무 얘기를 하려고 술집으로 불러낼 것은 아닐 텐데…? 어쨌든 그래도 처음 하는 술을 포장마차에서가 뭐야?"

해외 과장의 투덜거림은 끝이 나지 않을 것 같았다.

"조금도 이상하지 않다고요? 동쪽 끝 한국에서 간 의료 봉사대와 서쪽의 미국에서 출발한 다큐 촬영 팀이 사막 한 가운데서 만났고 그도 동창이 끼여 있었는데도요?"

"우연이죠, 우연. 하지만 그게 우연이었든 아니든 사막 가운데서 만난 것을 의심할 게 아니라 범죄 모의를 의심해야지요. 하지만 봉사대와 촬영 팀 어디에도 범죄 정황이 있진 않잖아요?"

해외 과장은 오히려 자기가 형사하는 게 더 낫겠다 생각하며 형사과장을 가르치려 들고 있었다.

"그렇게 쉽게 정황이 밝혀질 것 같으면 범죄가 되지 못하겠죠. 그리고 너무 완벽하게 깨끗한 게 이상해요. 너무 꼬투리가 될 만한 게 없다는 말입니다."

"인터폴에서도 수사하고 있고 유능한 형사과장님께서도 이렇게 분주한데도 의심할만한 건덕지가 없다면 범죄가 아닌 거죠."

"성지 다큐 팀에겐 핸드폰을 못 가져 오게 했고 의료 봉사대는 핸드폰을 맡기고 떠나게 했어요. 아예 첨부터 통신수단을 다 차단해 버린 것이죠. 아주 철두철미하게 짰나 봐요."

해외과장은 형사과장을 한심한 듯 바라보며 핀잔하듯 말을 했지만 형사과장은 아랑곳 않고 제 생각을 말하며 해외과장에게서 뭔가를 얻어내려 하고 있었다.

"일에 집중시키려고 그런 거라 하잖아요? 사실 핸드폰이 얼마나 정신을 혼란스럽게 해요? 그런 걸 물고 늘어지며 쓸데없는데 힘 빼지 말고 근거지나 속히 알아내시지요."

"과장님이 협조를 않는데 제가 무슨 수로 알아냅니까? 점쟁이도 아닌데."

"나 원, 환장하겠네. 뭘 협조하라는 거예요? 박 감독이나 박 기자를 의심하는 걸 형사과장님과 함께하자고요?"

"그런 말이 아니란 건 아시잖아요? 게다가 어제 그들 영상도 이상해요. 박 감독이 너무 쉽게 날 죽여라 나선다는 말이죠."

"허엇 참. 숭고한 희생정신을 받들지는 않을지라도 이상하긴 또 뭐가 이상해요? 난 가슴이 미어터지더만."

"어느 누구 목숨이 아깝지 않고 죽음이 무섭지 않은 사람이 있겠어요? 게다가 언제 죽임을 당할지 모르는 그런 상황에서라면 그 두려움은 더할 텐데, 그렇게 신뜻 님을 내신하여 죽음을 자처하기가… 좀…?"

"아니죠. 어차피 죽을 운명이란 걸 느끼는 거죠. 해서 오히려 더 쉽게 나설 수 있었던 것이겠죠. 조금 빨리 죽는다고 별다를 것 없으니 세상과 그들에게 할 말이나 하자고."

"헌데 내게 영화를 전공하는 딸이 하나 있는데 걔가 이상한 얘기를 하더라구요. 납치범들이 보내온 영상의 배경이 세트 같아 보인다는…."

"그건 또 무슨 얘깁니까?"

"저도 영화 쪽은 문외한이라 잘 모릅니다. 딸애 얘기는 건물 내부 벽이 천에 그려진 것 같다는 말이었어요. 벽이 일렁인다고 하던가 하면서요."

"저는 여직 무슨 말씀인지 이해가 안 되는데요?"

"제 딸애 말은 영상 속의 장소가 실제 건물이나 장소가 아니라 그려서 만든 세트 같아 보인다는 얘기였어요. 그래서 화면을 일부러 흐리고 낡게 보이게 처리한 것 같다고…."

"에이, 따님이 오버한 것 같은데요. 어떻게 벽이나 정원,

그리고 사막 도로를 세트로 만들어 낼 수 있겠어요? 더구나 납치범들인데….”

"저도 그건 너무 비약된 것이라 생각했고 딸애도 그저 그리 보인다는 것이라 깊게 생각하지는 않습니다만 제게는 자꾸 자작극일 수도 있다는 생각이라 그런 말에조차 무게가 실린다는 말씀입니다.”

"단언컨대 아닐 겁니다. 자작극이라면 박 감독이 죽음 앞에 나설 리가 없지요.”

"과연 그럴까요? 그들이 박 감독을 죽인다고 했는데 과연 말대로 죽일까요? 저는 아닐 거라고 봐요. 내길 해도 좋습니다.”

"뭘 내기요?”

"박 감독 죽이는 것!”

"그야, 촬영을 위해 그들에게 박 감독이 필요하니 안 죽일 수도 있겠지요.”

"그게 아니라, 박 감독이 연루되어 있기 때문일 수도 있죠.”

"아예 형사 관두시고 소설가로 나 앉지 그러세요.”

"절대 안 죽일 거예요. 범죄를 보는데 있어서는 내 이 촉이 무시 못 할 것이거든요.”

납치범들에 관한 어떤 단서도 잡지 못한 가운데 범인들과의 교신 센터가 되어버린 XYZ 인터넷 방송은 매일같이 메일이 영상과 함께 오는데다가 형사들까지 종일 진을 치고 있어서 해외부 기자들로서는 여간 성가시고 불편한 것이 아니었다.

이 날도 다름없이 부장실로 과장, 박종봉 모여 부장과 얘기를 나누다가 과장이 언성을 높이며 국장에게 항의를 했다.

"아니, 그러면 우리와의 약속이 틀리지 않습니까? 더 이상 진행 상황을 방송에 내보내지 말라니요?"

"그게 인터폴에서 연락 온 사항이야. 우리가 걔들하고 약속한 게 아니잖아?"

"그래도 모든 연락 창구가 우린데, 우리가 받을 연락은 어떡하고요?"

말을 하다가 박 기자가 잠시 말을 끊더니 다시 말을 계속했다.

"당연히 알려야 한다고 하겠죠. 소스가 우리한테서 뿐이니."

"그래도 수사에 어려움이 있다면서 부탁한다는데, 어떻게 했으면 좋겠어?"

"수사는 무슨, 여태 개미 움직임 같은 흔적조차 찾지 못했으면서."

"껄끄러워지기는 하겠지만 심의에 어긋나는 것도 아니고 그렇다고 없는 사실을 방송할 것도 아닌데…."

"그러게요. 뭐가 문제 되겠습니까? 그냥 밀어붙이죠."

굴복

눈앞에서 인질들을 처형하는 인질범들의 비디오를 접하자 미국, 한국이 주축이 되어 임시로 구성된 소위 '인질 구조 연합'에서는 다음 날 오전까지라는 그들의 요구를 미룰 수가 없어서 직접 당사국인 각 나라에 얼마간의 갹출을 바랐지만, 금액이 너무 많으니 조정부터 해보자는 반응밖에는 당장 얻은 게 없어, 목마른 놈이 우물을 판다고 한미 두 나라에서 급한 대로 먼저 $5,000만 불을 마련하여 연락을 취하고자 했다.

"우선 5,000만 불을 먼저 보내겠다. 돈을 보낼 곳을 알려 달라. 나머지는 인질들과 막 교환으로 하겠다. 그리고 연락창구를 방송사로 하지 말고 '인질 구조 대책반'인 081-0100-xyzz로 하자."

납치범들인 난민 자구대에서도 즉각 연락을 취해 왔다. 하지만 첨부 영상을 열어보는 인질 구조 연합은 전혀 예상치 못한 엉뚱한 내용에 충격을 금할 수가 없었다.

그네들이 보내온 것은 '유로 국가들의 잔악무도한 난민

촌 포격 실황'이라는 표제를 붙인 영상이었다. 밤의 어둠 속이라서 제대로 식별이 되지는 않지만 여기저기 파괴된 허름한 건물과 텐트들이 불타고 있는 가운데 그 사이를 방향을 정하지 못한 채 이리저리 쫓겨 다니는 사람들, 죽어 널부러져 있는 시체들, 부상자들이 보이는데 포격이 계속되며 아수라장이 되고 있었다. 이때 울분이 섞인 억양이 쎈 중동 말이 외치듯 들렸다.

"아니, 비무장인 우리에게 이 무슨 비인간적인 폭격이란 말이냐? 하나도 빠짐없이 다 찍어. 이 잔인한 살인과 파괴를 반드시 세상에 다 알려 벌을 받게 해야 한다."

이때 또 포격 이어지고 카메라가 따라가 연기 먼지와 함께 일고 있는 불길을 잡았다가 비디오가 꺼졌다. 잠시 후 다시 켜진 영상에는 자구대 리더가 복면을 한 채 카메라를 보고 있었다.

"보았는가? 당신들이 저지른 잔인한 살인과 파괴의 현장을? 오갈 데 없는 우리 난민들을 매정하게 내친 것으로도 모자라 이렇게 무참히 짓밟아야 하는가? 이 무슨 만행이란 말인가? 우리는 기필코 누구의 소행인지 찾아내서 반드시 보복하겠다. 더 이상의 관용은 없다. 내일 당장 모든 인질부터 처형할 것이다."

한편 TV를 보며 피랍 현황을 접하고 있던 김판개 검사는 조바심이 나서 가만히 앉아 있을 수가 없었다. 박승우가 틀림없는데 그가 영화감독이고 또 마치 의인처럼 다른 인질들을 대신하여 자기를 죽이라고 하고 있는 것에 놀라 자빠질 지경이었다.

그와의 20여년의 인연으로(그것을 악연이라 하고 싶지 않다고 평소 김 검사는 고집하고 있었다) 그가 결코 헛소리를 지껄이고 있다고는 생각 들지 않기 때문이었다. 옆에 있어 그런 김 검사의 안절부절못하는 모습을 지켜보는 수사관도 덩달아 애를 태우고 있었다.

"검사님이 박승우를 지켜보는 정은 저도 잘 압니다만 거기까지만 하십시오. 뭔가 그를 편들고자 어떤 오지랖일랑 절대 부리지 말고요."

"뭐 이? 오지랖을 부려? 그게 수사관이 영감인 검사에게 쓸 수 있는 단어요?"

아이고, 큰일 났다. 이미 뱉은 말을 주워 담을 수도 없고 수사관이 돗자리는 깔지 않았지만 석고대죄를 했다.

"정말 죄송합니다. 죽을죄를 지었습니다. 제가 오지랖을 자주 부리는 까닭에 말이 헛 나왔습니다. 혜량해 주십시오."

"아, 됐고. 정말 우리가 전화 한 통 해주면 좀 낫지 않을까?"

비서가 탁자를 딱딱 치며 제발 그만 두라는 제스처를 했다.

당일로 당사국들의 화상회의가 소집되었다. 화상회의에

나온 각국 관련자들은 모두들 하나같이 자기네들이 한 게 아니라며 시끌벅적하게 서로 탓하는 얘기들만 무성하게 쏟아내었다.

"모두들 자기가 한 게 아니라면 누구의 짓이란 말이오? 외계에서 누가 왔다 간 것이기라도 한 건가요?"

중국 대표가 언성을 높이자 화면 속에서 각 나라는 키들거리지만 말은 없었다. 그러는데 영국이 제 발이 저린 것인지 한 마디를 하고 나섰다.

"우리가 난민 정책에 단호한 자세를 보이고 있어서 우리를 의심하는 것 같은데 그렇지 않아요. 난민들이 적게는 수 명씩 아님 몇 백 명씩 여기저기 흩어져 자기들 끼리 살고 있어서 솔직히 어딘지 누군지 뭘 알아야 어떻게 한다는 말을 할 수가 있는 것이지 우린 전혀 그들에 대해 감도 못 잡고 있다니까요."

화면 속 각 나라 모두 고개를 주억거리며 동의하는데 미국 대표가 나섰다.

"맞아요. 뭘 아는 게 없는데 어떻게 공격을 할 수가 있겠어요? 저희 추측으로는 우리 당사국들 중 누가 아니라 제3의 세력이 아닌가 싶습니다."

"제3의 세력이라니요? 예를 들자면요?"

"글쎄요. 어디라고 꼬집어 말할 수는 없지만, 그들과 이해관계에 있는 어떤 단체인지 이제 막 조사를 시작한 것이라 아직은 말씀드릴 게 없네요."

중국이 급 호기심을 나타내어 물었지만 미국은 대답을 피하는 것이었다.

"정말 우리 중 어느 누구가 한 것은 아닌 것 같다면 저들에게 속히 통보해 줘야 하는 것 아니에요. 이러다 인질들 다 죽게 생겼어요."

화상 회의 당사자들 모두 고개 끄덕여 동의하며 웅성거렸다.

"그들에게만 통보할 것이 아니라 세계 사람들 모두가 알게 이 참에 우리 중 아무도 그러지 않았다는 공동 성명을 발표하는 것이 어때요?"

"그게 좋을 것 같아요. 벌써 SNS에 난리가 났어요. 모두들 우리가 저들을 때린 것으로 여겨 우리를 전 세계적으로 성토하고 있다니까요."

부랴부랴 인질 구출 연합에서는 당사국 대표들이 배석한 가운데, 이번 포격사건이 자기네들과 무관하다는 공동 성명을 발표하게 되었고 다음 날로 인질범에게서 연락이 왔다.

사방이 사막인 곳의 한 구릉지에 함께 묶인 채 꿇어앉아 있는 인질 3명과 조금 떨어져 따로 박 감독이 꿇어앉아 있었다. 바람이 세차게 부는 속에 복면 쓴 인질범 리더가 화난 목소리로 외쳤다.

"우리는 그동안 무한한 인내심과 이해하려는 심정으로

우리의 처지와 요구를 알리면서 이기적이고 배타적인 당신들을 일깨우려 애를 써 왔다. 하지만 당신들은, 그것이 딱히 당사국이라는 당신들 중의 누가 아니라고 고집하더라도, 인면수심 같이 난데없는 포격으로 난민들을 무참히 짓밟았다. 이제 우리는 더 이상의 협상이나 노력은 무의미하다고 결론을 내렸다. 싸우겠다. 하지만 당신들처럼 무자비하게 한꺼번에 처단하지는 않기로 했다. 자비를 베풀겠다. 지금부터 매일 2명의 인질을 처단할 것이다. 당신들은 당신들로 야기된 이 모든 인명 살상의 책임을 신의 이름으로 처벌받아야 할 것이다."

리더가 말을 끝내고 박 감독에게로 다가갔다.

"아직 늦지 않았다. 대신 죽겠다는 마음 변치 않았는가? 나는 당신을 죽이고 싶지 않다."

"나의 결심은 변치 않는다. 어서 나를 죽이고 대신에 저들을 살려 줘라."

"나도 네 말대로 저들을 살려 주고 싶다. 하지만 당신들 정부가 저들을 포기했는데 내가 뭣 때문에 그들을 위해야 하는가?"

"포기한 것이 아니잖은가? 포격은 그들이 한 것이 아니라고 하잖는가? 그리고 너희들이 원하는 돈도 안주겠다는 것이 아니라 5,000만 불을 먼저 보내고 나머진 인질들과 맞교환하자고 하지 않는가?"

"닥쳐라. 그게 다 우리를 잡으려는 네놈들의 미끼이고 계략인 걸 누가 모를 줄 아느냐?"

박 감독이 답답한 듯 한숨을 크게 내쉬고는 고개 돌려 잠시 먼 하늘을 바라보다가 말을 했다.

"어떤 말을 더 해봐야 무슨 소용이겠는가? 아무 것도 믿거나 수용하려 하지 않는데…. 날 빨리 죽여라. 하지만 제발 오늘은 나만 죽이는 것으로 끝내라. 내일이라도 당신들 요구가 다 들어질 수도 있으니 한 생명이라도 구제해 주기 바란다."

박 감독의 말이 끝나자 리더가 차고 있던 권총을 꺼내 박 감독 왼 가슴을 정확히 겨눠 쏴 버렸다. 푸석 짚단처럼 쓰러지는 박 감독의 엎어진 몸 아래로 붉은 피가 새어나와 흘러 내렸다. 인질범 리더가 고개를 저으며 돌아서다가 어떻게 할까 묻는 양 총으로 나머지 인질을 가리키는 납치범들에게 괴로운 표정을 지으며 그만 두라는 손짓을 보냈다.

요란하게 TV 화면과 SNS 화면에 반복되며 방영되는 박 감독 살해 장면을 두고 SNS 상에 비난 댓글들이 거세게 쏟아졌다. 납치범에 대한 분노가 많지만 그 보다는 각국 정부에 대한 원망이 훨씬 많았다. 대부분이 당장 돈을 보내고 인질을 구하라는 압박이었다.

당사국과는 무관하다는 성명에도 불구하고 포격을 가한 것에 대한 물밀 듯이 몰아치는 성토 댓글들 또한 만만치가 않았고 빗발치는 박 감독에 대한 추모가 세계인들의 눈과 마음을 적시고 있었다.

이제는 상설기구처럼 되어 버린 구출 연합의 화상회의에 한국, 캐나다, 호주, 미국 등 이번 사건의 피해 당사국들이 연결되어 있었다.

"세계인들의 여론이 납치범들을 오히려 옹호하고 있습니다. 저렇게 SNS를 뜨겁게 달구고 있으니 자칫 실제 시위로 이어질까 두렵습니다."

"SNS 여론이 무서워서가 아니라 인도적 차원에서 그들의 요구가 아주 부당한 것만은 아니고 무엇보다도 인질들의 생명이 풍전등화이잖습니까?"

"우리도 막무가내로 무시하고 쳐부수자는 것이 아닙니다. 요구를 들어줘야하지 않겠나 생각을 합니다만 자칫 차후에 모방 범죄가 또 일어나지 않을까 염려가 되는 것이지요."

캐나다와 중국이 깊은 한숨을 들이켰다가 내뱉다가 하며 걱정을 하고 있었지만 듣고 있는 다른 국가들도 염려뿐 다른 방도가 없는 건 마찬가지라 속을 태우고 있었다.

"그렇다고 계속 이렇게 입씨름만 하고 있을 수만은 없는 것 아닙니까? 벌써 정말 아까운 두 생명이 희생되었고 내일 아침이면 또 2명을 더 살해하겠다고 하는데…."

"정말 솔직한 마음은 당장 요절을 내고 싶지만 인질들이

벼랑 끝에 세워져 있는 것만 알뿐 그들의 본거지나 정체는 완전한 안개 속이니 속수무책일 수밖에요."

"우선은 그들 요구를 들어 주어 인질을 구해야 합니다. 요구 금액이나 좀 깎아 달라 해보지요."

중국이 그 나라다운 제안을 하자 미국이 실소를 하며 말을 막고 나섰다.

"허헛 참, 금액이 크고 적은 게 문제가 아니잖아요, 지금 SNS를 한 번 살펴보세요. 난리가 아니에요. 경제대국을 자처하는 중국에서 무슨 그런 말씀을 하세요? 최다 인구국이라 십 몇 명 인명은 중요치 않다는 건가요?"

"부자가 더 돈을 아끼는 법이에요. 한 방울이 모여서 바다가 되고 한 명이 모여서 13억이 되는 것이지요. 어느 돈이 중하지 않고 어느 한 생명이 귀하지 않겠습니까?"

중국이 발끈하여 미국을 나무랐지만 그 날도 각국이 낼 금액은 조정되지 못했고 이를 접한 네티즌들만 벌떼 같이 들고 일어나게 만드는 기화가 되게 했다.

한 SNS에서 시작된 인질석방금 모금운동은 난민들에게 새 터전을 마련해 주자는 의견과 합쳐지면서 범세계적인 모금운동으로 확산되기 시작했고 각 나라의 중요 방송국들은, '인질 희생을 막고 난민들에게 새 터전을'이라는 자막을 캐치프레이즈처럼 내세우며 모금을 호소하고 있었다. 놀랍게도 채 사흘이 지나지 않은 순식간에 모금액은 천만 단위를 넘어서고 있었다. 모금이 시작되고 나흘째, XYZ 인터넷 방송에서는 인질구조에 관해 긴급 속보를 내 보내고 있었다.

"자칭 세계 난민 자구대에 피랍된 인질들을 구조하고 난민들에게 생활 터전을 마련해 주자는 전 세계인들의 성금 모금액이 이틀 사이에 8천만 불이 넘어선 가운데 금일 오전 당사국들은 긴급회의 끝에 그들의 요구를 전면 수용하기로 합의했습니다."

다음 날 오후, XYZ 인터넷 방송사에서는 박종봉 기자가 작금의 납치극으로 분주한 직원들 사이를 비집듯이 지나며 부장실을 향해 급한 걸음을 옮기고 있었다. 그의 손에 노트북이 켜진 상태로 들려 있었다. 부장실로 들어서는 박 기자를 맞으며 부장, 과장 함께 노트북으로 눈을 모았다. 인질범 리더의 회신 영상이었다.

"당신들의 우리 요구 수용에 감사한다. 돈을 스위스 은행 계좌 SA089-2736로 예금주를 XYZ 인터넷 방송의 박종봉으로 하여 입금시켜라. 우리가 그 금액을 완전 인출한 일주일 후에 인질들은 안전하게 석방할 것이다. 마지막으로 이 일에 있어 차후 우리 안전을 보장하고 어떠한 추적이나 문책을 하지 않겠다는 당신들의 약속을 전 세계 방송과 신문에 밝히기 바란다."

결국 인질 구출 연합은 그들의 요구를 수용하는 수밖에

없었고 이왕지사 미디어를 통해 알려야 한다면 하루라도 빨리 하자며 당일로 세계 중요 방송과 신문들에 난민 자구대의 안전을 보장한다는 보도 광고를 실었다.

특이한 것은 당사국 모두 납치범들의 꼬리조차도 잡아내지 못한 채 굴복하여 엄청난 몸값을 치르고 그것도 차후에 어떠한 제재나 문책을 하지 않고 안전을 보장하겠다는 광고까지 내는 것이라 여론의 비난이 빗발칠 것이라 생각했던 것과는 전혀 딴판의 반응이었다.

즉각 단안을 내리고 보도 광고를 내어 인질들의 안전을 도모코자 한 것을 환영하는 것이었다. 구출 연합으로서는 이 기막힌 여론의 반응에 실소를 금할 수 없었지만 SNS가 보편화 되면서 형성되고 있는 새로운 여론 조성 형태를 또 한번 실감하지 않을 수가 없었다.

특이한 것은 그것뿐만이 아니었다. 난민 자구대가 크나큰 금액을 갖고 새로운 터전을 찾는다는 기사를 접한 티지 공화국 국영 방송에서 자기들이 정착지를 제공하고 절대 안전을 보장하겠다는 의사를 밝히는 보도를 했고 미 NY 타임즈와 한국 중요 신문에는 받은 인질대금이 완전하게 추적을 피할 수 있게 돈 세탁 서비스를 하겠다는 광고가 게재되기도 하였다.

기자 심리

 오후 퇴근 무렵이었지만 XYZ 인터넷 방송사 해외부에는 근래의 인질극 관계로 여태 대부분의 직원들이 주춤거리며 부장실을 힐끔거리고 있었다.
 박찬영이 성큼 박종봉 자리로 오더니 느닷없이 함께 나가자고 했다. 그의 표정이 자못 심각한 것을 보고는 박종봉이 놀란 눈으로 주섬주섬 따라나서며 물었다.
 "왜? 무슨 일이야?"
 "어디 가서 나하고 얘기 좀 해."
 앞장 서 가는 박찬영이 낮지만 단호하게 답했다. 이상한 낌새를 느낀 박종봉이 고개를 갸웃했지만 특유의 느물거림으로 분위기를 바꾸려 들었다.
 "알았어. 괜히 폼 안 잡아도 한 잔 살 테니 너무 심각한 척 하지 마."
 박찬영은 여전히 표정이 굳은 채 대꾸가 없었다.
 선술집으로 가자다가, 박찬영에게서 뭔가 심상찮은 분위기를 느낀 박종봉은 그가 이끄는 대로 근처 칵테일 바로 갔다. 박찬영은 몇 잔을 거푸 들면서까지 말을 꺼내지 않았다.

"왜 나만 따돌리는 거야?"

한참 만에 박찬영이 노골적인 서운함을 띠며 물었다. 놀란 박종봉의 표정이 굳어지며 빤히 박찬영을 바라보다가 손사래를 치며 웃음을 터뜨렸다.

"무슨 말도 안 되는 소리를 하고 있는 거야? 여기가 무슨 어린애들이 다니는 학교야? 따돌리기는 누가 누굴 따돌렸다는 거야? 쓸데없는 말 하지 마."

"나 장난 아니야. 정말 나만 빼 돌리는 이유를 듣고 싶다는 말이야."

"그런 게 뭐가 있겠어? 그냥 부장님이 자네 다른 일이 많다고 해서 신경 덜 쓰게 한 것이지."

"야, 박 기자. 나의 레이더에는 자네가 날 뺀찌 놓은 걸로 잡히던데. 너 왜 날 물 먹이려는 거야? 너 나하고 무슨 원수졌냐?"

박찬영이 버럭 소리를 높였다.

"원수는 무슨? 자네하고 나 사이에…."

그렇잖아도 부서 내에서 가장 단짝이라 자타가 인정하는 두 사람인데 이번 일을 그에게는 쉬쉬하게 된 것이 그간 여간 찜찜하고 미안한 게 아니라 여기고 있던 박종봉이라 제물에 위축되어 숙어들었다.

"그럼 뭐야? 왜 나에게 딴죽을 거는 건데? 바른대로 불어. 니 말대로 나하고 등질 일 없으려면 다 털어 내야 할 거야."

 승기라도 잡은 듯 기를 세우는 박찬영과는 달리 박종봉은 아무 말도 못하고 눈치를 살피며 술잔만 거푸 비웠다. 이를 바라보는 박찬영 속이 타들어 미칠 것만 같아 끝내 참지 못하고 또 입을 열었다.

 "아 됐어, 그만 둬. 니가 이리 곤란해 하는 모습 첨 봐. 그렇게나 어려우면 얘기 안 해도 돼. 하지만 내게 한 가지만은 분명히 말해 줘야겠어. 니가 의도적으로 날 물 먹인 것은 아니지?"

 "그럼, 그럼. 부장님 지시가 있어서 지금은 말을 해 주지 못 하지만 내 곧 자네한테 전부 얘길 해줄게. 결코 박 기자를 일부러 따돌린 게 아니야, 날 믿어 줘.

 "야아, 그럼 뭐냐고? 곧 얘기할 걸 오늘은 왜 얘기 못 한다는 건데?"

 "미안해 오늘은 여기까지."

 박종봉이 미안함을 가리며 말을 맺는데 공교롭게도 '남자라는 이유로'란 노래가 흘러나오기 시작했다.

 - 묻어 두고 지낸 그 세월이 너무 너무 길었소. -

반전 · 1

뭣 때문인지 형사과장이 한참 전부터 잔뜩 찌푸린 얼굴을 한 채 책상 위 일일 계획표에 알 수 없는 낙서를 끌쩍거리고 있었다. 바깥에서 노크 소리가 계속 나고 있었지만 그는 듣지 못하는 같았다. 창을 통해 안을 들여다보며 노크를 하던 XYZ 인터넷 방송의 해외부 과장이 더 이상 참지 못하겠던지 그냥 문을 밀고 들어섰다. 인기척에 놀라 형사과장은 언뜻 정신을 차리고는 해외부 과장을 보며 무슨 일이냐는 표정을 지었다. 그의 눈에는 반갑잖음이 가득했다.

"제가 형사과장께 졌으니 술 사드리려고 왔지요."

"술을 사다니요? 왠 술? 졌다는 건 또 무슨 말인데요?"

"박 감독을 두고 내기 했잖아요? 인질범들이 절대 그를 죽이지 않을 거라고."

"아, 그거. 내기하자 했는데 과장님이 안하겠다고 했던 거 아니었나요?"

"그랬지요. 하지만 어쨌든 제가 졌으니 술을 사겠다니까요."

"지다니요? 뭘 졌다는 거예요? 박 감독이 죽었으니 졌다면 내가 진 거지요."

"아니, 아직 못 들으셨나 보네. 이렇게 어두워서야 한국 경찰의 정보력을 어디 믿을 수가 있겠습니까?"

"무슨 말을 하는 거요? 죽은 박 감독이 살아 돌아오기라도 했다는 말 같이 들리네."

"맞아요. 박 감독이 미국에서 인터폴에 자기 발로 찾아가서 자수를 했대요."

"자수라니? 그럼 그 모든 게 박 감독이 연루된 사건이었다는 말입니까?"

"어찌된 영문인지는 아직 모르겠어요. 자수를 했다니 어떤 식이든 혐의를 받는 것이라는 의혹을 가질 뿐…."

박 감독이 조사를 받고 있는 미국의 인터폴 조사실에서는 이상한 일이 벌어지고 있었다. 아무리 자수를 해왔다고는 하지만, 피의자인 박 감독은 여유롭고 느긋해 하고 있었고 박 감독을 심문하고 있는 두 명의 수사관이 오히려 안절부절 못하는 것이었다.

"모두가 짜여진 각본대로 영화를 찍은 것이었습니다."

박 감독이 태연하게 내뱉었다.

"도대체 무슨 말을 하는지 이해가 되지 않아요. 아니, 이해는 제쳐 두고, 어떻게 그렇게 엄청난 일을 감쪽같이 해낼 수 있었다는 말이오?"

수사관 A가 자제를 못하고 호기심 가득한 눈을 하고 물었다.

"그저 마케팅 비용이 없이 가난한 감독이 센세이셔널한 영화를 찍고 싶은 욕심이 좀 과했다 생각해 주십시오."

수사관은 기가 차는지 잠깐 말을 잇지 않고 박 감독을 뚫어지게 보았다.

"이미 온 세상을 다 떠들썩하게 했으니 영화는 성공하겠네. 어쨌든 어찌된 사연인지 자초지종 얘기나 들어 봅시다."

3개월 전, 밤이 제법 이슥한 시간인데 LA의 한 커피숍에는 중동 귀족 전통 복장의 라왈(UCLA의 영화학 클래스 학생)과 박 감독이 마주하고 있었다. 둘의 표정이 제법 심각해 보였다.

"한두 명도 아니고 20명이나 되는 임시여권을 어떻게 만들어요?"

"그러니까 라왈 왕자님의 도움이 좀 필요하다는 말이야. 자네도 이런 필름 만들어 보고 싶다고 했잖아?"

"만들어 보고 싶다고 했지, 불법을 자행하겠다고는 안 했잖아요? 그래, 언제까지 필요하신대요?"

라왈은 투덜거렸지만 이내 박 감독의 부탁을 받아들였다.

창밖으로 멀리 사막이 보이게 세팅된 저택의 뒷마당에 영화 촬영 장비들 주변에 피랍자들과 자구대 인질범들 모여 있다가 인질 처형하는 장면 촬영이 끝났는지 감독의 ' '

소리와 함께 다들 박수를 치며 환호성을 질렀다.

"오랜 시간 고생하셨습니다. 이제 납치극에 필요한 장면들은 모두 촬영이 끝났습니다. 감사합니다."

박 감독이 촬영 종료를 알리며 스텝 진과 배우들에게 인사를 했다. 스텝 몇 명이 나무벽 여기저기에 묶여진 매듭을 풀자 커다란 커튼이 흘러 젖혀졌다. 천에 사막 배경을 그려 넣은 배경 막이었다. 배경은 사막이나 치장 없는 단순 실내 벽면이 대부분이어서 그려내기가 그리 어렵지 않았던 것도 있었지만 연기자나 다른 스텝들이 조금도 이상하다는 느낌을 받지 않을 만큼 실제같이 잘 그려져 있었다. 다른 스텝과 배우들이 배경 막에는 관심 없이 서로 악수하고 수고 인사 나누며 격려를 했다.

"하지만 말씀 드렸듯이 아직 전체 영상을 다 완료한 것은 아니라 조금 더 수고해 주시기 바랍니다. 각자에게 지급된 임시 여권으로 여기를 속히 빠져 나가야 합니다. 각자의 나라로 돌아가는 게 아니라 사우디, 중국, 그리고 남미 등 제 3국으로 가서서 자유롭게 여행을 하시다가 3월 7일 이후 귀국하기 바랍니다. 이제부터는 카메라가 알게 모르게 몰래 카메라처럼 각자의 역할을 촬영할 것입니다."

"임시 여권이라 잡히는 거 아니야? 허기야, 잡혀도 범의가 없이 영화 촬영하는 것이니 금방 해결되겠지만, 나는 스님이라 들통 나면 창피하잖아?"

격랑(激浪)의 역도(逆徒)들   255

해탈 스님이 걱정스레 입을 열며 모두를 둘러보다가 생각 속으로 빠져들었다.

"나 범법자 아니야. 스님이야, 중이라고!"

버둥거리며 멕시코 공항 경찰에 끌려가면서 쪽 팔려서 난감해진 표정으로 울듯이 해탈 스님이 어필해 보지만 경찰은 무표정하게 스님을 끌어낸다.

"아직 제대로 우리 촬영에 대해서는 꿈도 못 꾸고 있을 테니 아무 염려 마세요. 하지만 이 목사님은 특히 조심하셔야 해요. 죽은 사람인데 매스컴에 얼굴이 너무 많이 나와서 알아볼 수도 있을 테니 말입니다."

박 감독이 주의를 환기시켰지만 그 말에는 아랑곳없이 모두들 이미 마음이 들떠 '야, 스릴 있겠는데', '걸리지야 않겠지?', '그곳에서 6일 동안 뭐하지?' 하는 등 묻고 답하며 각자 짐 챙기기에 바빴다.

멤버들은 중국이나 남미 등 멀리 가는 공항을 이용하는 팀과 사막 도로를 통해 이웃 나라로 가는 두 팀으로 나눠졌고 다시 여러 시간대로 갈라져서 빠져 나갔다. 배경을 그리거나 CG로 출력을 해내던 BG팀은 3대의 SUV에 나눠져서 사막을 가로 질러 달리다가 서로 다른 방향으로 흩어져 갔다. 박 감독, 스테파니, 마리오테 신부와 해탈 스님은 라왈이 보내준 의전 요원들의 호위를 받으며 사우디 입국장을 나왔고 의사 박준홍, 학생 에슐리, 그리고 스튜어트 박사는 모두 여권 사진 모습으로 변장을 하여 본 모습이 거의 없이 유유히 이라크 출국심사대를 빠져 나와 남미 행 게이트로 향했다.

시리아 공항의 각각 다른 게이트에서 분주히 걸음을 옮기는 이인영 목사와 학생 블레이크는 변장이 아주 잘된 탓에 마치 비즈니스맨 같아 보였다.

입국 심사대에서 블레이크가 심사관에게 여권을 내밀자 심사관이 여권과 블레이크 얼굴을 몇 번이나 번갈아 봤다. 블레이크의 표정이 굳어지는데 심사관이 시리아 말로 옆의 심사관에게 뭐라고 했다. 동시에 빤히 블레이크를 바라보는 두 심사관에 블레이크는 거의 실신 표정이 되는데 심사관이 여권을 돌려주었다.

"저 친구 동생이랑 너무 비슷하게 생겨서요. 좋은 여행 되세요."

등줄기에 흥건히 땀이 배이고 다리가 풀려 걷기가 힘들었지만 블레이크는 숨을 참으며 입국장을 빠져 나왔다.

"짜아식들, 그런 거라면 좀 웃으면서 얘기하면 안 되나? 표정 하나 안 바꾸는 바람에 생 식겁했네."

또 한 달 반쯤 전에는 박 감독이 다시 사우디 왕자 궁으로 라왈 왕자를 만나러 갔다.

"그리고 내가 일러준 장소로 건장한 남성 6~7명을 보내주면 된다는 말이네."

"이건 뭐 내가 조감독도 아닌데 중요한 건 다 내가 하는 것 같은데요?"

젊은 라왈 왕자가 장난끼 어린 눈으로 불평스레 말했다.

"세계가 놀라게 될 영화 제작에 자네를 참여케 해주는 것만으로 영광이고 내게 감사해야 할 일이지."

"정말 사기극을 꾸며서 그것을 영화로 찍겠다고요? 그거 범죄잖아요?"

"표면적으로야 촬영이 끝날 때까지는 범죄지, 그것도 아주 큰. 하지만 결코 인명을 다치거나 해치게 하지 않는 그리고 종국에는 범죄가 되지 않게 되는 시나리오지."

"내용을 비밀에 붙이고 있으니 이해가 잘 되지 않지만 인명을 상하게 하지 않는 것이라면 기꺼이 돕겠습니다."

"돕는 뿐만 아니라 끝날 때까지 비밀에 붙여야 해."

"염려 마세요. 전 남의 일에 그렇게 관심을 두지 않아요."

"완전히 남의 일만은 아닐 텐데…."

"인력 몇 명 돕는 것이 내가 인볼브 된 것이라고는 생각 안 해요, 난."

"인력뿐만이 아니잖아? 여권도 만들어…."

"허엇! 여권은 무슨. 그건 내가 하는 것이지만 나는 모르는 일이에요."

라왈 왕자가 급히 박 감독 입을 막았다.

중동 로케이션 한 달 전, 레드 카펫 사무실에서는 박 감독이 비서 헬렌에게 이번 로케 동안 그녀가 해야 할 일을 다시금 열심히 확인 설명하고 있었다.

"이 중고 컴퓨터는 내가 스왑 마켓에서 구입한 건데 촬영 팀과의 모든 교신은 이걸로 할 거예요."

"금방 IP를 추적당할 텐데…."

헬렌이 혼잣말처럼 걱정을 했다.

"그러니까 디가우징(degaussing)과 봇을 반복하라는 거잖아요. 이거 구입해서 이미 IP를 해외 걸로 바꿔놓은 상태지만 어떤 메일이든 받고서 바로 디가우징하고 다른 IP로 봇팅 해야 해요."

"보내는 건 감독님 집으로 원격 시스템을 이용하여 로밍으로 보내면 되는 거죠?"

"맞아요. 그래야 실시간으로의 추적을 피할 수 있어요. 그리고 바로 새 IP로 봇팅하고요."

"봇팅에 쓸 IP 주소 리스트는요?"

"아 참, 잊을 뻔 했네. 여기에 있어요. 여기저기 해외 여러 나라의 것이라 추적이 결코 만만치 않을 거예요."

"촬영 없으면 매일 같이 게임을 붙잡고 살다시피 하더니써 먹을 때도 있네요."

"내가 괜스레 온라인 게임에 빠져 있는 게 아니었다니까요."

박 감독이 거들먹거리듯 말했다.

격랑(激浪)의 역도(逆徒)들　259

"그래도 조심하세요. 봇팅이 게임제작 연구실 바깥에서는 불법인 거 아시잖아요?"

"영화계에 새로운 바람을 일으키려는데 그 정도는 각오해야겠죠? 하지만 명심해야 해요. 우리 두 사람이 추적을 잘 피해 다니는 것이 이번 영화 승패를 결정하는 것이라는 것을."

"알았어요. 그리고 SNS 댓글 부대로 여론 몰이를 잘해야 하는 것도 잘 알겠고요."

그로부터 며칠 뒤 인천공항의 차이나 항공 스케줄이 보이는 게이트 앞 대합실 한 쪽에 박종봉 기자가 띄었다. 그는 잡지를 보고 있었다. 하지만 눈이 잡지보다는 막 게이트를 나오는 승객들에 쏠려 있다. 잠시 후, 박 감독이 간단한 캐리어를 끌며 나왔다. 박종봉이 일어서서 천천히 그에게로 다가가며 손을 흔들어 보였다.

"박종봉, 정말 안 변했네. 몰라볼까 걱정했는데… 반갑다."

다가 온 박 감독이 박종봉을 껴안으며 밝게 인사를 했다.

"야아, 이게 얼마만이야? 자네도 안 변했구먼 뭘."

박종봉 역시 반갑게 박 감독 어깨를 감싸 두드리며 인사했다.

"아니냐, 난 살이 많이 올랐잖아? 이 뱃살을 좀 보라고…."

"메일로 얘기해 줘서 대략은 알겠는데 정말 자네 말대로만 하면 방송 특종 하나는 건질 수 있는 거야?"

박 감독이 제 뱃살을 잡아 보이는 것을 힐끔거려 보면서 박종봉이 업무 얘기를 꺼냈다.

"특종뿐만이 아니지. 함부로 장담할 건 아니지만, 자네 잘하면 올해의 방송기자 상도 기대할 수 있을 걸. 하지만 우선은 범죄를 저지르는 것이라 자칫 감방을 갈 위험도 있어."

"하지만 정말 범죄를 저질러서 범죄로 끝내려는 건 아니잖아?"

"당연하지. 그저 영화다운 작품을 기필코 만들고야 말겠다는 한 엉뚱한 영화감독의 몸부림을 도와 자네도 기자 상을 한번 노려보라는 것이야."

"그런데 나중에 입금될 계좌를 자네 명의로 하지 않고 왜 내 이름으로 하겠다는 거야?"

"내가 마음 바뀌어서 정말 돈을 빼내 도망갈 것 같은 의심은 안 들어? 돈 앞에는 성인군자도 마음이 흔들린다잖아? 만약 바뀌어도 나 혼자 들고튀지 못하게 잠금장치 한다는 의미로 해석해."

"아서라. 괜스레 순진한 마음에 불 지피려 들지 마셔."

격랑(激浪)의 역도(逆徒)들

반전 · 2

세계를 들썩이게 하며 몇 주 동안 숨이 막힐 정도로 긴급하게 몰아치던 인질 납치 사건이 한 영화감독이 만든 해프닝으로 끝나는가 싶던 어느 날 퇴근 무렵, XYZ 인터넷 방송사의 박찬영이 박종봉과 한 카페에 앉았다. 제법 고급 진 곳인 듯 인테리어가 품격이 있어 보였다. 무슨 얘기 끝이었는지 박종봉이 갑자기 손사래를 치며 크게 웃었다.

"갑자기 무슨 뚱딴지같은 소리야? 장난치지 말고 잔이나 들어."

"나 장난 아니야. 정말 한 번 해보자는 거야. 2억불이라는 어마어마한 돈을 몽땅 난민 자구댄가 뭔가 하는 테러범들이 가져가는데 그냥 보고만 있어야 하겠어?"

"그냥 안 있으면? 돈을 가로채기라도 하자는 거야?"

"못 할 거 없잖아? 돈은 자네 이름으로 된 스위스 계좌에 들어있고 방송, 신문을 통해 어떤 후환도 만들지 않겠다는 각 정부들의 천명도 있었어. 가서 찾으면 그뿐이야."

"인질들은 어떡하고? 돈이 없어진 걸 알면 인질들을 가만두지 않을 텐데?"

"희생이 따르지 않는 소득은 없는 거야."

"말 안 된다는 거 자네도 알지? 인질들을 희생시키고 내가 돈을 가진다? 그러면 내가 납치범이 되는 거잖아!! 그만 입 다물어."

"잘 생각해 봐. 적잖은 돈이야. 자손 대대로 먹고 살고도 남을 돈이란 말이지."

박종봉은 못 들은 척 술잔을 기울이는데 적잖이 당황한 모습이 역력해지며 숨을 크게 들이마셨다 내뿜었다.

박찬영을 뿌리치듯 보내고는 어떻게 차를 몰아 집으로 온 것인지 박종봉은 생각이 나지 않았다. 아니, 생각을 할 수가 없는 것인지도 몰랐다. 그는 아파트 앞 놀이터 그네에 앉아 두려움에 빠져 있었다.

"혹시 내 계획을 눈치 챈 건 아닐까? 아니야, 그럴 리가 없어. 나 혼자 생각해 오고 있는 것으로 마누라한테도 얘기 안했는데 박 기자가 어떻게 알겠어? 그냥 자기 생각일 뿐이겠지."

박종봉은 세차게 머리를 흔들며 불안을 떨쳐내듯 벌떡 그네에서 일어서다가 다시 주저앉았다.

"못 이기는 척 하고 같이 하자고 할까? 나 혼자서는 솔직히 벅찰 거란 말이야. 아냐, 아무도 모르게 해야 해. 누구라도 내 계획을 알아서는 안 돼. 입이 많으면 말이 퍼지기 마련이란 말이지….”

"집엔 안 들어오고 혼자서 뭘 그리 중얼거리고 있어요?"

아내가 불쑥 뒤에서 감싸 안으며 박종봉의 생각을 흩뜨렸다.

"깜짝이야. 놀랐잖아, 기척도 없이."

"놀라기는 당신 뭐 나한테 죄진 거 있수?"

남편이 놀라며 자신을 밀어내듯 빠져나가며 소릴 지르자 미영이 섭섭하여 힐난하듯 물었다.

"죄는 뭘? 놀라서 그런 거지. 당신 어떻게 나 여기 있는 거 알았어?"

"당신이야 언제나 내 손바닥 안에 있는데 뭘."

미영이 언제 섭섭했냐는 듯 웃으며 아파트를 가리켰다.

"올 때 됐다 싶어서 베란다에서 내다보는데 당신이 여기 앉아 있는 걸 봤어요. 정말 뭔 일이 있는 거예요?"

"없어, 아무 일도. 걱정 마세요. 나 이리 보여도 사지에서 탈출해 온 사람이야."

"그래요. 나 걱정 안 해요. 그런데 불안하기는 해요."

"불안해하지도 말고. 그만 들어갑시다, 모두 다 잘 해결됐는데 뭘."

박종봉이 미안한 눈길로 아내 어깨를 감싸며 아파트로 향하다가 던지듯 한 마디를 했다.

"며칠 뒤에 해외 출장 있을 것 같아."

세상을 험한 소용돌이 속으로 몰아갔던 납치극이 박승우의 영화를 찍는 자작극이었다며 자진하여 경찰에 출두하여 자수했다는 소식을 접하는 김판개 검사는 가슴에 묘한 희열이 끓어오르는 느낌이 들었고 그를 향한 박수를 보냈다.
　"범죄를 저지르고도 죄가 안 되게 빠져나갈 구멍을 준비해 둔다는 것은 아무나 섣불리 못 하지. 승우가 영화감독이 됐다고 할 때부터 이런 사단 하나쯤은 저지를 것 같더니만…. 그 친구 아주 멋진 영화를 만들었어."
　김 검사는 마치 제가 한 일인 양 뿌듯해지는 것이었다.
　며칠이 지나 이번에는 박찬영이 해외부 과장과 형사과장이 만나는 자리에 함께 하고 있었다. 꽤나 마신 것인지 모두 얼굴이 제법 불콰하지만 표정은 썩 밝아 보이지가 않았다.
　"그러게 내가 그 박 감독과 박종봉이 수상하다고 첨부터 몇 번이나 말했잖아요? 과장님이 한 번이라도 제대로 들어줬으면 오늘 이 같은 패배감에 빠져들진 않았을 거 아녜요?"
　"그만 하시지요. 나도 패배잔 건 마찬가지니. 통 씹고 기분 좋은 놈 없으니 조심하시라고요"
　"왜 나는 또 빼는데요? 박종봉이 일마 처음에 내가 필요할 때는 내게 메일을 보내서 마구 써먹더니 지가 탈출이라는 이름으로, 완전 사기극이었지만, 어쨌든 돌아오고서부터는 어떤 회의에도 날 참가시키지 않고 뺀찌를 놨잖아요. 내가 그래도 지 직계 선뱀데 지는 잘 나가는 기자 양반이니 이 선배 좀 밀어주면 어디가 덧나요? 좀 끼워주면 어때서. 그랬으면 작은 실적이라도 하나 건질 수 있었을 거 아니냐고요?"

해외과장이, 형사과장의 핀잔하듯 쏟는 불평을 따갑게 쏘아붙이자 박찬영이 질세라 술주정 같이 불만을 토로했다.

"그 말, 나 들으라고 하는 것 같다. 나도 부장 있고 국장 계시는데 어쩌느냐? 참석시키라는 넘만 데려갈 수밖에…."

박찬영이 웅얼거리는 것은 박종봉에 대한 불만인데 과장이 속이 찔렸던지 변명을 늘어놓았다.

"그거 말고도 더 있어요. 사실 장난삼아 스위스 돈을 함께 빼내 쓰자고 해 봤는데 일언지하에 안 된다는 거였어요. 말이라도 그래보자 할 수도 있었을 텐데 말입니다."

박찬영은 하지 않아야 할 말까지 내뱉고 있었다.

"그건 아니다. 그건 진짜 범죄인데. 그렇게 안 하겠다고 말한 박 기자에게 감사할 일이지. 섭섭해 할 일은 아니지."

"맞아요, 박 기자. 그건 오히려 잘 된 거네요. 자칫 이번 사기극에 말려들었을 수도 있었는데, 박종봉 기자처럼."

"그깟 빨간 줄 하나도 겁 안 나요. 집행유예로 풀려날 게 뻔한 걸 뭘요. 벌 받더라도 특종은 하나 건졌을 거 아녜요?"

"이거, 박 감독인가 뭔가 하는 넘 하고 박종봉이가 우리 박찬영이 다 망쳐 놨네, 다 망쳤어."

두 과장 모두 박찬영을 걱정하고 있었지만 아쉬움이 배여 있었고 박찬영은 아예 노골적인 미련을 드러내 보이는 것이었다.

"그보다도, 박 감독은 어떻게 살아난 거래요? 분명히 그 인질범이 총으로 쏴서 죽였는데? 피도 많이 흘렸고…."

"아저씨, 형사과장 아저씨, 그 과장 타이틀 벗어서 나 주슈. 아니 형사과장이나 되시면서 그걸 어떻게 모른답니까? 어리석은 루저인 이 박찬영이도 아는데? 영화 찍은 서라 하잖아요? 연기한 거라잖아요? 연기."

박찬영이 형사과장의 말을 혀가 꼬인 채 비아냥거리자 해외과장이 헤헤 거리며 잔을 든 손으로 형사과장 앞으로 X자를 그었다.

"뭐야? 그럼 혹시 사건 발생 아니, 거 뭣이냐? 으응 그래, 촬영인가 뭔가를 했다는 곳이 시리아나 이라크가 아닌 다른 장소는 아니었대? 미국이나 그런?"

졸지에 무안을 당한 꼴이 되어버린 형사과장이 말꼬리를 돌렸다.

"야아, 형사과장님이라 다르네. 우린 그 사실을 듣기 전까지는 꿈에도 생각 못했는데 다른 실마리를 듣자마자 바로 추리해 내네. 역시 우리 형사과장님 짱이십니다."

무안해 하는 것이 보이는 형사과장을 향해 XYZ 인터넷 방송사 해외과장이 엄지를 세우자 박 기자가 들던 술잔을 급히 내리며 엉겁결에 따라 했다.

"내가 아닙니다. 저는 몰랐고요, 과학 수사대에 있는 친

격랑(激浪)의 역도(逆徒)들

구가 한참도 더 전에 이미 미국이 거점일 수도 있다고 했어요. 야아, 그 친구 정말 일등 수사관이네."

"거점이 미국은 아니고요. 우리에게 사건을 알려오기 전에 시리안가 어디에서 납치극 촬영을 다 끝내고 이미 다 다른 나라로 출국했었대요."

"그때 체크를 해 봤는데 여태 이라크에서 출국한 기록이 안 나오던데?"

"위장 여권을 사용했대나 봐요."

"그건 진짜 범죄데?"

그 시간 지구 반대쪽 스위스 은행에 박종봉이 나타났다. 박종봉이 두리번거리며 은행 문을 들어와서 텔러에게 무언가 말하자 텔러가 뒷자리의 다른 행원과 함께 박종봉을 안으로 안내했다.

그들이 도착한 곳은 특수 금고실이었다. 은행원과 박종봉이 각자의 열쇠를 함께 넣어 금고 보관품을 꺼냈다. 그러고는 박종봉은 은행장실로 들어갔다.

잠시 후 박종봉이 굳은 표정으로 은행장실에서 나오는데 로비 다른 쪽 떨어진 곳에서 인터폴이 지켜보고 있었다.

이틀 뒤, 인터폴 조사실에서는 박 감독이 계속 조사를 받고 있었다.

"그렇게 이 사건 모두가 사실은 영화를 찍은 것이라면, 그냥 입 다문 채 돈을 찾아 숨어 버려도 됐을 텐데, 왜 자수를 한 거죠?"

"저나 우리 팀이 절대 범죄자들이 아니니까요. 죄를 지어서는 안 되잖아요?"

"엉터리 수작 부리지 말아요. 완전 사기를 치려고 철두철미하게 준비하고 진행시켰던 것이 박종봉이 돈을 찾아가려고 몰래 스위스에 갔다가 꼬리가 밟혔고 그래서 어쩔 수 없이 연극한 것처럼 둘러대고 있는 거잖아요?"

"무슨 말도 안 되는 얘깁니까? 돈을 찾으러 가다니요? 특수금고에 보관시켰던 우리의 각서 찾으러 갔던 거예요."

조사관이 호통을 쳤지만 박 감독은 조금도 당황하지 않고 느긋하게 답했다

"각서라니? 무슨 각서요?"

"이번 일이 사기극이 아니라 우리가 영화를 찍고 있다는 것과 돈은 각 정부에서 입금시키는 동시에 스위스 은행에서 3월 21일 지불 날짜로 역 송금을 하게끔 약정을 맺은, 그리고 절대 사기나 탈취 행각을 저지르지 않겠다는 그런 각서요."

"그런 각서는 왜 만들었는데요?"

"우리가 우리의 마음을 믿지 못한 것이죠. 영화라고 했지만 실상 돈 앞에서 욕심이 생길 수도 있겠다 싶어 미리 저희들을 그 유혹에서 방어시킨 거였어요."

의아해하던 조사관의 눈빛이 놀람과 경외의 그것으로 바

튀어 반짝이기까지 했다.

그 전날 은행장실로 들어갔던 박종봉은 차를 마시며 은행장이 자기 금고에서 꺼내온 서류와 박기자가 특수 보관함에서 꺼낸 서류를 대조하고 있었다. 리갈 용지 여러 장에 걸쳐 만들어진 각서는 온통 복잡한 영어로 되어 있었다.

"예, 제가 보관하고 있는 각서와 완전 일치합니다. 여기 저희의 확인서를 드리겠으니 증빙서류로 쓰시기 바랍니다. 필요하면 저희가 증언하겠습니다."

"그러면 돈은…?"

박종봉이 자못 사무조로 그러나 더듬거려 물었다.

"아, 예. 각서에 쓴 약속대로 3월 21일자 지불 조건으로 이미 다 역 송금 완료했습니다."

은행장이 명쾌하게 답했다

"예에? 그러면 여기엔 한 푼도 없다는 말씀입니까?"

아쉬움을 숨기지 못한 채 박종봉의 언성이 높아졌다.

"그렇죠. 하지만 아직은 수신 날짜인 3월 21일까지는 수신 은행도 찾을 수가 없습니다."

은행장은 자기네들의 업무능력을 자랑이라도 하듯 조곤조곤 말했다. 박종봉의 아무렇지 않게 피곤한 듯 뒷목을 잡아 주무르는 손이 바르르 떨리는 것을 은행장이나 행원은 못 본 것 같았다.

완전한 복수

같은 날, 미국 특수 안보부 사무실에서 열린 한미 대책반 회의에서는 한국 외무부 요원과 미 특안부 직원이 만나고 있었지만 대책 마련보다는 전무후무한 기상천외한 해프닝에 골머리를 앓고 있었다.

"어찌 이런 맹랑한 일이 있을 수 있다는 말입니까? 삼류 영화감독 한 명이 세계를 들었다 놨다 하며 각 정부에게 물을 먹였어요."

한국 요원이 책임을 모면해 볼 요량으로 은근슬쩍 감독의 국적이 미국임을 강조하며 성토를 시작했다.

"그러게 말입니다. 한 개인 영화감독에게 농락을 당하여 창피하기 그지없어요."

미 특안부 직원이 덤덤하게 동조를 했다.

"지금 창피한 것을 거론할 때가 아니에요. 한 개인의 사기극에 우리 양국이 앞장서서 세계를 말려들게 종용한 꼴이 되고도 아무런 제재를 가하지 않겠다는 약속까지 발표했으니 이 노릇을 어찌한다는 말입니까?"

격량(激浪)의 역도(逆徒)들

사실 힘들고 마음 졸이는 것은 한국 측이 더 큰 부담이라 한국 요원은 마음이 급했다. 그의 머리에는 박 감독이 카메라를 보며 다급하게 '살려 달라' 애원하다가 '컷' 외치며 능글스레 웃는 장면이 떠나지 않았다.

"다른 관련국들이 눈치 채기 전에 하루속히 무슨 대책을 강구해야하지 않겠어요? 자칫하다가는 세계의 조롱꺼리가 될 것 같아요."

"하아 참, 당장에 아작을 내고 싶지만 발표한 것이 걸리고 벌집 쑤신 것처럼 떠들어 댈 SNS 여론도 걱정이 되고 정말 골 때리는데요. 어떤 벌이라도 줄려고 해도 그러려면 모든 일을 까발려야 하니 그럴 수도 없는 노릇이고 하앗, 참 내⋯."

한국 요원은 답답한 가슴을 쳤지만 방안이 나질 않았다.

"그냥 입을 다뭅시다. 아무 일도 없었던 양 각 나라로 돌려보내진 돈에 대해서는 우리 양국이 대신 낸 것으로 하고 박 감독과 그 패거리들에겐 아무런 제재를 주지 않는 대신에 입단속을 시키는 것으로 마무리 짓기로 하자고요."

"그렇게 하시자고요. 그 방법 말고는 다른 대안이 없는 것 같아요."

미 특안부 요원이 대국답게 화끈한 제안을 하자, 기다렸다는 듯 한국 요원이 이를 받아들였다.

"그래도 위조 여권으로 출입국한 것은 처벌할 수 있겠지요?"

"아 그거! 말도 마십시오. 관련국에 연락을 해 봤지만 그런 사실이 없다며 쉬쉬하더니 이제야 여기저기서 다시 붉어져 나오네요. 아마도 저들 그 나라론 다신 여행할 생각 말아야 할 것 같아요."

"천하의 대도 사기범들에게도 여행제한국이 있다! 참 재밌네, 그죠?"

그들은 작은 것이라도 뭔가 스스로를 자위할 수 있을 꺼리를 찾고 싶어 하는 것 같았다.

"그런데 다른 골치 아픈 게 있어요."

"또 뭔데요?"

미 특안부 요원이 짜증스레 물었다.

"텔레반이 돈 찾는 걸 노리고 있대요?"

"그게 왜요? 이미 돈은 역 송금 되었다면서요?"

"그렇죠. 돈은 문제가 안 되는데 사람이 문제인 거죠. 만약 그들이 돈을 노리는 텔레반에게 당하기라도, 텔레반 애들은 아직도 스위스은행에서 그 돈을 가지고 있다고 알 테니. 그래서 당하기라도 하면 모든 게 드러나게 될 거라서…."

"이건 또 무슨 개 같은, 죄송합니다. 표현이 좀 그렇지요? 이젠 우리가 저 사기꾼들의 신변 보호까지 해야 한다는 겁니까?"

"그렇게 약속하고 발표했으니까요."

"아니, 이건 뭐, 아예 홀라당 벗어주는 거랑 다름없잖습니까?"

"벗은 김에 몸까지 맡기는 거죠 뭐."

양국 대표들은 이젠 아예 모든 걸 내려놓은 듯 했다.

모든 게 꾸며낸 것으로 영화를 만들던 것이었다고 제 발로 경찰을 찾아가 자수를 하였지만 박 감독은 여전히 인터폴 조사실 신세였다. 얼토당토않은 일이 발생한 것이니 철두철미 조사를 해야 하는 것은 당연한 것이었고 시간이 필요한 것도 두말할 나위가 없는 것이었다. 하지만 아무 것도 진행할 수 있는 게 없었다. 그저 관계자들 끼리 모여, 이런 넌센스 같은 일이 새어나가지 않도록 쉬쉬 수습책을 모색하는 것이 전부일 뿐이었다. 그렇다고 박 감독에게 어떤 겁박이나 심한 문책을 하는 것도 없었다. 그저 책을 읽거나 조사실, 구금실을 오가며 자라난 수염을 쓸어 보는 게 박 감독 일과의 전부였다.

박 감독이 다시금 조사실로 불려간 것은 자수를 한지 닷새째 오후였다. 그러니까 한미 관계자들이 모임을 가진 다음날이었다. 박 감독이 10여 분을 혼자 앉아 있는데, 몇 번 조사를 받아 얼굴이 익은 조사관이 들어와 맞은편에 앉았다. 박 감독이, 수사관 표정이 전번보다는 밝고 여유로워 보인다고 생각하다가 '누가 누구를 관찰하고 있는 게야?'

실소를 했지만 수사관은 별로 개의치 않는 것 같았다.

"괜한 오해를 했나 봅니다. 모든 게 박 감독 말대로 란 것이 확인되었습니다. 가셔도 됩니다. 아무 의혹이나 혐의가 없습니다."

당연하게 그리 될 거라 예상한 결과였지만 너무 빠른 게 아닌가 생각하는 박 감독이었다.

"감사합니다. 하지만 물의를 일으켜 죄송스럽습니다. 사죄드리겠습니다."

박 감독은 정중했고 최대한의 예의를 갖춰 인사를 했다.

"맞는 말이지만 그럴 필요 없습니다. 난민들을 받아들이지 않은 이 세상에 경고를 한 것이니 오히려 칭찬을 해야 할 일을 한 것인데요."

"그런 점도 조금은 있었습니다만 어쨌든 소요를 일으켰던 점 깊이 반성하고 열심히 살겠습니다."

"그래서 말인데요, 뭐 우리가 도울 일은 없나요? 아니 우리가 아니라 윗선에서 도울 게 있느냐 알아보라고 지시가 왔어요."

"뭐가 있겠습니까? 아무런 죄를 묻지 않은 것만으로도 황송하고 감사하기 그지없는데."

"그러지 말고 뭐라도 말해 봐요. 지시를 받은 나도 뭐든 보고를 해야 하니까요."

박 감독이 난처한 표정이 되어 쭈뼛거리자 조사관이 재

촉하는 눈빛으로 그런 박 감독을 지켜보는 서먹한 분위기가 둘 사이에 잠시 흘렀다.

"이번 해프닝을 찍은 필름을 정부차원에서 홍보를 해 주실 수 있다면 좋겠는데 그래 줄 수 있나요?"

"그거야 당연히 해 드릴 수 있지요. 얼마나 획기적인 내용이 될 텐데… 오히려 정부의 자랑거리가 될 거에요. 그리고 박 감독께서는 이번 일에 대해 절대 함구할 것을 잊지 마시고요."

"뭐? 오해를 한 것 같다고? 이게 다 내 예상했던 대로 거든! 지금까지는 각본대로 잘 되어 가고 있는 것 같고… 하지만 아직 끝난 게 아니야. 이제부터가 더 클라이맥스니까."

경찰서를 나서던 박 감독이 멈춰 서서 하늘을 보다가 표정을 음흉하게 바꾸며 킬킬거렸다. 조금 떨어진 곳에서 그런 박 감독을 지켜보고 있던 스테파니가 쑥스러운 웃음을 지으며 다가왔다.

"박 감독님, 오랜 만이에요. 괜찮아요?"

"아, 스테파니. 안녕. 어떻게 알고?"

"걸 프렌드라면 남자 친구가 어디서 무엇을 하고 있는지는 당연하게 알아야 하는 거잖아요?"

박 감독이 반가움에 스테파니를 껴안으려 하다가 깜짝 놀라는 척 자제했다.

"걸 프렌드라니? 누가 누구의 걸 프렌드란 말이야?"

"누군 누구야? 스테파니가 제임스 박 감독의 걸 프렌드지."

"으응? 그거 영화 내용 아니었어? 난 우리 사랑이 영화 내용에서만 사랑하는 건줄 알았는데?"

"죽을래?"

스테파니가 주먹을 쥐어흔들었다.

"아니, 할께. 죽는 거보다야 니 보이 프렌드가 낫겠지 뭐."

스테파니와 박 감독, 서로 끌어안으며 한참동안 진한 키스를 했다.

아무 일도 없었던 양 박 감독이 풀려나고, 온 세계를 떠들썩하게 뒤흔들었던 난민 자구대 납치 사건은 세상의 이목에서 잊혀 가고 있었다. 그런데 이번엔 또 무슨 일인지, 미국 유니버설 스튜디오 뒤쪽 라라랜드 커피숍에 미 특안부 직원, 박 감독, 그리고 한국 외무 요원이 함께 모여 있었다.

"박 감독, 당신 정말 골칫거리야. 당신 때문에 잘 나가던 내 관료 생활에 금이 생기게 되었다고. 이거 당신이 어떻게든 책임을 져야 하잖아?"

"저 사람뿐만이 아냐. 나도 당신 때문에 죽게 생겼다고. 책임져, 책임지라고."

한미 관계자들이 한 목소리로 박 감독을 몰아세우고 있

었다.

"내가 뭘 어쨌기에 이르세요? 전번 일은 다 끝이 났잖습니까? 제가 반성하고 절대 입을 다무는 걸로요?"

박 감독이 놀라 당황하며 물었다.

"끝났다고? 아니야. 지금까지도 진행형으로 날 그리고 저 사람을 괴롭히고 있어. 아주 머리가 쪼개질 것 같이 아프다고."

"미 특안부님, 그렇게 변죽만 울리지 말고 그만 털어 놓으세요. 말을 해야 상의가 되든지 거절을 당하든지 할 거 아닙니까?"

"그러세요. 제가 뭘 얼마나 두 분을 어렵게 하고 있는지 들어나 봅시다."

박 감독이 두 사람 앞으로 몸을 기울이며 재촉했다.

"돈 도로 가져가."

미 특안부 직원 역시 박 감독 앞으로 몸을 기울이며 낮게 말했다. 영문을 몰라 어리둥절해하며 한 외무 요원과 미 특안부 직원을 번갈아 바라보는 박 감독 눈에 의문이 가득히 퍼지기 시작했다.

"납치극 때 돌려보냈던 인질 대금 말이요. 그거 제발 도로 가져가라고요. 이미 장부상에나 회계적으로 비상 지출로 다 정리되어 되돌릴 수가 없어요."

한 외무 요원은 마치 비밀 작전이라도 짜듯 낮고 단호한 목소리로 속삭였다.

"무슨 말씀이십니까? 재 입금으로 밸런스 정리하시면 되잖습니까?"

박 감독이 시툿하게 말했다.

"장부만 바꿔서 해결할 수 있는 것이라면 내가 이리 몸달이 하겠소? 그길 바꾸려면 서쳐야 할 부서만도 20곳이 넘고 그러려면 온 천지 사방에 다 알려질 것 아니에요?"

"당신의 시나리오 상의 단순한 얘기가 아니라 실제 납치 범죄로 처리가 된 것인데 다시 세상에 알려져서는 안 된다는 말이에요."

"그래도 바로 잡을 건 바로 잡아야지요?"

두 사람은 조바심을 쳤고 박 감독은 연신 이해가 안 된다는 표정을 거두지 않았다.

"이건 뭐 똥 뀐 놈이 성낸다더니… 우리나 당신만 문책을 당할 게 아니에요. 그 사건에 연루된 모든 사람들이 받게 될 고초는 어떡하라고?"

미 특안부 직원이 한심한 눈빛이 되어 박 감독을 바라보았다.

"아니, 꼭 내가 도로 가져가지 않더라도, 돌려받는 게 그리 문제가 된다면 정말 난민 구호에 쓰면 되잖겠어요?"

박 감독이 답답하다는 듯 방안을 제시했다.

"그걸 당신이 하란 말입니다. 그 돈을 가지고 당신이 뭣을 하든지 관여치 않을 테니 제발 그 돈, 우리 손을 떠나게 해달란 말입니다."

두 관계자는 이제 아예 울 것 같은 표정이었다.

"다른 나라들에게도 다 돌려보냈지만 아무 말 없는데 왜 유독 한미 두 나라만 이리 번잡스러워요?"

"까짓 거, 앞뒤 가리지 않고 그냥 당장 코앞의 돈만 생각한다면 그냥 삼키고 입 다물면 되겠지. 하지만 그러고 싶지 않아. 든든하고 명예로운 공무원 직업을 자랑스럽게 지키고 싶은 우릴 이해를 좀 해주시게."

"그도 그렇지만 꿀꺽 했다가는 얼마 지나지 않아 결국 다 들통 나서 횡령혐의로 붙잡힐 텐데 머리가 있으면 그 짓을 안 하지. 장담은 못 하지만 다른 나라들도 곧 당신을 찾게 될 걸."

박 감독, 당혹스런 표정 감추지 못하다가 애걸하는 표정으로 자신을 바라보고 있는 두 사람을 마주 보며 어쩔 수 없다는 듯 고개를 끄덕였다.

" 좋습니다, 제가 도로 가져가지요. 하지만 얼마를 할지는 아직 모르겠습니다만 난민들을 위해 기탁을 할게요. 물론 두 분 이름도 함께요."

"이 사람 끝까지 우릴 물고 늘어지려 하네. 안 돼, 절대 안 돼."

두 사람이 이구동성으로 소리쳤다.

XYZ 인터넷 방송사에는 모두 퇴근하여 조용한데 박종봉만 여태 남아 있었다. 그는 오늘같이 혼자 사무실에 남게 되면 늘 하는 버릇대로 멀리 노을이 퍼지는 하늘을 물끄러미 바라보았다. 혼자서 그렇게 잠시 바라보는 퇴근 무렵의 여유를 그는 고집스레 지키려들었고 또한 즐겼다.

창으로 다가갔다. 창가에 붙어 선다고 해서 더 잘 보이거나 운치가 더해지는 것은 아니었지만 그렇게 하면 보이는 풍경이 온전히 자신만의 것이 되는 기분이 들어 박종봉이 늘 그래 오는 습관이었다. 한 5분여를 그렇게 서있던 박종봉이 불현 듯 제자리로 돌아갔다. 박 감독에게서 온 봉투가 생각났던 것이었다.

봉투를 뜯어 내용물을 꺼내보다가 박종봉은 기겁을 했다. 봉투 안에는 무려 백만 불 수표가 들어 있었다. 한참 동안 넋이 나간 채, 함께 든 편지를 읽다가 수표를 보다가를 반복하던 박 기자가 갑자기 뭔가를 쓰기 시작했다.

"보내 준 수표는 정말 너무 감사하오. 박 감독의 우정과 마음 씀에 너무 감격하였소. 하지만 나는 박 감독에게 죄를 지었소. 잠시나마 돈 욕심에 박 감독의 좋은 뜻을 망칠 뻔 했다오. 그래서 나는 이 돈을 받을 자격이 없다고 생각…."

그때 전화가 울렸다. 아내 미영에게서 온 것이었다.

"늦지 않게 오세요. 좋아하는 된장찌개 맛있게 끓여 놓을게요."

전화를 내려놓은 박종봉이 다시 창으로 가 섰다. 그는 어둠이 깔리기 시작하는 때까지 그렇게 창에 붙어 서서 한참 동안 바깥을 내다보았다. 다시 자기 자리로 돌아 온 박 기자가 퇴근을 하려는 듯 주섬주섬 책상을 정리하다가 조금 전 쓰고 있던 편지를 들여다보더니 펜을 들어 죽죽 그어버렸다. 그는 자리를 잡고 앉더니 다시 편지를 쓰기 시작했다.

"잠시나마 돈 욕심에 박 감독의 좋은 뜻을 망칠 뻔 했다오. 그래서 나는 이 돈을 받을 자격이 없다고 생각했으나 딸린 가족이 있고 크게 반성도 했으니 고맙게 받겠소."

막간

거반 3시간이 넘게 이어지는 박 노인의 얘기에도 유적 탐사 일행들은 아무도 자리를 떠나거나 지겨운 내색을 하지 않은 채 그의 얘기에 빠져들고 있었다. 너무 신상을 다 까발리면 불이익을 당하지나 않을까 걱정했던 청년은 언제부턴가 아예 턱을 괴고 듣고 있었다.

"솔직히 국가들을 속여 손에 넣은 돈은 다 자선단체에 보냈지만 수중에는 엄청난 돈이 들어 왔어요. '아주 잘 그린 영화'가 대 히트를 친 것이죠. 하지만 가슴이 다 저며진 듯 하여 공허함에 사로잡혀야 했어요. 그 바람에 스테파니가 고생을 많이 했지요."

다른 사람들보다 많이 엑티브하고 다채롭고 험난한 삶을 살아온 박승우지만 일선에서 손을 떼자 과거의 나쁜 기억들과 국가들을 상대로 저질렀던 사기극이, 복수를 하고 앙갚음을 하면 속이 시원할 것으로 생각했었는데 오히려 가슴을 틀어쥐는 트라우마로 돌아와 심한 공황장애를 겪어야 했다. 3년여가 넘게 스테파니가 지극 정성으로 그를 돌보아 박승우는 건강을 어느 정도 회복할 수 있었지만 이번에는 그를 간호하느라 온 기를 다 잃은 탓에 스테파니가 아프기 시작했다.

"그녀가 아픈 게 너무 슬펐지만 그래도 다행스러운 것은 스테파니를 케어하고 간호하느라 내 아픔은 씻은 듯이 나았을 뿐 아니라 아무런 욕심이나 하고 싶은 것에 목메지 않고 오로지 그녀와의 시간을 가지며 지낼 수 있어서 무척 행복했지요."

기력이 약해진 것이지 아주 심한 병을 앓던 것은 아니라 승우는 스테파니의 건강을 핑계 대며 그녀를 데리고 경치 좋고 공기 맑은 곳들을 많이 찾아 다녔는데 그의 딸 셀리는 그때가 두 분이 제일 행복해 보였다고 했다.

"뇌를 리셋 받았지만 여러 기억 덩어리들 중 범죄라는 덩어리만 잘라낸 것이라 전후좌우 관련 일들은 그대로 기억에 남아 있었나 봐요. 그런 게 나를 더 안절부절 못하게 했어요. 그런 나를 지켜보던 스테파니가 저를 쫓듯이 한국으로 돌아오게 만들었지요. 자기는 제가 건강하면 저절로 나을 것이라면서요."

칠순을 넘기고 있는 나이지만 응어리처럼 가슴을 누르고 있던 빨갱이의 자식이라는 굴레를 벗어내고 현 시대를 사는 이들이 그 격랑기를 보다 바르게 알게 하기 위해 이 일을 하고 있다며 박 노인은 그의 얘기를 끝냈다.

| 에필로그 |

"이 얘기는 무덤까지 묻고 가야할 비밀스러운 것이라 하지 않았어요?"

셀리가 뒤적거리던 노트를 덮고는 아빠에게 술을 따르며 물었다.

"응, 그랬지. 앞으로도 내 죽을 때까지는 얘기해서는 안 되는 것이고."

"얘기해서는 안 된다 하시면서 왜 벌써 보여주시는 건데요?"

옆에서 부녀가 나누는 얘기를 듣고만 앉았던 청년이 묵사발을 박 노인 앞으로 밀어 놓으며 궁금해서 조바심을 냈다.

"그걸 자네가 알아야지 내게 왜 묻나?"

"아빠, 그건 또 무슨 말씀이세요? 현규가 뭘 알아야 하는데요?"

셀리의 물음에는 답을 않고 박 노인이 집었던 젓가락을 돌려 잡아 청년의 머리를 툭 쳤다.

"누가 먼저 꼬드겼는지 잘 모르겠지만 요즘 부쩍 가까워진 것 같아서 하는 말일세."

"글쎄, 그게 이 일과 무슨 관계가 있냐고요?"

셀리가 안달을 부리자 현규가 그녀를 진정시키며 함께 박 노인을 바라보았다.

박 노인이 얼굴을 찡그리더니 정색을 하고는 손을 휘휘 내저었다.

"셀리야, 이 친구 안 되겠다. 네 짝으로 걸맞지가 않아."

"아니 왜요? 제가 뭐가 셀리 씨와 맞지 않는다는 거예요?"

이번엔 청년이 발끈하며 나섰다.

"야, 이 녀석아. 자네 머리가 의심스럽다고. IQ가 한참 떨어지는 것 같다고. 셀리는 반올림하면 200이야."

"에이 200은 무슨 156인가하는 멘사 기록을 제가 알고 있는데요."

"그러니까 반올림하면 이랬잖아."

"아빠, 그러니까 왜, 무슨 근거로 현규씨가 머리가 안 좋다는 거냐고요?"

박 노인이 좀 더 골릴 양인지 빈 술잔을 청년 앞으로 내밀며 따르라는 손짓을 했다. 현규가 술을 따르면서도 눈을 박 노인에게서 떼지 못하자 승우가 입을 떼었다.

"자네, 나랑 처음 만나 여기에 왔을 때 가족이 되면 내 얘기를 들을 수 있을 거라던 내 말이 기억나는가?"

"예 기억합니다. 그런 제가 머리가 나쁜 건가요?"

"그걸 기억한다니 머리가 나쁘다고 한 말은 취소하지. 하지만 이젠 그래서 안 돼."

"아빠, 취하셨어요? 이리저리 자꾸 트집을 잡으시고?"

"아니야, 나 말짱하다. 저 녀석이 그 말을 다 기억한다면서 내게 왜 너와의 허락을 구하지 않는가 말이야. 혹시 호시탐탐 네게서 달아날 궁리를 하느라 일부러 모른 척 하며 말을 꺼내지 않는 것은 아닐까? 셀리야, 잘 생각해 봐라. 남자란 다 도둑놈이야. 특히 너 같이 예쁜 여인을 탐내는 건 분명 딸 도둑놈이라고…."

"아이구 아버님! 제가 잘못했습니다. 아버님이 그렇게나 깊게 생각하고 계시는 줄을 미처 몰랐습니다. 아버님 셀리 씨와의 결혼을 제발 허락해 주십시오."

"그래에? 좋다. 좋고말고 내 흔쾌히 허락하지. 당장에 날 잡아."

"아빠, 아니 뭐 그렇게 쉽게 허락을 해요? 이제 겨우 1년 밖에 사귀지 않았는데요? 조금 더 시간을 가지면서 다른 남자도 만나보려고 했는데!"

"내 네가 그럴 것 같아서 이리 선수를 친 게야. 나도 IQ가 꽤나 높거든."

셀리가 놀라며 아버지를 흘겨보는데 현규가 잽싸게 셀리의 머리를 누르며 함께 절을 했다.